사랑에 관한
농담 혹은 거짓말

사랑에 관한
농담 혹은 거짓말

박성경 장편소설

교유서가

차례

프롤로그

방이다. 희아의 방이다. 희아의 숨결이 느껴지는, 희아의 손때가 묻은, 희아가 자고 일어나던, 희아가 웃고 울고 찡그리던, 희아가 7년을 머물렀던 방이다.

희아가. 달희 아이가.

*

"엄마 시장 갔다 올 테니까 아무한테도 문 열어주지 마!"

"알았어요."

"나 엄마야, 문 좀 열어줄래?"

"우리 엄마 손은 하얀데. 손 내밀어봐요."

"자, 하얗지? 이제 문 좀 열어봐."

희아는 유독 이 동화를 좋아했다. 달희는 희아에게 밤마다 이 동화를 읽어주었다. 직장에서 돌아오면 몸이 젖은 솜처럼 무거웠다. 그래서 불을 끄고 잠결에 읽었다. 아니 기억나는 대로 말했다. 그래서 읽을 때마다 매번 내용이 조금씩 달라졌다. 희아는 물었다. 어둠 속에서 글자가 보이냐고. 달희는 답했다. 눈에 불을 켜면 보인다고. 희아는 달희의 말을 믿었다.

이제 이 방에 희아는 없다. 그림 형제의 독자 하나는 이제 이 세상에서 사라지고 없다. 달희는 수시로 이 집, 이 방을 드나든다. 이 집은 전남편의 집이다. 달희는 오늘도 전남편을 찾아와 희아 없는 희아의 방에서 홀로 동화책을 읽고 낮잠을 자고 돌아간다. 행여, 꿈에서라도 희아를 만날 수 있을까 해서. 아니 꿈속에서 반드시 희아를 만나기 위해.

농담하는 여자

"언놈이냐?"

거울 앞에 선 오재는 평소보다 일찍 일어난 달희가 내미는 넥타이를 받아들며 묻는다.

"누구?"

"어제 3시에 붙어먹은 놈."

달희는 살짝 얼굴을 찡그린다. 서른일곱이나 먹은 여자가 남편 출근길에 이런 질문을 듣고 있다니. 그것도 새벽 3시가 아니라 오후 3시의 일이라니 말이다.

"그땐 수영장에 있었는데?"

"그럼 왜 전화 안 받아?"

"로커룸에 핸드폰을 놔뒀거든."

이런 식의 대화, 거의 일방적이며 폭력적이기까지 한 남편과의 대화는 그들에겐 '밥 먹었니?'라는 질문처럼 일상적이다. 지금껏 그래왔듯 달희는 이 일상에 익숙해지는 것이 여전히 어색하다. 하지만 달희는 남편의 어떤 질문에도 성실하게 답해줄 의무가 있다. 오재는 달희와 결혼하면서 자신에게 딱 두 가지만을 성실하게 해줄 것을 요구했다. 그중 하나가 철저한 자기관리고, 다른 하나는 그의 질문에 대한 성의 있는 대답이다. 오재는 달희가 집안일을 할 시간에 피부관리를 받으러 다니길 원한다. 부드러운 살결을 언제든 주무를 수 있게 말이다.

"거짓말."

오재는 일단 의심스러운 눈길을 보낸다. 다분히 기선제압용 신호다. 어쨌거나 오재는 이 집안의 가장이고, 가장 노릇을 즐긴다. 어디서든 우두머리란 그가 즐겨 맡는 직책이다.

덕분에 달희에겐 Y호텔 피트니스 클럽의 평생회원권이 있고, 달희의 엄마에겐 전국 각지의 최고급 콘도회원권이 있고, 달희의 오빠에겐 장관이나 의원급이 드나드는 골프장의 VIP 회원권이 있다. 모두 오재가 끊어준 것이다. 오재는 달희뿐 아니라 달희의 엄마와 오빠도 먹여 살린다.

공생충이야, 언젠가 달희는 엄마와 오빠에게 속으로 이렇게 말했다. 겉으로 말했대도 그들은 상처받지 않았을 것이다.

"알잖아. 나 거짓말 못하는 거."

"너 요즘 살쪘어. 나 뱃살 싫어하는 거 알지? 너도 나이 먹는 거 생각해라. 언제까지 청춘인 줄 아니?"

달희는 자신의 뱃살 대신 남편의 늘어진 뱃살을 바라본다. 처음부터 그는 이랬다. 그를 처음 봤을 때부터 배가 나왔고 늘어져 있었다. 원래가 처음부터 그렇게 생겨먹은 사람들이 있는 것이다. 당신, 사냥보다 수영을 다니는 게 낫겠어. 주제파악 좀 해.

"오늘 늦게 와?"

"왜?"

"외출하려고."

"꽃인 줄 알고 꺾어다 정원에 심었더니 나비처럼 팔랑대는군."

"나도 당신만 기다리기 힘들다구. 알아?"

달희는 서른일곱의 부인이 쉰다섯의 남편에게 할 대사로는 어울리지 않는 투정을 한다. 사실 집에 있다고 해서 달희가 남편만을 기다리는 건 아니지만 어쨌거나 그들은 결혼 1주년이 다 되어가는 신혼부부인 것이다.

"내가 심어놓은 자리에 가만히 앉아 아름다움만 뿜어낼 순 없니?"

오재의 잔소리는 이따금 미학적이다. 세상의 어떤 잔소리도 듣는 사람에겐 아름답게 들리지 않겠지만 그도 가끔은 단어 선택에 멋을 부릴 줄 안다. 달희는 생각한다. 지금 그 대사는 당신의 얼굴과는 어울리지 않아. 나는 이집과 어울리지 않아. 봄마다 개나리와 철쭉이 만개하는 이집의 정원도. 황실에

나 어울릴 법한 분위기의 침실도. 킹사이즈의 침대도. 한 번도 어두워본 적이 없는 거실의 화려한 조명도. 어울리지 않아. 나와는.

오재가 넥타이를 매며 손에 힘을 준다. 달희는 자신의 목이 조여오는 것만 같다.

"사방팔방 날아다니지 말고 내 앞에선 꽃인 척할 수 없냔 말이다."

"벌들이 날아와서 빨아먹으면 싫어할 텐데?"

"날 과소평가하는구나."

오재는 슬며시 화가 난다. 아름다움이란 참으로 번거로운 것이다. 유지비가 드니까. 누군가의 아름다움이란 상대방이 지켜주어야만 지속되는 것이고, 감시와 노력 또한 게을리해서는 안 되는 것이다. 아름다움의 당사자가 자신의 고유한 재산을 지키는 데 게으르다면 말이다.

오재는 지갑에서 수표를 꺼내 침대 위로 휙 던진다.

"주말에 장모님 와 계시라 그래. 옷도 한 벌 사드리고."

오재는 주말에 자신이 회장을 맡은 로터리클럽의 회원들과 뉴질랜드로 사냥을 떠날 예정이다. 사냥은 그의 유일한 취미다. 오재가 아끼는, 국내에선 한 번도 발사된 적 없는 사냥총은 오래전부터 장식장 안에 깊숙이 보관되어 있다. 유서 깊은 총의 위엄에 걸맞게 현관엔 목이 잘려 박제된 사슴 머리가 걸려 있다. 오재의 솜씨일까. 물어보진 않았다. 그나마 사슴 머리가 침실 머리맡에 걸려 있지 않은 게 얼마나 다행인지.

"엄마랑 같이 있음 피곤해. 나 혼자 있음 안 돼?"

"안 돼. 큰 집에 혼자 있기 무섭다며. 너 바람피우는 것도 감시해주셔야지."

오재는 이 대목에서 농담인 양 어색하게 웃는다. 그의 웃음이 어색한 건 농담 속에 어느 정도의 진심이 담겨 있기 때문이다.

달희가 정색을 한다.

"여보."

더이상은 들을 말이 없다는 듯 오재는 침실을 나선다. 오재는 달희의 용돈을 현금으로 준다. 세금은 달희에게 맡기지 않는다. 세금 관계에 대해선 달희가 모르는 게 낫다. 골치가 아파질 것이다. 오재에게 있어 달희는 꽃이니까. 꽃이 골치 아파하는 모습을 보고 싶진 않다.

그래. 그랬으면 좋겠다. 새벽엔 이슬을 머금고, 낮엔 햇볕 쬐고, 밤엔 자고, 그렇게 꽃처럼 살 수 있다면 좋겠다. 가끔 하늘이 뿌리는 비를 맞고, 주인이 주는 물을 마시고 그렇게 꽃처럼. 생의 어느 한때만이 아름다운, 빨리 스러지는 꽃처럼.

달희는 침대 밑의 돼지저금통에 용돈을 쑤셔넣으며 수두룩한 저금통들을 바라본다. 돼지들은 캄캄한 곳에 나란히 서서 꿀꿀대고 있다. 자주 좀 들러줘. 어둠은 무서우니까. 우리가 여기 있단 걸 당신이 잊을까봐 두려워. 그래서 허기질까봐.

금홍에게 받은 용돈을 상습적으로 변소에 던져버렸던 이상을 떠올리며 달희는 아침잠에 빠져든다. 과거에 있었던 일만을 추억해도 시간이 잘 간다고, 추억거리만 있다면 그걸 떠올리는 일만으로도 감옥에서 평생 살아갈 수 있다고 자신했던 건 『이방인』의 뫼르소였던가. 달희는 잠만으로 평생을 보낼 자신이 있다. 언제 어디서든 눈을 감기만 하면 잠이 온다. 단, 수면제만 있다면 말이다. 달희는 잠 속에서 꿈을 꾸는 것만으로도 시간이 잘 간다. 한 번도 자신이 원하는 꿈을 꾼 일이 없지만 말이다.

꿈에서조차 달희는 남편에게 빌붙어 있다. 꿈도 남편의 취향대로 꾼다. 빌붙는 건 달희뿐만이 아니다. 그녀의 가족도, 그녀가 키우는 식물도, 가꾸는 정원도 모두 그에게 빌붙는 것들뿐이다. 빌붙는 것과 빌붙어먹는 것. 이것이 달희 가족의 취미이자 특기다. 젠장, 그래서 어쩌라고. 우린 이렇게 생겨먹었는걸. 애초부터.

꿈속에서 달희는 담배를 피운다. 달희는 화장실 한구석에 추레하게 앉아 있다. 화장실 주인이 아니라 청소부처럼 달희는 꿈에서도 의자에 편하게 앉아 있는 법이 없다. 꿈에서 피우건만, 담배는 쓰다. 달희는 꿈의 화장실에서 걸어나와 현실의 화장실로 들어간다. 그리고 잠에 취한 채 서랍 안 깊숙이 감추어둔 담배를 꺼내 불을 붙인다. 아차, 환풍기 켜는 걸 잊었다. 달희는 목구멍 깊숙이 담배를 빨곤 연기를 길게 내뿜는다. 현실의 담배는, 여전히 쓰다.

담배를 끄고 나서 달희는 조용히 화장실 문을 잠그고 거울 달린 장식장 문을 연다. 사실 목적은 이것이다. 장식장 수건 밑에 깊숙이 감춰둔 면도칼의 무사함을 확인하는 것. 목적은 언제나 이것뿐이다. 언제든 면도날이 달희의 가느다란 손목을 한 번에 그어버릴 수 있도록 그 자리에 존재하는 것.

똑똑, 노크소리가 들린다. 순간 달희는 화들짝 놀라며 장식장 문을 닫고는 급히 담배를 변기에 던져버린다. 그리고 물을 내린다.

"누구세요?"

바보 같은 질문이다. 이 시간에 노크를 할 사람이 도우미 아주머니 말고 누가 있겠는가. 달희는 자신이 화들짝 놀랐다는 사실과 이제 한 모금만 빨았을 뿐인 담배를 변기에 처넣었다는 사실에 화가 난다.

도우미가 대답한다.

"누구긴, 나지."

달희는 문을 연다.

"왜요?"

도우미가 안을 흘금댄다. 마치 당장이라도 샤워커튼 안에 숨겨놓은 정부를 찾아낼 것만 같은 눈길이다. 찾아내서 뭘 어쩌자는 건 아니다. 담배만 피우지 않는다면 커튼 안에 두 명의 정부가 숨어 있다 해도, 아니 정부가 여자라 해도 상관하지 않을 것이다.

"담배 피우는 거 아니지? 사장님 아시면 나 잘려."

달희에 대한 걱정보다는 자신의 안위를 걱정하는 어조에, 이모 같은 표정이라니. 가식적이다.

"보시다시피."

달희가 부정의 뜻으로 두 손을 벌리며 과장된 제스처를 취한다.

"어여 나와. 아침 먹어."

커튼 뒤에 정부가 없다는 걸 확인한 도우미는 한결 정겨워진 말투를 건네며 주방으로 사라진다. 달희는 신경질적으로 담뱃갑을 주머니 안에 욱여넣으며 투덜댄다. 젠장, 이 넓은 집 구석에서 내 맘대로 담배 피울 공간 하나 없다니.

달희는 대개 오전 11시에 일어나 늦은 아침을 먹는다. 남편의 출근은 도우미가 돕는다. 잠자리 빼면 남편에게 더 유용한 건 오랜 세월 그를 돌봐온 도우미의 손길이다. 이제 이순을 바라보는 도우미는 음식 솜씨나 다림질 솜씨나 모든 살림 솜씨에 있어선 달희보다 여러 수 위니까. 게다가 성의 있는 대답과 피부관리 따위의 자기관리만이 달희의 의무이니 애써 졸린 눈을 비벼가며 남편의 출근을 도울 필욘 없는 것이다. 아침식사가 끝나면 달희는 모닝커피를 마신 후 외출을 한다. 약속이 있는 건 아니다. 달희에겐 친구가 없다. 그러니 약속이란 것도 없다. 달희는 쇼핑을 위해 외출한다. 주로 아이쇼핑이다. 달희가 필요한 건 남편이 거의 대부분 사다준다. 남편의 취향대로 말이다. 아마 남편의 취향대로 비서가 사오는 것일지도 모른다. 어쩌면 비서의 취향일지도 모르고. 사실 사람들이 생각하는 것처럼 오후 3시란 무언가를 시작하기에 그리 어정쩡한 시간은 아니다. 오후 3시가 되어서야 비로소 달희는 많은 일을 하기 시작한다. 그것이 생산적인 일이냐는 질문에 예스라 답할 자신은 없지만. 달희는 매일 오후 3시에 Y호텔에서 수영과 사우나를 한다. 이 호텔을 드나들 때 달희에겐 카드가 필요 없다. 펜도 필요 없다. 종업원이 계산서와 함께 펜을 내밀면 달희는 그저 사인만 하면 된다. Y호텔은 남편이 상당량의 지분을 소유하고 있는 호텔이니까.

달희는 시계를 바라본다. 11시 30분. 그녀는 출근도장을 찍는 기분으로 주방에 들어선다. 개가 자신의 영역에 오줌을 갈기듯 대저택의 안주인이란 집안의 어느 공간에건 수시로 눈도장을 찍어두어야 하는 것이다. 대리석 식탁엔 유기농 딸기잼을 바른 호밀빵토스트와 무농약 야채샐러드가 차려져 있다.

식탁에 앉으면서 달희는 감사의 표시로 고개를 까닥한다.

"요놈은 암만 청소해도 티가 안 나."

도우미가 블랙톤의 아일랜드 조리대 상판을 힘주어 닦으며 투덜댄다. 달희의 취향을 비웃기라도 하듯 말이다. 나 같으면 좋아할 텐데. 청소를 안 해도 티가 안 난다는 말이잖아. 달희는 잠시 고개를 들어 온통 블랙톤인 주방가구를 둘러본다. 이제부턴 안방에서 식사를 해야겠어. 주방가구 때문에 더 우울해져.

결혼하기 전 오재는 주방만큼은 달희의 취향대로 꾸며보라고 했다. 그래서 달희는 일부러 블랙톤의 주방가구를 주문했다. 딱히 어떤 색깔을 좋아한다고 말할 순 없지만 사실 블랙톤도 달희의 취향은 아니다. 오재는 군소리 없이 달희가 이 집에 들어오기 전 그녀의 주문대로 주방가구를 블랙톤으로 맞춰놓았다. 전략가 오재는 아내가 도망가지 못하게 언제나 숨통 하나 정도는 틔워놓는다. 그러나 처음엔 분위기 있게 느껴지던 주방이 1년도 채 안 되어 들어설 때마다 우울해졌다.

달희는 샐러드를 집다가 딸그락, 포크를 아래로 떨어뜨린다. 별일도 아닌 일에 도우미의 눈동자가 커진다.

"왜 그래? 사나흘 피죽도 못 얻어먹은 사람마냥."

달희는 포크를 집으려고 몸을 숙이다가 발치의 휴지통을 건드린다. 달그락, 휴지통에서 유리가 부딪치는 소리가 난다. 도우미가 움찔한다. 달희는 휴지통의 종이 뭉치에서 깨진 접시를 발견한다. 유명 화가의 산수화가 산산이 부서져 있다. 남편이 아끼던 접시인지는 잘 모르겠다. 결혼 전부터 장식장의 한 칸을 차지해오던 남편 고유의 재산이니 아마 고가품일 것이다.

"아주머니, 접시가 깨졌네요?"

이모, 라는 호칭을 도우미는 처음부터 원했었다. 그녀가 원하는 걸 달희는 해줄 수가 없다. 달희가 원하는 걸 도우미는 해주고 있지만 말이다. 대부분의 인간관계란 대체로 불공평한 것이다. 한쪽이 더 억울하게 되어 있다.

달희의 물음에 도우미가 모처럼 고개를 숙인다.

"깨면 깼다고 말을 해야죠."

"미안해, 너무 귀한 접시 같아서 언제 말할까 고민하다가……."

무심한 신경이다. 들키고 싶지 않다면 흔적을 남기지 말든가 할 것이지 눈에 띄게 휴지통이라니. 달희는 뜨거운 김을 내뿜고 있는 식기세척기의 열린 문을 바라보며 별생각도 없었던 질문을 내뱉는다.

"아주머니, 세척기 돌렸어요?"

"아, 아니 난 오늘따라 그릇이 많길래."

"돌리는 걸 탓하는 게 아니에요. 돌린단 말을 하지 않는 걸 탓하는 거예요."

"알았어. 앞으론 꼭 말할게."

달희는 식탁에서 일어선다. 적어도 내 영역에 오줌은 갈긴 거다. 도우미는 주방을 나서는 달희의 등에 대고 말한다.

"이달 월급에서 까. 사장님이 워낙 꼼꼼하시잖아."

달희는 고개를 돌린다.

"아주머니, 누구 편이에요?"

"나야 뭐."

"내가 깼다 그럴게요. 비싸다고 해서 전부 아끼는 건 아니니까."

"그래주면 고맙지."

달희는 도우미 앞에서 보란 듯 담배를 꺼내 문다.

"괜찮죠?"

"그러엄. 난 못 본 걸로 할게."

"진작 그랬어야죠."

달희는 도우미를 향해 씨익 웃는다.

"나 화난 줄 알았죠? 하나두 안 났어. 내 돈 내는 건가 뭐."

달희는 주방을 나간다. 도우미가 소리 지른다.

"청소기 돌려도 돼?"

"좋으실 대로!"

도우미는 위잉, 청소기를 돌리기 시작한다. 앞으로 저 여자랑 친해지긴 힘들겠어, 라는 생각에 도우미는 조금 우울해진다.

위잉, 달희의 전속 미용사가 헤어드라이어로 달희의 머리를 드라이한다. Y호텔 지하에 있는 이 미용실에서도 달희는 직원이 펜을 내밀면 사인만 하면 된다. 드라이할 마음은 별로 없었지만 파마하는 엄마를 기다리다 시간 때우기용으로 결정한 일이다. 그래도 시간이 남은 달희는 네일아트 직원에게 손톱을 다듬고 흰색 인조손톱까지 붙인다.

파마를 다 하고 난 달희의 엄마, 민자는 미용사에게 팁을 건

넨다. 사위 덕분에 호텔 미용실에서 공짜 파마를 했으니 팁이라도 지불하려는 것이다. 지갑에서 5만 원짜리 한 장을 꺼내는 민자의 손끝이 가늘게 떨린다. 생전 미용사에게 팁이라곤 준적이 없으니 말이다. 그러나 팁을 받은 미용사가 고개를 조아리고 문 앞까지 상냥하게 배웅하자 민자의 갈등은 곧 사라진다.

달희는 자신의 오픈카에 엄마를 태우고 청담동에 예약해둔 피부마사지실을 향한다. 마사지가 끝나면 남편이 시킨 대로 엄마에게 옷 한 벌을 사줄 예정이다. 하지만 남편이 시킨 대로 주말을 엄마와 보낼 마음은 없다. 백화점의 고급 여성 브랜드 한 벌이면 엄마의 입을 막는 덴 충분할 것이다. 차 안에서 엄마는 호텔 미용사라고 해서 별건 없다는 말을 연신 늘어놓는다.

민자는 느닷없이 본전 생각이 난다. 자신이 내민 팁 정도면 동네미용실에서 오전에 파마하는 값과 비슷하기 때문이다. 물론 오픈 기념 이벤트나 지정된 요일, 지정된 오전 시간에만 가능하겠지만 말이다. 이 말까지 입 밖에 냈다간 딸에게 구린 여편네란 소릴 들을 것이다. 대신 민자는 마사지실에 도착하기까지 계속 백화점, 신상, 명품, 짝퉁, 메조보톡스 등의 단어를 입에 올리며 달희를 괴롭힌다. 달희는 카 CD플레이어 볼륨을 높여 엄마의 목소리를 차단한다. 하지만 그럴수록 하이톤으로 변하는 엄마의 목소리는 간주곡처럼 음악 사이로 새어나와 달희의 귓전을 악착같이 맴돈다.

달희와 엄마는 '태국전통마사지'라는 간판을 지나 '퓨전마사지'라 쓰인 간판이 걸린 건물로 들어선다. 이 동네 골목은 유유상종이다. 카페는 카페끼리, 의상실은 의상실끼리, 찜질방은 찜질방끼리, 마사지실은 마사지실끼리 모여 있다. 달희는 엄마를 바라본다. 그렇담 우리도 유유상종이겠군. 대낮에 마사지나 받으러 다니는 팔자 좋은 유한마담족.

엄마가 입구에 서서 직원에게 퓨전 마사지가 뭐냐고 묻자 달희는 얼굴을 찡그린다. 전화로 예약할 때 이미 설명을 자세히 들었기 때문이다. 직원은 퓨전 마사지란 한국, 중국, 일본, 스웨덴의 마사지 테크닉에 경락을 접목시킨 것이라며 친절하게 다시 설명을 해준다. 특히 전문 세러피스트들의 손맛이 포인트라고 부연 설명을 한다. 전화 받을 때처럼 토씨 하나, 순서 하나 바꾸지 않고 설명을 하는 걸 보면 분명 이 일이 재밌어서 하는 거다. 재미가 없다면 변화를 주기 위해 토씨를 바꾸거나 순서를 바꿔서 설명했을 것이다. 아님 말고.

달희와 엄마는 직원의 안내로 마사지실에 들어선다. 그리고 나란히 침대에 엎드린 채 마사지사를 기다린다. 잠시 후 두 명의 전문 세러피스트가 들어와 눈인사를 하곤 마사지를 시작한다. 엄마가 먼저 입을 연다.

"사냥을 꼭 뉴질랜드까지 가서 해야겠대?"

"그런가봐."

"총을 쏘러 간 거야? 쓰러 간 거야?"

"쓰러 가?"

엄마는 마사지사를 흘끔 보곤 목소리를 낮춘다. 눈치 보는 기색은 아니다.

"다리 사이에 걸린 총 말이다."

엄마는 잠시 헛웃음을 짓곤 달희를 바라본다. 딸에게 자신의 유머 감각을 칭찬받고 싶었으나 달희는 아무 반응이 없다.

"사내들의 총이란 믿을 게 못 된다. 아무데나 쏘아대지."

달희가 벌떡 일어난다.

"옷이나 보러 가. 이서방이 한 벌 사드리래."

엄마는 자랑스레 마사지사들을 바라본다. 나, 이런 사람이야. 사위 덕에 팔자가 늘어졌다구. 그러나 마사지사들은 전문 세러피스트들답게 엄마의 뿌듯함에 무관심하다. 동네 미용사들처럼 손님의 수다까지 들어줄 아량이 없다.

마사지실을 나서면서 엄마는 계속 투덜댄다. 하나도 시원하지 않다는 것이다. 퓨전은 무슨 퓨전이냐고, 원래 잡탕찌개란 김치찌개나 된장찌개처럼 한 가지 맛을 내는 요리보다 맛이 없다고 불평을 늘어놓는다. 달희는 마사지사들이 엄마의 수다에 맞장구를 쳐주지 않기 때문에 엄마가 투덜대는 거라고 생각하며 일산의 L백화점을 향한다.

중년부인복 코너에서 엄마는 옷을 고르며 팔자가 늘어진 기분을 이어간다. 백화점은 세일 기간이건만 엄마는 세일 품목은 무시하고 단 한 푼의 에누리도 없는 신상을 고른다. 카운터에 선 달희는 핸드백을 열고 지갑에서 현금을 꺼낸다. 핸드백도 지갑도 모두 명품이지만 정작 그 안에 달희 소유의 신용카드는 한 장도 없다. 엄마는 이 사실을 즉각 알아챈다.

"이서방이 널 아직 못 믿는구나."

달희는 엄마의 말을 무시하며 옷을 포장하는 직원에게 현금을 내민다. 그 위에 대고 엄마는 한숨을 쉰다.

"의처증은 사랑 아니다."

"상관없어."

"설마 너 아직도 소우 만나는 거냐?"

'아직도'란 말은 틀렸다. 계속이 맞다. 달희는 엄마를 뒤로하고 백화점의 지하주차장을 향한다. 달희의 침묵을 예스로 해석한 엄마가 소리부터 지른다.

"니들도 참 징그럽구나. 그만큼 했으면 됐지!"

엄마는 달희를 줄레줄레 따라오며 잔소리를 한다.

"이서방 알게 되면 당장 죽음이야. 죽음!"

그래. 죽을 때까지 만날 거야. 소우나 나나 둘 중에 한 사람이 먼저 죽을 때까지. 주차장에 세워놓은 차를 향해 걸어가며 달희는 엄마에게 말한다.

"택시 타고 먼저 가. 난 저녁 먹고 갈게."

"달희야!"

엄마는 기어이 따라와 달희의 차 안에 오르며 씩씩댄다. 그러곤 서운하단 표정으로 달희를 노려본다. 내 돈 내고 택시 타는 법은 없어. 이것아. 달희는 하는 수 없이 오픈카에 엄마를 태우고 지하주차장을 빠져나간다. 엄마의 목청이 커진다.

"그놈 전화번호 대!"

달희는 차의 계기판에서 도어 열림 경고등이 들어온 것을 확인한다. 흥분한 엄마가 타면서 차문을 제대로 닫지 않은 것이다.

"엄마, 차문 안 닫혔어."

"어서 안 대?"

"차문 다시 닫으라고!"

달희는 소리를 지르며 급브레이크를 밟는다. 와락, 엄마가 차문을 다시 연다. 엄마는 딸과 신경전을 벌이겠다는 표시로 차문에 화풀이를 하듯 힘껏 열어젖힌다. 그러나 다시 닫기도 전에 마침 달려오던 오토바이가 열린 차문에 쾅, 부딪치고 만다. 안전모를 쓴 피자배달부가 달희의 오픈카 앞에서 오토바이와 함께 보란 듯 쓰러진다.

"엄마야—."

엄마가 엄마를 부른다. 엄마란 말은 엄마가 정말 많이 놀랐을 때 입에서 제일 먼저 내뿜는 감탄사다. 놀란 가슴을 쓸어내리느라 엄마는 차에서 내릴 생각을 않는다. 차문을 열지도 닫지도 못한 채 차의 보조석에 그대로 앉아 오토바이와 함께 쓰러진 주인을 노려볼 뿐이다. 와중에도 피자배달부는 포장된 피자가 들어 있는 뒷좌석의 가방을 꽉 끌어안는다.

"엄마, 보지도 않고 문을 열면 어떻게 해?"

"다 너 때문이야, 이년아."

달희의 머리 위로 퍼뜩 남편이 스쳐간다. 남편에게 전화를 하면 보험회사보다 확실하고 신속하게 처리해줄 것이다. 달희는 잠시 픗 웃는다. 하필 이 순간에 남편이 제일 먼저 떠오르다니. 양달희, 너도 별수없어. 상투적인 인간이라구. 달희는 시동을 끄고 나서 차에서 내린다.

"괜찮아요?"

참 양심도 없는 질문이다. 자신의 차문을 받고 널브러진 이에게 괜찮냐고? 피자가 떡이 됐단 봐라. 가만 안 둘 거다. 피자 배달부 신정은 차주를 올려다본다.

차주, 달희가 손을 내민다.

"어서 차에 타요. 병원 가게."

일으켜세울 생각은 않고 건방지게 손만 내밀고 서 있는 꼬락서니라니. 신정의 시선에 햇빛을 받아 반짝이는 달희의 매끈한 손톱이 들어온다. 네일아트로 한껏 멋을 낸 손톱이다. 부자들은 손톱에도 금테를 두르고 다니니 재수 캡이다. 신정은 달희의 손을 뿌리친다.

"시간 없거든요."

"그래도 다쳤잖아요."

"배달 가야 돼요. 병원은 나중에 갈 테니 그냥 돈으로 주세요."

저음의 허스키 보이스인 이 피자배달부. 당돌하다. 남잔지 여잔지 모르겠다. 유니폼에 안전모까지 눌러써서 더욱 분간이 가지 않는다. 달희는 신정의 가슴께를 바라본다. 그래도 모르겠다. 남자치고도 여자치고도 너무 말라깽이다. 남자건 여자건 달희에게 아무 상관은 없지만 말이다.

"얼마면 되죠?"

"30만 원 주세요. 보험 처리해도 이 정돈 주셔야 해요."

신정은 준비된 멘트를 날리듯 재빨리 대답한다. 달희는 신정의 눈빛을 보며 잠시나마 꾼이 아닐까 했던 생각을 싸악 지워버린다. 평생 거짓말이라곤 해본 적 없는 것 같은 선량한 저 눈빛. 강 건너 불구경하듯 앉아 있던 엄마가 30만 원이란 말에 발끈하여 드디어 차에서 내린다. 놀란 가슴이 새로운 이슈에 다시 놀란 것이다. 엄마는 싸울 기세로 신정에게 다가간다.

"아니, 그렇게나 많이? 별로 다친 거 같지도 않구먼."

엄마의 목소리는 시작부터 과장되어 있다. 그래야 가격을 낮출 수 있다고 생각한 것이다. 역시 상투적이다. 엄마완 별수 없는 모전여전이라는 생각에 달희는 씁쓰레하다.

"엄마가 잘못했잖아. 보지도 않고 차문을 열면 어떻게 해?"

달희는 말을 끝내기도 전에 지갑을 연다. 그나마 수표가 있어서 다행이다. 만 원짜리라면 서른 장이나 세어봐야 하니까. 이런 일로 시간을 보낸다는 건 낭비다. 달희는 신정에게 수표 세 장을 내민다. 신정은 수표를 낚아채듯 받자마자 오토바이에 올라탄다. 그러곤 매연가스를 뿜으면서 부릉, 사라진다. 그제야 엄마가 속았다는 표정을 짓는다.

"저, 저, 저, 멀쩡한 놈이, 우리 사기당한 거 아냐? 어여 쫓아가서 전화번호 받아."

"아직도 누구 잘못인지 몰라? 번호 받아야 할 사람은 저 사람이라구!"

"총각! 거기 서!"

엄마가 씩씩대며 오토바이를 쫓아간다. 달희는 오토바이가 떠난 자리에 떨어져 있는 지갑을 발견한다. 갈색의 낡은 지갑이다. 달희가 지갑을 주워든다. 그러곤 떠나는 오토바이를 향해 소리친다.

"이봐요!"

신정이 사라지면서 가운뎃손가락을 하늘로 높이 치켜든다. 달희는 포기하고 지갑 안을 뒤져본다. 돈은 하나도 없다. 지갑 맨 앞 비닐 커버 안에 예닐곱 살쯤 돼 보이는 여자아이의 사진이 들어 있다.

"……."

이어 달희는 지갑 안에서 대리운전회사 명함과 운전면허증을 발견하곤 신정의 운전면허증 사진을 물끄러미 본다. 숏커트의 신정은 사진에서도 남자인지 여자인지 구분이 잘 가지 않는다.

구신정 990401 – *******

생일이 만우절? 풋. 달희는 주차장에 엄마를 남겨놓고 재빨리 차에 오른다. 그러곤 차문을 잠근다. 혼자 남겨진 엄마가 차문을 두들긴다.

"안 열어?"

붕, 달희는 그대로 달린다. 엄마도 필사적으로 달희를 따라온다.

"택시비 주고 가, 이것아!"

저 정도 달리기 실력이면 택시와 겨루어도 되겠다. 엄마가 드디어 따라오는 것을 포기하곤 자리에 멈춰 서서 헉헉거린다. 달희는 이제야 엄마를 제대로 따돌렸다는 듯 안도의 한숨을 쉰다. 그러곤 소우의 집을 향한다. 약속도 없이.

*

"어떤 여자야?"

잠에서 깬 달희는 거실로 나와 소우의 피아노 건반을 한 손가락으로 장난치듯 건드린다. 소우의 오피스텔에 들어서자마자 달희는 방으로 기어들어가 한숨 자고 이제 막 일어났다.

그렇다. 달희는 소우의 집에 자러 온다. 달희는 소우의 집에 와서 자는 일 말곤 하고 싶은 일이 없다. 오재와 결혼한 뒤 이제껏 달희가 소우의 집에 와서 한 일이라곤 빈방에 들어가 혼자 잠을 잔 일. 자고 일어나 위스키 바에 가서 마르가리타를 마신 일. 그리고 집으로 돌아간 일. 그게 전부다. 유부녀가 다른 남자의 집에 와서 하는 일이 이게 다라고 말해줄 사람도, 믿어달라고 할 사람도 없지만 이것은 엄연한 사실이다.

조용히 책상 앞에 앉아 곡을 쓰던 소우는 의자에서 일어난다. 피아노를 치고 싶었지만 달희가 깰까봐 그러지 않았다.

"누가?"

"어제 3시에 같이 있었던 여자."

달희는 오재를 따라해본다. 재미도 없고 무의미하다.

"너. 우린 늘 함께 있잖아."

"넌 참 농담도 못해. 예나 지금이나."

인간은 변하지 않는다. 이것은 달희의 오래된 생각이다. 소우는 대학 때 노래패였다. 달희는 축제 때 노래패에서 아코디언을 연주하는 소우에게 반했다. 사실 달희가 반한 건 소우가 눌러대는 아코디언의 건반 소리가 아니라, 늘어났다 줄어들었다 하는 아코디언의 주름이었다. 딱히 꼬집어 이유를 설명하긴 힘들지만 그 주름의 모습은 슬픔과 닮아 있었다. 반면 소우는 단번에 달희에게 넘어왔다. 소우가 말하길 자기는 기타줄은 잘 튕겨도 여자에겐 도통 튕길 줄을 모른다고 했다. 그러면서 농담이라고 덧붙였다. 농담도 참 못한다고 달희는 생각했다.

학생 때부터 틈만 나면 민중가요를 하겠다고 노래해대던 소우는 대중가요 작곡가가 되었다. 그래도 소우는 변한 게 없다. 소우의 대중가요는 민중가요의 탈을 쓴 대중가요니까. 물론 달희의 견해론 말이다.

달희는 CD로 빼곡한 벽장과 피아노, 오르간 등 다양한 키보드로 채워진 실내를 바라본다. 답답하다. 오늘따라.

소우가 묻는다.

"우리 언제까지 이렇게 만나야 하니?"

"글쎄? 언제까지가 좋겠니?"

"핵심을 또 피한다."

"내 전공이잖아."

피하는 것은 정말이지 달희의 전공이다. 생의 정면에서 비스듬히 서 있는 것. 생의 이면에 도망자처럼 빌붙어 있는 것. 이게 바로 달희다. 물론 달희가 처음부터 이랬던 건 아니다. 원래 이랬던 건.

"넌 네가 맘에 드니?"

달희는 고개를 숙인 채 묻는다. 누군가와 정면으로 눈빛을 마주치는 일은 힘들다. 그가 설령 오래된 사이라 해도 말이다.

소우가 달희를 물끄러미 바라보며 답한다.

"난 우리가 맘에 안 들어."

그래. 부연 설명은 하지 말길 바라. 우리 관계를 누구보다 잘 알고 있으니까.

소우가 달희의 어깨를 감싸안는다.

"미안해."

"뭐가?"

"우리가."

"그만. 재미없어. 네 농담."

"미안."

어서 여길 나가야겠다. 소우가 더 심각해지기 전에. 달희는 소우의 코를 잡아 좌우로 흔든다.

"미안 소리 좀 그만하고 살아라. 이 착한 새끼야."

달희는 착한 사람이 되는 법을 모른다. 누가 전화로 알려주었으면 좋겠다. 만나긴 귀찮으니까. 달희는 소우를 비끄러매고 위스키 바를 향한다. 오픈카는 발레파킹을 시켰으니 외양간이건 마구간이건 주차요원이 알아서 넣어줄 것이다.

달희는 마르가리타를, 소우는 위스키사워를 주문한다. 잠시 후 달희 앞에 먼저 마르가리타가 놓인다. 술도 레이디 퍼스트다. 술에 약한 여자가 먼저 취해야 늑대가 잽싸게 업어갈 테니까. 소우는 잔에 꽂힌 레몬과 장식용 종이우산을 바라본다.

"넌 변하지도 않는구나. 10년 전에도 마르가리타였는데."

소우 앞에 위스키잔이 놓이자 달희는 장식용 우산을 빼서 테이블에 올려놓는다. 그러곤 마르가리타를 단숨에 마시고 나서 잔을 내려놓는다.

"인간은 변하지 않잖아."

달희는 장식용 우산을 머리에 꽂는다. 그리고 헤 웃는다. 공허한 웃음이다.

"나 이뻐?"

하나, 둘, 달희의 머리에 달린 장식용 우산이 늘어간다. 우산을 만지작거리던 달희가 테이블에 이마를 박으며 엎드린다. 취한 것이다. 늑대는 자기보다 먼저 취한 여자를 등에 업는다. 하지만 데려갈 곳이 없다. 세상 끝 말고는 이 여자와 가고 싶은 곳이.

소우는 카운터로 달려나가 계산을 한다. 달희에게 계산을 치르게 하는 건 달희의 남편이 치르는 것과 같다. 소우는 달희의 남편에겐 술 한 잔도 얻어먹고 싶지 않다. 한 방울도.

소우는 잠시 대리운전을 부를 것인지 달희의 오픈카를 그녀의 감옥까지 직접 몰고 갈 것인지를 고민한다. 소우가 운전을 한다면 가다가 음주운전으로 걸릴 수도 있을 것이다. 순간 소우가 들고 있는 달희의 핸드백 속에서 핸드폰이 울린다. 소우는 달희의 핸드백을 들어줄 순 있지만 핸드폰은 받아줄 수가 없다. 여기까지가 두 사람의 관계인 것이다. 소우는 달희의 핸드백 속 핸드폰이 울리게 그냥 놔둔다.

소우가 달희를 업고 위스키 바를 나서자 주차요원이 오픈카를 끌고 나온다. 순간 낡은 군청색 모자를 눌러 쓴 대리운전기사가 소우에게 다가온다. 기사는 찢어진 청바지에 가죽점퍼를 입고 워커를 신고 있다. 기사가 소우에게 묻는다.

"대리 부르셨죠?"

"아니요."

"검정 지붕에 빨간색 오픈카 맞는데?"

대리운전기사가 고개를 갸우뚱하며 자신의 핸드폰에서 재발신 번호를 누른다. 달희의 핸드백 속에서 다시 핸드폰이 울린다. 기사는 소우에게 업힌 달희를 가리킨다.

"맞잖아요, 이 여자분. 손님! 손님!"

소우가 미처 제지하기도 전에 기사가 다가오더니 달희의 팔을 흔든다. 달희의 팔은 공기인형처럼 가볍게 흔들린다. 달희가 게슴츠레 눈을 뜨면서 소우의 등에서 내린다.

"나, 대리 불렀어. 잘 가라."

아니 언제? 소우는 뒤통수를 맞은 기분으로 달희를 바라본다. 달희는 주차요원에게서 건네받은 차 키를 대리운전기사에게 던진다. 대리운전기사가 차 키를 잽싸게 받곤 차에 올라 운전석에 앉는다. 그리고 특유의 버릇인 양 모자를 푹 눌러쓴다. 달희도 오픈카에 올라 운전석 옆자리에 앉는다.

이 늦은 시간에 취한 여자가 겁도 없이 기사 옆자리라니. 밤늦은 시간에 택시를 탈 땐 늘 뒷좌석에 타라고 그렇게 일렀건만. 달희의 무신경함이 잠시 소우의 신경을 건드린다. 소우는 차문을 열곤 달희를 억지로 끌어내 기어이 뒷좌석에 앉히고야

만다. 그러곤 다짜고짜 기사에게 묻는다.

"보험 들어 있죠? 핸드폰 번호 좀 주실래요?"

대리기사는 불쾌해진 듯 소우를 위아래로 훑어본다. 아니, 노려본다는 표현이 맞을 것이다. 소우는 뜨끔한다. 잘 부탁합니다, 란 말을 먼저 했어야 했나보다. 차 안에서 달희가 고소하다는 듯이 빙긋 웃는다. 소우는 내심 서운해진다. 도대체 누구 편이야. 예상대로 대리기사는 대답도 없이 붕, 출발해버린다.

"저 자식이."

소우 혼자 어둠 속에 남겨진다. 소우는 혼자 남겨진다는 사실에 익숙하다. 익숙하다고 해서 좋아한다는 뜻은 아니다. 소우는 달희에게 집에 무사히 도착하면 전화하란 말을 하진 못했다. 달희의 엄마나 남편이 집에서 눈에 불을 켜고 달희를 기다리고 있을 테니 말이다.

달희는 늘 소우의 뒤통수를 쳤다. 사랑하지도 않는 남자와 결혼한다고 했을 때도. 결혼하고 나서 소우를 계속 찾아오는 것도. 낯선 사람이 모는 차에 취한 몸을 실어나르는 지금도.

어둠 속에서 홀로 걸으며 소우는 대리기사의 목소리를 기억해내려 애쓴다. 모자 때문에 기사의 얼굴을 자세히 보지 못했다. 허스키한 저음에다 음색은 가늘었는데. 어쩌지. 달희에게 무슨 일이 생기면. 얼굴도 모르는데 목소리만으로 어떻게 사람을 찾아낸단 말인가.

대리기사 신정이 오픈카를 운전하며 달희에게 행선지를 다시 확인한다.

"헤이리 가신다고요?"

"네."

순간, 옆자리의 달희를 바라본 신정은 움찔한다. 이 여자, 오늘 낮 오픈카의 재수 없는 그녀가 아닌가. 날마다 명품만 쇼핑하러 다니는 족속들처럼 나랑은 한참 거리가 멀어 보였는데. 저런 족속은 내가 그 차에 일부러 머리라도 부딪치기 전엔 평생 마주칠 일이 없을 거다. 엄마라는 여자도 슈퍼 울트라 캡 재수였지. 신정은 모자를 조금 더 눌러쓴다. 안주머니에 30만 원이 그대로 들어 있다. 수표를 받으면서 주민번호와 연락처를 적어달라고 말하지 못한 게 조금 불안했는데.

"예술인마을이요?"

"네. 예술하고 아무 상관없는데 거기 살아요. 킥."

"헤이리는 할증 붙는 거 아시죠? 돌아올 때 차비가 많이 들어요."

"어머나, 진작 말을 하지. 나 돈 없는데."

신정의 눈동자와 함께 목소리가 커진다.

"네?"

"농담이에요. 그렇게 놀랠 건 없잖아."

신정은 달희가 눈치채지 못하도록 핸들을 잡은 손에 힘을 준다. 그리고 헤이리를 향해 달린다. 빠르지만 편안하다. 달희는 생각한다. 이대로 계속 달렸으면 좋겠다. 판문점까지. 평양까지. 백두산까지. 세상 끝까지.

"대리운전은 원래 거칠지 않나요?"

"네?"

"너무 부드러워요."

"……."

"내 말은 운전 잘한다구."

문득 신정은 피곤해진다. 이 여자와 대화할 마음의 여유가 없다. 이 여자가 아니라 누구와도.

"몇 번 게이트죠?"

"음, 알아맞혀보세요!"

이 여자, 실없다. 실없는 여자가 술주정까지 한다. 신정은 못마땅한 어조로 묻는다.

"저랑 농담하고 싶으세요?"

"네. 농담한 지가 오래돼서요."

"대리기사가 사모님의 농담 상대는 아니죠. 운전에 방해돼요."

달희는 그제야 꼬박꼬박 말대답을 하는 신정의 얼굴을 똑바로 쳐다본다. 그래봤자 옆모습이지만. 신정의 옆얼굴은 선이 가늘고 곱다. 섬세해 보인다. 만일 지금이 대낮에, 취기마저 없었다면 달희는 신정의 흰 피부 안에서 어른거리는 푸른 실핏줄도 알아볼 수 있었을 것이다. 어쩌면 신정이 거짓말처럼 감추고 다니는 슬픔까지도.

"알았어요. 입 다물게요."

오픈카 앞의 차가 1차선에서 거북이처럼 가고 있다. 한 손에 핸드폰을 들고 애인과 통화하는 게 아니라면 분명 음주운전이다. 달희는 이 상황을 못 참겠다는 듯 다시 말을 붙인다.

"근데 우리 구면 아닌가요? 낯이 익은데."

달희가 신정을 떠보듯 묻는다. 신정은 대답 대신 신경질적으로 깜박이를 켜곤 2차선으로 건너간다. 달희는 말 붙이기를 포기한다.

"알았어요. 운전하세요."

달희는 눈을 감는다. 신정은 다시 1차선으로 돌아와 앞차를 앞지르기한다. 달희가 다시 눈을 뜬다.

"맞다! 낮에 오토바이!"

달희가 비꼬듯 말한다.

"이제 안 아픈가보네?"

신정은 흔들림이 없다. 차 안에서 운전자가 흔들릴 순 없다. 이제 문산행 안내판을 지난 오픈카는 횡단보도도 없는 거리를 쌩 질주한다.

"손님, 몇 번 게이튼지는 말씀해주셔야죠."

달희는 낮의 신정 행동에 복수하듯 가운뎃손가락을 들어올린다. 그러곤 눈을 감는다.

경고하듯 신정이 말한다.

"1번 갑니다. 나중에 딴말 마세요."

달희의 핸드백 속에서 핸드폰이 울린다. 달희는 받지 않는다. 분명 엄마일 것이다. 아님 잘못 걸려온 전화일지도. 핸드폰은 끈질기게 울려댄다. 신정은 생각한다. 거, 되게 성질 이상한 여자네. 받든가! 끄든가! 달희는 핸드폰이 울리도록 그냥 놔둔 채 잠이 든다. 참 둔한 여자군. 이 상황에 잠이 오다니. 신정은 곤히 잠든 달희의 옆모습을 바라본다. 감정이입이 되지 않는 하나의 정물을 바라보듯. 물끄러미.

거짓말하는 여자

달희의 오픈카가 예술인마을 1번 게이트를 그냥 통과한다. 게이트가 있다고 해서 수위까지 있는 건 아니니까. 마을 안 카페의 불들이 저마다 꺼져 있다. 이 차의 대리운전자는 시간과 공간에 대한 감각이 있다. 이른새벽이라 조용히 미끄러지듯 들어온 것이다. 신정은 달희의 집을 찾으려다 포기하곤 시동을 끈다. 이 넓은 단지에서 가르쳐주지도 않는 달희의 집을 찾는다는 것 자체가 무리다. 알게 뭐야. 여기서부터 알아서 가라지.

"다 왔습니다."

달희는 눈을 감은 채 핸드백을 통째로 신정에게 내민다. 여자가 겁도 없지. 내가 강도로 돌변하면 어쩌려고. 신정은 달희의 핸드백 안에 든 약통을 발견한다. 스틸녹스다. 신정은 단번에 알아본다. 스틸녹스가 수면제라는 것을. 신정은 한때 이걸 통째로 들이켜고 싶은 적이 있었다. 다신 깨어나고 싶지 않았던 적이.

신정이 분홍색 지갑을 꺼낸다. 지갑 색깔이 분홍색이라니. 공주로군. 제길, 그런데 만 원짜리가 한 장도 없다. 신정은 10만 원권 수표 한 장을 꺼내 안주머니에 넣는다. 그리고 자신의 안주머니에서 만 원짜리 여섯 장을 꺼내 달희의 지갑에 거스름돈으로 넣어둔다. 신정은 달희의 얼굴을 바라본다. 이 정도면 양심적인 줄 알라고.

신정은 달희를 깨운다.

"손님!"

달희는 미동이 없다. 술과 잠에 취한 것이다. 신정은 달희를 흔들다 포기하고 끌어낸다.

"내려드릴 의무는 없지만 많이 취하신 거 같아서요."

"놔."

달희는 내리지 않겠다고 고집을 피운다. 잠시 동안만 심통을 부리려는 것이다. 낮의 일에 대한 복수심으로 아주 잠시만 말이다. 달희를 끌어내리려는 신정의 손길이 거칠어진다.

"다 왔다니까요. 이제 내리셔야죠."

"알았다니까."

달희는 여전히 차에서 내리지 않는다.

"저 갑니다. 안녕히 계세요."

신정이 달희를 차에 남겨두고 그냥 내린다. 1번 게이트를 나서려는데 달희가 차에서 내리는 모습이 보인다. 달희가 코앞의 집을 향해 걸어간다. 스타킹을 신지 않은 맨발이 하이힐 속에서 힘겨워하고 있다. 신정은 키에 비해 앙증맞게 작은 달희의 맨발을 바라본다. 여자들이란, 쓸데없이 고생을 사서 하는군. 늦가을에 맨발이라니.

몇 걸음도 못 가서 달희가 비틀, 쓰러진다. 내 이럴 줄 알았다니까. 자리를 떠나려던 신정은 달려가 달희를 부축하여 일으켜세운다.

"나는 언제나…… 타인의 친절을 무시한답니다…… 웩."

신정을 밀어내려던 달희가 다시 신정에게 와락 안긴다. 그리고 신정의 등뒤로 오바이트를 한다. 물컹, 신정의 젖가슴이 느껴진다. 당황한 신정이 이번엔 달희를 급히 밀어낸다.

"이 아줌마가 어디다 오바이트를."

신정은 재수없다는 표정을 지으며 돌아선다. 그러곤 뒤도 돌아보지 않고 종종걸음으로 걷는다. 달희는 게슴츠레한 눈으로 신정의 뒷모습을 바라본다. 등에 달희의 토사물을 묻힌 채 신정은 서둘러 밤길 속으로 사라진다.

대로변까지 걸어나온 신정은 점퍼 깃을 올리며 시계를 본다. 시곗바늘이 새벽 3시를 가리키고 있다. 예술인마을. 더럽게 추운 동네군. 배들은 얼마나 고프신지 모르겠네.

신정은 대로변을 조금 더 걸은 후에 24시간 찜질방을 찾아낸다. 신정은 한달음에 찜질방으로 들어선다.

찜질방은 카운터가 하나뿐이라는 것이 신정은 언제나 불만이다. 카운터에서 표를 끊으러 온 남자 손님과 부딪칠 때면 꼭 남녀공용 화장실 앞에 서 있는 기분이 든다. 신정은 졸고 있는 카운터 직원에게 안주머니에서 만 원을 꺼내어 내민다. 그러곤 손님이 왔다는 신호로 데스크를 톡톡 두들긴다.

깜박 졸다가 깨어난 직원이 신정에게 남자 유니폼과 함께 파란색 티켓을 내민다. 신정에게 남자표를 끊어준 것이다. 흔히 있는 일이다. 신정은 직원에게 유니폼과 티켓을 도로 내밀며 여자표로 바꿔달라고 말한다. 흔히 하는 말이다. 직원이 신정을 자세히 바라본다. 얼굴이 뚫어지기라고 할 것처럼. 신정이 마치 여탕을 훔쳐보려는 여장 변태라도 되는 것처럼. 직원은 유난히 시간을 끈다. 아직 잠에서 덜 깨어 순발력이 떨어진 것이지만 신정은 직원의 늑장에 화가 치민다.

"이봐요, 내가 거짓말하는 것 같아요?"

신정이 화를 내자 직원은 그제야 신정에게 여자 유니폼과 분홍색 티켓을 내민다. 가만히 있으면 사람들은 신정을 남잔 줄 안다. 평소엔 그렇게 생각하는 게 편하지만 이럴 땐 피곤하다. 립스틱이라도 갖고 다녀야 하나. 올 때마다 매번 실랑이를 벌여야 하니. 여자 찜질방을 향하는 신정의 점퍼 등에 붙은 토사물을 보며 직원이 졌다는 듯 혀를 츳, 내두른다.

*

"맛있냐?"

"응."

츳, 민자가 달희를 보며 혀를 찬다. 새벽 3시에 들어온 주제에 콩나물북엇국을 게걸스레 쩝쩝대는 저 모습이라니. 민자역시 잘난 딸년을 새벽까지 기다리다 혼자 한잔 걸치고 잠이들었다. 사실 한 잔이 아니라 여러 잔이다. 맥주도 아니고 양주다. 양주의 주인은 당연히 이 집의 주인인 사위다. 민자가 어젯밤 마셔댄 술의 양을 생각하면 머리가 빠개지도록 아파야 할텐데 의외로 뒤끝은 개운하다. 이래서 술을 마실 땐 처음부터끝까지 쭉 한 종류로 가야 한다. 중간에 종류를 바꾸거나 섞어마시면 반드시 그 대가를 치르고야 만다는 게 민자가 나이를먹어감에 따라 터득한 지혜다. 얼마 전 달희와 받았던 퓨전 마사진가 뭔가 하는 것도 별 볼일 없지 않았던가. 연애 역시 마찬가지다.

최근에 민자는 홀아비 하나와, 부인과 단둘이 사는 노인네하나를 동시에 사귀다 노인네에게 이 사실을 들켜버렸다. 그염병할 놈의 노인네가 그 배라먹을 놈의 홀아비를 빨리 정리하라고 길길이 날뛰는 바람에 홀아비까지 이 사실을 알게 되었다. 민자는 홀아비와 정리하겠다는 각서를 쓰라는 노인네와, 배신감으로 치를 떠는 홀아비 때문에 골치가 아파졌다. 그래서 하나를 정리하는 대신 둘 다 끝내버린 것이다.

홀아비건 유부남이건 요즘 민자에겐 남자가 파리처럼 꼬인다. 그래서 이참에 연하로 눈을 낮춰볼까 한다. 사위 덕이긴 하지만 어쨌거나 민자는 돈깨나 있어 보이는 과부인 것이다.

"뻔뻔하긴. 지 손으로 국도 못 끓이는 년을 이서방은 어디가 좋다고."

"의처증은 사랑 아니라며."

물론 이 국은 도우미가 끓여놓은 것이다. 엄마 손으로 끓여준 국을 언제 먹어봤는지 달희는 기억조차 까마득하다. 갑자기 머리가 지끈거린다. 달희는 국을 먹다 말고 머리를 손가락으로 꾹꾹 눌러댄다. 민자는 그런 달희를 못마땅한 듯 바라본다.

"왜, 이놈 저놈 섞어 마시니까 머리가 빠개지냐? 한 놈만 마시면 머리 아플 일도 없다."

민자는 행여 2층에서 청소를 하고 있는 도우미가 촉각을 곤두세우고 듣고 있지나 않을까 하여 목소리를 낮춘다. 가까이 있는 사람을 늘 의심해야 한다고 민자는 믿어왔다. 도우미에게 사소한 약점 하나라도 잡혀선 안 된다. 그랬다간 사위 귀에 바로 들어갈 것이다.

"너 몇시에 들어왔는지 알아?"

엄마는 늘 달희의 두통을 몰고 오는 존재다. 엄마 때문에 머리가 더 아프다구. 알아? 달희는 다시 수저를 든다.

"모르겠네. 그 시간에 시계를 안 봐서."

"이서방이 몇 번을 전화했는지 알아?"

민자의 목소리가 높아진다.

"모르지. 그 사람이 한 걸 내가 어떻게 알아?"

민자의 목소리가 점점 하이톤이 되어간다. 오랜만에 딸에게 큰소리를 칠 일이 생긴 것이다.

"내가 뭐라고 둘러댔는지 알아?"

"내가 어떻게 알아? 엄마가 한 말을!"

"내, 소우 이 녀석 쫓아가서 다리몽둥이를 확 분질러버릴 거야."

"잔소리하려면 빨리 가. 엄마."

"있으래도 안 있는다! 내 복장 터져서."

사실 민자의 임무는 여기서 끝난 거나 다름없다. 옷 한 벌을 챙기고 술과 밥도 챙겨먹고 간만에 딸에게 잔소리도 두둑하게 했으니 말이다. 민자는 더 챙겨갈 것이 없나 두리번거리며 자리에서 일어선다.

"택시비 내놔, 이년아!"

"엄마도 운전 좀 배워. 택시비가 아깝지도 않아?"

"이 나이에 배우긴 뭘 배우냐? 즐길 시간도 모자란데."

민자는 죽은 남편을 떠올리며 새삼 이를 간다.

"내 죽는 날까지 악착같이 즐기고 갈 거야. 그 인간 땜에 고

생한 거 생각하면."

서러움이 복받쳐오르는 듯 민자는 말끝을 흐린다. 자기 연민에 빠져 울먹이는 엄마를 바라보고 있자니 달희는 또다시 머리가 지끈거린다.

*

달희는 물 위로 솟구치며 머리를 좌우로 세게 흔든다. 벌써 한 시간째 물속에서 버둥거리고 있건만 아직 술이 안 깬다. 아무래도 오늘 수영은 이만하고 나가서 두통약이나 사먹어야 겠다.

달희 옆에서 수영하던 아가씨가 자신의 팔과 달희를 번갈아 불쾌한 듯 노려본다. 달희가 머리를 흔드는 바람에 아가씨의 팔에 물이 튄 것이다. 이미 젖은 몸에 물이 좀 튀었다고 해서 저렇게 불쾌할까? 젖은 자는 비를 두려워하지 않는데. 달희로 말하자면 아주 오래전에 젖은 자다. 몸을 말릴 생각도, 의지도 없다. 우산도 필요 없고 산성비도 두렵지 않다.

달희는 아가씨에게 말을 붙인다.

"술 먹고 수영해봤어요?"

아가씨가 달희를 무심하게 바라본다. 달희는 씨익 웃으며 말해준다.

"음주운전 같아요."

달희는 머리를 다시 한번 요란스레 흔든다. 이번엔 아가씨의 전신에 물이 튀자 아가씨가 까악, 비명을 지른다. 달희는 등 뒤에 따가운 시선을 느끼며 그대로 수영장을 나선다. 수영하다 물속에 수영모를 빠뜨렸지만 찾지 않을 것이다.

달희는 샤워실에서 샤워를 한 후 로커룸에 들어선다. 그리고 옷을 갈아입으며 거울에 비친 배를 바라본다. 한 점의 군살도 없는 달희의 배를 양다리가 떡 받치고 서 있다. 이오재, 당신의 욕심은 어디까지야? 달희는 심술부리듯 일부러 배에 힘을 주며 내밀어본다.

샤워실을 나선 달희는 오픈카 안에 오르면서 자신의 어깨에 물이 떨어지고 있다는 사실을 깨닫는다. 머리를 하나도 말리지 않은 채 젖은 머리 그대로 로커룸을 나섰다는 사실도.

달희는 핸드폰에서 자신에게 걸려온 번호들을 검색한다. 마침내 달희는 새벽에 자신에게 걸려온 대리기사의 번호, 구신정의 핸드폰 번호를 찾아낸다.

구신정, 내가 너에게 전화를 한다면 아마도 그건, 내가 네 눈빛에 속았기 때문일 거야.

"똥 됐다."

피자 배달을 가던 신정은 길 건너편에서 자신에게 수신호를 하는 교통경찰을 바라보며 혼잣말한다. 차량 통행이 없는 도로에서 불법유턴을 하다가 교통경찰에게 딱 걸려버린 것이다. 서둘러 나오느라 오토바이 면허증도 깜박했다. 이대로 도망갈 수 없다면 빨리 가서 해치워야겠다. 신정은 얼른 교통경찰 앞에다 오토바이를 세운다.

경찰이 도로교통법 위반 운운하며 신정에게 면허증 제시를 요구한다. 경찰은 벌써 볼펜을 꺼내 딱지를 끊을 준비를 하고 있다. 신정은 경찰에게 사정을 한다.

"저어, 한번만 봐주세요."

교통경찰이 신정을 위아래로 한 번 훑어본다.

"한 번 봤는데…… 어쩌라고?"

경찰이 썰렁한 표정으로 신정을 바라본다. 농담도 참, 표정만큼 썰렁하군. 신정이 난처한 기색을 보이며 쭈뼛거리자 경찰이 재촉한다.

"면허증!"

"없는데요."

"무면허야?"

"있는데 가게에 두고 왔어요."

경찰이 고개를 절레절레 젓는다.

"아저씨, 나 딱지 끊기면 일당도 안 나와요."

"그거 아는 녀석이 불법유턴을 해?"

경찰은 선심 쓰듯 벌금딱지를 끊어주고 바삐 사라진다. 신정은 자신의 손에 들린 딱지를 바라본다. 3만 원짜리다. 나름 감사하군. 개애새끼. 순간 신정의 핸드폰이 울린다. 신정은 핸드폰을 받는 대신 오토바이에 올라 달리기 시작한다.

폭설이나 소나기, 번개 같은 천재지변이 아닌 일로 배달이 20분 이상 늦으면 피자값을 받지 않는다는 게 신정이 일하는 피자가게의 영업 방침이다. 이것 땜에 죽어나는 건 아르바이트생들이다. 교통경찰 덕분에 5분을 날렸다. 신정은 시계를 본다. 앞으로 5분 내로 도착하지 않으면 피자값도 날려야 한다. 그렇게 되면 이 알량한 알바 자리도 날아가겠지.

부릉, 신정은 속력을 낸다. 피자를 배달할 아파트 단지에 급하게 도착한 신정은 오토바이의 시동도 끄지 않고 엘리베이터를 향한다. 신정이 배달할 곳은 401호인데 방금 문이 닫힌 엘리베이터는 이제 1층을 올라가고 있다. 신정은 피자박스를 든 채 비상구를 향한다. 그리고 4층을 향해 냅다 달린다. 정확히 5분 뒤에 신정은 온몸이 땀에 젖은 채 피자를 배달할 아파트의 벨을 누른다.

딩동, 딩동딩동, 벨을 세 번이나 눌렀건만 안에선 기척이 없다. 신정은 현관문을 두들기기 시작한다.

"피자 배달 왔어요!"

신정은 이번엔 소리를 질러보지만 안에서는 여전히 답이 없다. 신정은 설마 하는 마음으로 주소지를 다시 확인한다. 이런 낭패가. 101동 401호가 아니라 104동 401호다. 이래서 설마 하다가 똥 되는구나. 시간을 맞출 생각에만 미친 나머지 신정은 피자를 배달할 곳이 아파트 입구에서 제일 가까운 동이라고 편의대로 생각한 것이다. 멋대로 생각하고 뜻대로 움직이다 똥 된 인생. 이것이 이제까지의 인생이다. 신정의 인생.

신정은 시계를 본다. 약속 시간에서 이제 막 20분이 지나고 있다. 지금 달린다 해도 늦었다. 피자값을 받아내진 못할 것이다. 신정은 처진 어깨를 하고 104동의 401호를 향한다.

104동 401호에 도착한 신정은 주인아줌마에게 피자를 내밀며 피자값은 받지 않겠다고 말한다. 약속은 약속이니까. 아줌마의 입이 귀에 걸린다. 공짜 피자에 입이 찢어져라 좋아하는 아줌마를 보자 신정은 울고 싶어진다. 왜 사람들은 함께 웃을 수 없는 걸까. 아줌마를 등뒤로 하고 나오는 길에 신정의 귀에 핸드폰이 다시 울려대는 소리가 들린다.

달희가 만나자고 한 곳은 일산의 L백화점 정문 앞이다. L백화점은 신정이 알바를 하는 피자가게와 지척에 있었지만 한 번도 들어가본 적은 없다. 아니, 배달 나간 적은 있어도 쇼핑을 해본 적은 없다. 그 흔한 아이쇼핑조차도. 그래서 약속 시간보다 일찍 도착한 신정은 정문에 서서 여기가 정문이 맞느냐고 사람들에게 물어보아야 했다.

얼굴 사이즈의 반 이상이나 차지하는 잠자리채만한 선글라스를 끼고서 달희가 정문을 향해 천천히 걸어온다. 약속 시간보다 20분이나 늦게 말이다. 신정은 절로 찡그려지는 얼굴 표정을 바로 한다. 귀하신 분이 몸소 내 근무지 근처까지 행차하셨는데 화를 내선 안 된다. 그것도 신정이 잃어버린 지갑 때문에 온 건데 말이다. 신정이 달희에게 다가간다. 달희가 선글라스를 벗는다.

"미안, 좀 늦었죠?"

"20분이면 피자 한 박슨데."

"응?"

신정이 풋 웃고는 고개를 저으며 묻는다.

"저녁 얻어먹으려고 헤이리에서 여기까지 왔어요?"

달희가 들고 있는 선글라스를 만지작거린다. 자신이 전화한 여자가 신정이 맞는지 확인하면서 달희는 선글라스를 계속 만지작거린다. 신정은 잠시 선글라스를 받아줘야 하나 하는 고민에 빠진다. 거참 신경 거슬리게 하네. 백에다 넣든지, 머리띠처럼 두르든지, 나한테 던져버리든지 아무거나 빨리하란 말이야.

달희가 드디어 선글라스를 머리에 걸치며 답한다.

"공짜라면 어디든 가는 편이거든. 난 누가 공짜로 지옥행 티켓을 끊어준다면 기꺼이 갈 거야."

신정은 아이도 아니면서 오늘 하루종일 어른들에게 반말을 들었다. 교통경찰에게, 피자가게 주인에게, 그리고 지금 내게 함부로 속을 보이는 이 여자에게. 왜 나이 든 사람들은 어린 사람들에게 무조건 반말부터 하고 보는지 모르겠다. 그러면 어른 대접을 받을 거라고 생각하나.

"지금 근무시간이에요."

"퇴근할 때까지 기다릴게. 저녁, 공짜잖아."

신정은 밥맛없다는 듯 달희를 바라본다. 어디 계속 농담해보시지. 내가 웃어주나.

"할일이 그렇게도 없어요?"

"응. 도우미가 다 해주거든."

신정은 더이상의 실랑이를 포기한다.

"그러세요, 그럼. 대신 떡볶이 이상은 못 사요."

"30만 원어치면 돼."

신정의 얼굴이 구겨진다. 이 아줌마, 은근 뒤끝 있네. 신정의 떨떠름한 표정을 보며 달희가 정정한다.

"농담이야. 백화점에서 바꿀 게 있어서 온 거야. 사고 나면 꼭 맘이 바뀌거든."

달희는 신정에게 지갑을 내밀고 나서 쿨하게 돌아선다. 아주 잠깐이지만 달희의 쿨함이 신정의 맘에 든다. 신정은 지갑을 받아든 채 달희를 불러세운다.

"저기요."

달희가 재빨리 돌아본다. 당장 불러주기를 기대한 사람처럼 말이다.

"지금 먹으러 가죠. 실은 방금 잘렸거든요."

거짓말이다. 방금 잘렸다는 건. 신정은 여기 오기 직전 피자집을 그만두겠다는 문자를 주인에게 날려버렸다. 물론 피자집 앞에 오토바이는 갖다놓고 말이다. 일당은 오늘 끊긴 딱지와 배달 시간 지연으로 받아내지 못한 피자값으로 대신하면 될 것이다.

주인은 평소에 신정에게 한 번만 더 딱지를 끊기거나, 배달을 늦게 해서 피자값을 못 받아오면 그날로 해고하겠다고 말했었다. 그날이 오늘이고, 딱지 끊긴 것과 배달 늦은 건 오늘이 두번째다. 근무한 지 반년 만에 말이다. 마침 어제가 월급날이었다.

신정은 누군가에게 차이는 걸 싫어한다. 꼭 연애 대상이 아니라도 차일 때마다 견디기가 힘들다. 이젠 내성이 생길 만도 하건만 그쪽 계통으로 마음을 다스리는 일엔 영 젬병이다.

가게 앞에 서 있는 오토바이를 보고서 주인은 신정에게 바로 핸드폰을 했지만 신정은 일부러 받지 않았다. 그러자 '요즘 것들 에티켓 참 똥이구나'란 문자가 주인에게서 날아왔다. 또 연이어 '이건 알아둬 어차피 자르려 했어'란 두번째 문자를 받자마자 첫번째 문자와 함께 바로 삭제해버렸다. 이 피자집은 배달회사의 라이더보다 아르바이트생을 더 선호해왔다. 그래서 개인 오토바이가 없는 신정이 일할 수가 있었다. 이젠 과거가 되었지만.

신정은 달희와 함께 백화점을 나선다. 그리고 달희와 어색

하게 라페스타 거리를 걷다가 '와와분식'이란 간판이 달린 떡
볶이집으로 들어선다. 신정은 떡볶이집이 달희의 나이와 화려
한 옷차림엔 어울리지 않는다고 생각한다. 그렇다고 근사한
레스토랑에 들어서기엔 신정의 옷차림이 어울리지 않을 것이
다. 그런 덴 아예 들어갈 생각조차 없지만 말이다.

벌써부터 주인아줌마가 달희에게 서비스 어묵 국물을 내놓
으며 긴장하는 모습을 보인다. 그래봤자 떡볶이값을 두 배로
주거나 팁을 내주진 않을 것이다. 계산은 신정이 할 테니 말이
다. 신정은 떡볶이 2인분을 시키면서 삶은 계란과 튀김도 떡볶
이에 함께 버무려달라고 주문한다. 그러고 나서 신정은 달희
가 보는 앞에서 돌려받은 지갑을 열어본다. 지갑은 텅 비어 있
다. 신정은 달희를 노려본다. 당황한 듯 달희가 말한다.

"돈은 하나도 없었어."

"정말이요?"

"정말. 난 손 안 댔어."

달희는 손을 대지 않았다는 표시로 두 손바닥을 펼쳐 신정
을 향해 내보인다. 강한 부정을 긍정의 신호로 받아들이지 않
았음 좋겠는데.

"근데 왜 쫄아요?"

"그러게."

신정은 복수에 나름 성공했다는 쾌감에 젖는다. 둘 앞에 먹
음직스러운 떡볶이와 튀김이 놓인다. 달희는 어서 드세요, 라

는 신정의 분부를 기다린다. 신정은 포크를 달희 앞에 놓아준다. 포크를 집긴 했지만 도둑으로 몰리기 직전이라 달희는 아직 먹을 수가 없다. 입에 침까지 가득 고여 있지만 말이다.

"돈은 안주머니에 넣고 다녀요."

달희는 그제야 떡볶이를 콕 찍어 입에 넣는다.

"왜?"

"그래야 잃어버리지 않죠."

달희는 이해가 간다는 듯 고개를 끄덕인다.

"지갑은 폼이구나?"

말해놓고 보니 그리 폼나는 지갑도 아니라는 생각이 든다. 낡은 갈색 지갑. 성별 중성. 나이 짐작건대 8세. 지갑 나이로는 환갑. 아, 그런데 이 떡볶이 왜 이리 맛있는 거지?

"구정 쇄? 신정 쇄?"

"왜요?"

"이름이 구신정이잖아."

달희는 피식 웃고 나서 수저로 어묵 국물을 떠먹는다. 신정도 어묵 국물을 떠먹으려다 잠시 주저하며 국물을 하나 더 달랄까 하는 고민에 빠진다. 주인아줌마가 서비스 어묵 국물 하나에다 수저를 두 개 담아다 주었기 때문이다. 연인 사이라면 함께 떠먹는 게 가능한 일이지만 이 여자와 난 남이지 않은가.

"남의 이름 갖고 농담하는 걸 좋아해요?"

"모든 농담을 좋아하는 편이지."

달희가 떡볶이를 한입에 쏙 넣는다. 맛있다.

"근데, 사랑 갖고 농담은 안 해."

신정이 어묵 국물을 뜨다 말고 달희를 물끄러미 본다. 이 여자, 괜한 말을 한다. 묻지도 않은 말을.

"신정, 구정 전부 안 쇄요. 나한텐 명절 같은 거 의미 없어요."

"스물다섯?"

"위조한 게 아니라면 맞을걸요."

"나랑 띠동갑이네?"

선뜻 말하고 나서 달희는 후회한다. 괜히 말했다. 더 어리게 보일 수도 있었는데.

신정이 놀란 듯 되묻는다.

"서른일곱?"

달희는 고개를 끄덕인다. 신정은 고개를 갸우뚱한다.

"그렇게 안 보이는데."

이크, 그렇다니까. 괜히 말했다니까. 달희는 조금 긴장한 채 묻는다.

"그럼 어떻게 보여?"

"훨씬 더 들어 보여요."

얘 좀 봐라. 사람 약 올리는 재주가 있다.

"실망이네. 어려 보이려고 얼마나 발악을 하는데. 밥 먹고 그 짓만 한다구."

수저를 든 신정이 무의식적으로 어묵 국물을 떠먹는다. 달희도 어묵 국물을 같이 떠먹는다. 신정은 속으로 생각한다. 하나 더 안 시키길 잘했다. 결벽증이라고 괜히 오해 살 뻔했다.

"거짓말이에요. 서른일곱보다 훨씬 어려 보여요. 스물아홉?"

피식, 달희는 웃는다. 기분 좋아졌다.

"거짓말 잘하네?"

"못해요. 잔머리 굴리는 거 싫어하거든요."

달희는 기가 살아 말한다.

"거긴 외모부터가 거짓말이야. 면허증 보기 전엔 남잔 줄 알았다니까."

"태어난 거부터 거짓말이죠. 만우절에 태어났으니까."

신정이 속으로 덧붙인다. 지금 이렇게 살아 있다는 것도.

달희가 포크로 떡볶이를 찍는다. 그러고 보니 신정은 떡볶이에 손을 대지 않고 있다.

"안 먹어?"

"떡볶이 안 좋아해요."

달희는 조금 미안해진다.

"남자처럼 하고 다니는 이유가 있어? 여잘 싫어해?"

"야간에 대리운전하려면 어쩔 수 없어요. 먹고살아야죠."

"혼자 살아?"

"사람은 누구나 혼자죠."

"지갑에 여자아이 사진이 있던데 누구야?"

"취재 나왔어요? 기자예요?"

"아줌마들이 원래 호기심이 많잖아."

"쓸데없는 관심이겠죠."

"맞아. 쓸데없는 관심."

어느새 떡볶이집은 만원이다. 손님들이 들어왔다가 빈자리가 없어서 그냥 나간다. 주인아줌마가 떡볶이 2인분만 시켜놓고 수다만 떠는 달희와 신정을 원망스레 바라본다. 정작 두 사람은 이 사실을 의식하지 못하고 있지만 말이다.

"조카예요."

"귀엽네. 이모들은 조카라면 사족을 못 쓰지."

"아기 없어요?"

달희는 고개를 끄덕인다.

"불임인가봐. 섹스를 그렇게 많이 했는데."

신정이 풋 웃는다. 이 여자 꽤나 솔직하네. 달희도 따라 웃는다.

"떡볶이 맛있다. 대학 졸업하고 첨 먹어봐."

"참 오래도 참았네요."

신정은 떡볶이를 달희 앞으로 밀어준다.

"다 드세요. 추가 주문은 없으니까요."

두 사람은 떡볶이집을 나서서 라페스타 거리를 걷는다. 아까보단 좀 가까워진 보폭이다. 신정은 생각한다. 착각하지 말아요. 그렇다고 우리가 친해진 건 아니야. 인파 때문에 어쩔 수 없이 이렇게 걷고 있을 뿐이니까.

신정의 시야에 편의점이 들어온다.

"잠깐만요."

신정은 길에 달희를 세워놓고 얼른 편의점으로 달려간다. 그러곤 캔커피 두 개를 사와 달희에게 하나를 내민다. 적은 돈으로 상대의 인심을 사야 할 때는 손발이 부지런해야 한다. 2차로 커피전문점엘 들어간다면 떡볶이값보다 비싼 대가를 치르게 될 것이다.

달희가 캔커피를 받아든다.

"이런, 후식까지? 오늘은 풀서비스네?"

오늘이라면 내일을 기약한단 뜻? 신정은 맘속으로 고개를 젓는다. 우리에게 내일은 없다. 나에겐. 누구하고도 내일 같은 건 없다.

달희가 캔커피를 딸 생각은 않고 손으로 굴리면서 만지작 거린다. 아니 뚜껑까지 나더러 따달란 말인가? 이 아줌마 정말 뚜껑 열리게 하네.

달희가 계속 캔커피를 만지작거린다.

"난 우리집 커피만 마시거든."

"모순투성이네요. 애인은 밖에서 만나면서."

갑자기 달희가 신정에게 와락, 차 키를 던진다. 신정은 한 손으로 잽싸게 키를 받아낸다.

달희가 감탄사를 내뱉는다.

"와, 원래 그렇게 빨라?"

"원래 그런 건 없어요. 먹고살다보니 빨라진 거죠."

달희는 신정의 얼굴에 대고 명령조로 말한다.

"지하주차장에서 차 좀 **빼와**. 다시 지하로 내려가긴 싫거든."

"아무한테나 차를 맡겨요? 도망갈지도 모르는데."

"아무한테나 안 맡겨."

신정은 달희의 차 키에서 은은하게 풍겨나오는 향수 냄새를 맡으며 지하주차장을 향한다. 부자들은 자기 몸에건 옷에건 물건이건 향수를 뿌려댄다. 자기 고유의 향기엔 자신이 없으니까. 그래야 악취를 숨길 수 있으니까 말이다. 신정은 오기가 생긴다. 정말 이대로 차를 끌고 가버릴까보다. 그러나 지하주차장에서 차를 끌고 나오면서 신정은 마음을 바꾼다. 6천 원이나 되는 주차비를 신정이 냈기 때문이다. 저녁을 샀는데 주차비까지 내줄 순 없다. 6천 원을 받아내기 위해 신정은 달희에게로 간다. 달희가 차에 오르자마자 신정은 안전벨트를 풀며 손을 내민다.

"7천 원 주세요. 주차비 내 돈으로 냈어요."

천 원은 신정이 차를 끌고 나온 수고비다. 너무 싸게 불렀나. 조금 후회가 된다.

"내리지 마."

달희는 다시 명령조다.

"Y호텔로 가. 운전 좀 해줘."

"술 안 마셨잖아요?"

"떡볶이에 취했거든."

신정이 킥, 웃는다.

"왜 웃어?"

"진도가 너무 빠르지 않아요?"

무슨 뜻일까? 달희는 신정을 의아하게 보며 부연 설명을 기다린다.

"친해지는 속도 말이에요."

이 아이, 뭔갈 오해하고 있는 것 같다. 말하자면 우리 사이를.

"내가 꼭 사모님 불륜을 알고 있는 기사라도 된 거 같잖아요. 사장님 전화번호 어떻게 되죠? 그럼 사모님을 협박할 수 있는데."

아아, 오해는 내가 했구나. 괜히 달희는 멋쩍어진다.

"농담, 안 어울려."

신정은 생각한다. 그렇겠지. 농담은 당신 같은 부르주아의 전유물이니까. 나처럼 가난한 사람에겐 거짓말이 어울린다. 가난한 사람들이 거짓말을 하는 이유가 살아남기 위해서란 걸 이 여자는 알까. 그게 생존 전략이란 걸. 그래서 농담과 거짓말엔 엄청난 계급 차가 존재하는 거다. 당신과 나처럼.

신정은 다시 안전벨트를 매고 Y호텔로 향한다. 부드럽게, 빠르게, 안전하게. 대리운전기사가 이 세 가지만 지키면 누구든 단골을 만들 수 있다. 거기다 친절함까지 덧붙이면. 섬세함마저 곁들인다면 금상첨화일 것이다.

신정이 오픈카 안을 흘금 보곤 다시 앞을 보며 달린다.

"차가 멋져요."

"난 답답한데?"

"그럼 지붕을 열면 되잖아요."

"간단하네."

신정은 오픈카의 지붕을 여는 버튼을 능숙하게 찾아 누른다. 대리운전기사라면 누구나 이 정도 버튼의 위치는 알고 있다. 원탁의 기사라면 모르겠지만 말이다. 스르륵, 오픈카의 지붕이 열린다. 거리의 소음으로 인해 차가 더 쌩 달리는 느낌이다.

달희가 핸드백에서 라일락 담배를 꺼낸다. 신정은 달희의 긴 손가락 사이에 끼인 가느다란 담배를 바라본다. 라일락. 당신의 이미지완 어울리지 않는다. 꽃말이 무얼까. 알게 뭐야. 언젠 그런 거 궁금해하며 살았나. 차라리 당신에겐 맨드라미가 더 어울려. 우수수, 여기저기 닭볏 같은 거나 흘리고 다니잖아. 칠칠맞게. 신정은 다시 정면을 주시하며 달린다.

달희가 입에 담배를 물고 라이터를 꺼내며 묻는다. 좀 전보다 커진 목소리로.

"피울래?"

신정도 목소릴 키운다.

"안 피워요!"

"의외네?"

두 차례나 라이터로 담뱃불 붙이기에 실패하고 나서야 달희의 담배에 불이 붙는다. 입에 문 담배를 한 손으로 둥그렇게 감싸고 라이터 불을 붙였다면 바람에 라이터 불이 꺼지는 걸 막을 수 있었을 것이다. 하지만 달희는 그러지 않는다.

신정이 속력을 낼수록 차 안은 더 시끄러워지고 두 사람의 목소리도 더 커진다. 목소리를 키우니 신정은 갑자기 난데없는 자신감이 생긴다. 그래서 목소릴 더 키운다.

"돈 들잖아요! 나중에 끊기도 힘들고! 끊기 힘든 건 애초에 시작도 안 해요! 의지가 약한 편이거든요!"

"말 된다!"

바람으로 인해 달희의 머리카락이 하늘로 흩날린다. 담배 연기는 하늘로 날아가며 흩어지지만, 머리카락은 흩어지지 못하고 그냥 흩날릴 뿐이다. 흩어지는 것과 흩날리는 것 중 어느 것이 더 슬플까. 흩어지고 싶지만 흩날리는 것과 흩날리고 싶지만 흩어지는 것 중엔 누가 더 외로울까.

달희가 저녁노을을 바라본다. 순간 달희의 목에 걸친 스카프가 휘릭, 하늘로 날아가버린다. 신정은 바람에 저항하듯 한 손으로 잽싸게 모자를 꽉 잡는다.

"닫아야겠어요. 이러다 전부 날아가겠어요."

신정은 말을 끝내기 무섭게 오픈카의 지붕을 닫는다. 달희는 분위기에 아주 잘 적응하는 사람처럼 금방 목소리를 낮춘다.

"조용하네."

킥, 신정이 웃는다. 이 여자 은근히 순진한 구석이 있네.

달희가 묻는다.

"오픈카의 모순이 뭔지 알아?"

"뭔데요?"

"지붕 닫고 달릴 때도 오픈카라고 불리는 것."

달희를 바라보며 또 한번 신정이 웃는다. 난 원래 웃는 사람은 아니야. 웃게 된 사람이지. 어쩔 수 없이.

달희의 오픈카가 무사히 Y호텔 정문 앞에 도착한다. 달희에게 약속 시간을 묻진 않았지만 예정보다 빨리 온 것이다. 신정의 운전 실력 덕분이다. 달희는 신정에게 10만 원권 수표 한 장을 내민다. 너무 과하다. 하지만 대놓고 호들갑을 떨면 안 된다. 가볍게 감사의 표시만 해야겠다. 낯간지러운 생색은 사절이니까.

신정은 두 손으로 10만 원을 받는다.

"원래 이렇게 후한가요?"

"원래 그런 건 없다며. 잘살다보니 후해진 거지."

달희가 신정의 귀에 대고 속삭인다.

"불륜을 눈감아주는 대가라면 어때?"

고작 10만 원으로? 신정은 기가 막혀서 피식 웃음이 나온다. 달희도 픽 웃으며 묻는다.

"가끔 전화해도 돼?"

이 여자의 약점을 돈으로 환산하면 얼마쯤 될까 생각하는 동안 신정은 달희의 질문에 대답할 시간을 놓친다.

"싫은가보네. 그럼 자주 전화할게. 거기 운전 솜씨 맘에 들어."

이 여자, 내게 중간상인 없는 직거래를 요구하고 있다. 그렇담 머릴 굴려야겠다. 신정은 거래조건을 내민다.

"핸드폰으로 전화주세요. 사납금을 아낄 수 있으니까."

"그야 어렵지 않지."

"좋아요. 그럼."

"오케이. 딜."

둘은 하이파이브를 한다. 신정은 이 기세를 몰아 달희에게 묻는다. 기왕이면 붕 띄워주려는 것이다.

"앞으로 뭐라고 부를까요? 선생님, 사모님, 여사님, 선배님, 언니, 전부 가능한데."

"이왕이면 언니로 해줘."

뒤차가 오픈카를 향해 가볍게 클랙슨을 울린다. 입구에 너무 오래 있었나보다. 달희가 서둘러 차에서 내린다.

"파킹해놓고 가. 키는 직원한테 맡겨놓고."

신정은 호텔 안으로 들어가는 달희의 뒷모습을 바라본다. 뒷모습에도 표정이 있다면 저 모습은…… 신정은 고개를 젓는다.

빠앙, 뒤차가 다시 한번 클랙슨을 울리자 신정은 뒤차에 대고 가운뎃손가락을 올리고 나서 천천히 주차장을 향한다.

농담하는 여자의 거짓말

달희가 Y호텔의 레스토랑에 들어서자 낯익은 여자 직원이 환하게 인사를 한다. 낯이 익다고 해서 친하다는 의미는 아니다. 달희는 일상에서 자주 부딪치는 사람들과 친하게 지내는 타입은 아니다. Y호텔을 드나드는 일도 일상이라고 표현한다면 말이다. 달희가 낯선 사람들에게 말을 붙이고 친하게 지내는 모습을 소우가 본다면 이렇게 한마디를 할 것이다. 애쓴다…….

여직원은 미리 와 기다리는 가족들이 있는 곳으로 친절하게 달희를 안내한다. 달희는 가족들에게 걸어가는 아주 잠깐의 시간 동안 신정을 떠올리며 풋 웃는다. 순진하긴. 호텔 앞에서 내린다고 전부 호텔 룸으로 들어가는 건 아니야. 결혼을 했다고 해서 전부 가정에 충실한 건 아니듯 말이야. 어쩜 나는 앞으로 네게 농담만 해댈지도 모르겠다. 네가 내 차를 몰 일이 있다면. 내가 네게 숨겨야 할 진실이란 게 있다면.

마음은 딴 데 두고 발걸음만 가족을 향하며 달희는 행위 자체에만 충실한 것은 과연 충실하다고 할 수 있을까 생각한다. 오늘은 가족 저녁식사 모임이 있다. 명분은 엄마의 생일이다. 파티는 남편이 제안했다. 달희는 동의했다. 들러리는 공짜라면 사족을 못 쓰는 오빠 달진이다. 물론 모든 비용은 남편이 댈 것이다. 오늘 분명한 목적을 들고 온 들러리 달진은 이 모임의 또다른 주인공이 되고자 한다.

창가 쪽 VIP석에는 남편이 사준, 정확히 말하자면 남편이 돈만 대준 옷을 입고서 엄마가 앉아 있다. 옆엔 오빠가, 맞은편엔 남편이 앉아 있다. 남편의 옆자리는 비어 있다. 그 자리는 달희의 자리다. 그들은 달희가 오는 동안 간간이 웃으며 잠시 후면 곧 잊힐 수다로 시간을 때우고 있다. 그다지 어울리는 가족의 모습은 아니다. 이제 곧 달희가 그 자리를 채울 것이고 그렇다 해도 썩 어울리는 그림을 연출하진 못할 것이다.

"장모님, 생신 축하드립니다."

달희가 자리에 앉자마자 오재는 기다렸다는 듯 민자에게 선물을 내민다. 오재는 아까부터 선물을 흘끔거리는 민자가 마음이 쓰였지만 달희가 오기 전까진 내놓을 수가 없었다. 이 선물의 목적은 민자를 만족시키기보다는 달희의 선심을 사려는 의도가 짙다. 오재는 끊임없는 물량공세로 달희에게 잘 보이려 한다. 목적은 적당히 간교하다. 아내를 완전히 장악하려는 것이다. 오재는 물량공세로 아내의 두 눈을 확실히 멀게 만들려고 한다. 오재는 우선 장모의 눈부터 멀게 만들 예정이다. 먼저 주변부를 공략한 다음 중심을 치고 들어가 전부를 차지하려 한다.

"고맙네. 역시 우리 사위야."

선물을 풀기도 전 민자가 오재에게 공치사를 한다. 선물의 내용보다 우선 화려한 포장지가 벌써부터 민자의 맘에 든다. 민자는 선물 역시 포장지만큼이나 화려하길 기대한다. 오재는 달희에게 귓속말을 한다.

"기분 좋은 일 있니? 예뻐 보인다."

"언젠 안 예뻤나?"

달희가 입을 삐죽하며 웃어준다. 웃는다, 라고 오재는 생각할 수 없다. 왜 이 여자는 그냥 웃지 않고 의도적으로 웃어주는 걸까. 왜 이 집안의 가장인 나를 머슴처럼 황송한 기분이 들게 만들까.

"그래. 그게 내가 너랑 결혼한 이유지."

나이로는 오재보다 한참 아래인 달희 오빠 달진은 이것들이 놀고 있네, 하는 표정으로 둘을 바라본다. 이유는 한 가지다. 두 사람 모두 달진을 보고 있지 않기 때문이다. 만일 이런 달진의 표정을 오재가 본다면 지금 구상중인 사업 이야기는 주문한 요리가 나오기도 전에 여기서 끝내는 게 나을 것이다.

달진은 냉소적인 표정을 재빨리 거두어들인다.

오늘 생일상의 메뉴는 바닷가재다. 장모에게 미역국이나 먹이려고 오재가 여길 예약한 건 아니다. 이 레스토랑은 바닷가재 전문 레스토랑은 아니지만 오재는 미리 예약을 하고 요리사에게 바닷가재를 특별 주문했다. 요리를 못하는 달희를 위해 특별 배려한 것이다. 오재는 맘만 먹으면 평범한 식당도 전문 레스토랑으로 만들 수 있다. 그 어떤 평범함도 자신의 손을 거치면 특별하게 변신시킬 자신이 있다. 모름지기 사업가란 그래야 한다는 게 오재의 생각이다.

사실 달희가 요리를 잘하는지 못하는지 오재는 잘 모른다. 그건 오재의 관심 분야가 아니다. 요리뿐 아니라 무슨 일이건 오재는 달희가 생산적인 무언가를 잘할 거란 생각은 해보지 않았다. 오재의 이 생각은 다른 여자들에게도 동일하게 적용된다. 오재는 달희라는 개인을 언제나 여자라는 전체로 일반화시킨다.

푸짐하고 싱싱한 바닷가재가 달희의 가족 앞에 놓인다. 흰 와이셔츠를 입은 말쑥한 얼굴의 남자 직원이 다가온다. 직원은 흰 와이셔츠 때문에 얼굴이 더 말쑥해 보이고, 말쑥한 얼굴 때문에 와이셔츠는 더 희게 보인다. 직원은 민자에게 화이트 와인의 시음을 권한다. 술이라면 소주에 더 정통한 민자가 맛도 모르는 와인을 한 모금 마시곤 고개를 끄덕인다. 오늘은 무조건 오케이다.

가족이란 이름이 아니었다면 한자리에 모일 명분도, 이유도 없는 가족들이 잔을 들어 건배를 한다. 난생처음으로 대하는 럭셔리한 생일상 앞에서 민자가 포크와 나이프를 들고 의욕적으로 바닷가재를 뜯기 시작한다. 저렇게 맹렬한 기세라면 사람이라도 뜯어먹을 것 같다. 인간은 도구를 활용하는 동물이다, 라는 말을 모토로 살아온 달진 역시 망치와 포크를 적절히 써가며 이 화려한 식탁을 즐긴다.

　달희는 멍하니 바닷가재를 바라본다. 의욕이 생길 리가 없다. 165센티미터에 48킬로그램의 깡마른 여자가 하루 저녁에 두 번의 식사를 하기란 쉬운 일이 아니다. 그러나 다들 먹는 일에 열중하느라 달희가 식사에 의욕이 없다는 걸 눈치채지 못하고 있다. 달진이 와인을 음료수처럼 쭉 들이켜고 나서 본론을 꺼낸다.

　"매부, 내 단도직입적으로 말할게."

　나이는 손아랜데 서열은 손위여서인지 그동안 달진은 오재에게 반말을 해왔다. 오재는 공손하게 달진에게 고개를 끄덕인다.

　"이번에 사업 하나를 구상중인데 투자 좀 해줘."

　달희는 사전에 미리 이야기를 끝내고 단합대회까지 마치고 온 엄마와 오빠를 바라본다. 엄마는 모르는 척 시침을 뚝 떼고 바닷가재의 다리를 집어 살점을 뜯어먹는다. 이젠 사위의 살점을 떼어먹을 차례. 민자는 생각한다. 부모가 자식이 원하는 것을 해줄 수 없을 땐 대리인이라도 있어야 한다고. 민자는 자신의 복사판인 아들을 조마조마한 심정으로 바라본다. 아들은 마치 자신을 비춰주는 거울과도 같아서 조심스레 다루어야 한다. 잘못 간수했다간 깨지기 십상일 것이다.

어떤 사람이 누군가에게 한번 뻔뻔해지기로 작정하면 그 목록은 날이 갈수록 늘어난다. 달진은 민자와 더불어 주기적으로 오재의 살점을 떼어먹어왔는데 요즘은 주기가 조금 빨라졌다. 달희에 대한 욕망이 달아오른 오재를 보아버린 것이다. 민자와 동시에 말이다. 달진은 오재의 욕망이 얼마 가지 않을 것임을 안다. 사랑은 오래 참으며 오래가지만 욕망은 참을성도 없고 오래가지도 않는다. 그러니 쇠뿔은 단김에 뽑아야 한다.

"무슨 사업입니까?"

여전히 공손한 어조로 오재가 묻는다. 달진은 이번엔, 이라고 말을 꺼내려다 집어넣는다. 오재가 달진의 말만 믿고 투자를 했다가 손해만 남겼던 과거를 떠올린다면 본전도 못 찾을 것이 뻔하기 때문이다. 오재가 달진의 말을 믿었다는 건 순전히 달진의 생각이다.

"지분 많이 내줄게. 돈 되는 주식이라고 생각하고 투자해 줘."

달진은 잠시 뜸을 들인다. 중요한 말을 서두에서 던졌으니 오재에게 생각할 말미를 조금 주려는 것이다.

"무슨 사업이냐면……."

오재가 피곤한 듯 달진의 말을 자른다.

"내일 회사로 들러요. 사업계획서부터 보지요."

"당연하죠. 우린 프로니까. 벌써 다 준비해놨다고요. 하하하."

달진은 무언가 자신이 불리하다 싶을 때면 존댓말이 튀어나온다. 보나마나 사업계획서 같은 건 있지도 않을 것이다. 민자가 참견을 하고 나선다.

"이번엔 제대로 하는 거지? 지난번처럼 허투루 했다간 나, 이서방한테 얼굴 못 든다."

와락, 달진의 얼굴이 구겨진다. 행여 오재가 과거를 떠올릴까봐 애써 단어 선택에 신중을 기했더니만 엄마라는 작자가 또 주책맞게 나서버렸다. 환상의 2인조도 가끔은 손발이 안 맞을 때가 있다. 그런데 요즘은 자주 맞질 않는다. 나이가 들면서 민자 쪽에서 고장이 잦아진 것이다.

달희는 속으로 으르렁대고 있는 개와 고양이 같은 2인조를 바라본다. 오빠가 개라면 엄마는 고양이다. 달희는 쥐라고나 할까. 중재는커녕 잡아먹히는 존재다. 달희가 이들의 모습을 부끄러워했다면 오재와 결혼하지 않았을 것이다. 오재에게 잘 보이고 싶었다면. 달희는 그제야 엄마가 색조화장을 하고 나왔단 사실을 깨닫는다.

생일파티가 끝나자 오재는 민자와 달진에게 택시를 잡아준

다음 자신의 BMW를 몰고 갈 대리기사를 부른다. 그리고 달희의 오픈카에 오른다. 오재 역시 달희와 마찬가지로 와인을 걸쳤지만 대리기사를 둘이나 부르는 건 사치라 생각한 것이다. 오픈카의 운전은 오재가 한다. 여자는 남자보다 술에 더 약한 동물이기 때문이다. 하긴 뭐엔들 더 강할까. 오재는 초저녁부터 빈속에 와인을 마셔댄 달희가 내심 못마땅하다.

빨간 오픈카를 검정 BMW가 따라온다. 아직까진 잘 따라오고 있다. 핸들을 돌리면 저대로 도망갈 수도 있을 것이다. 달희는 믿을 수가 없다. 오늘 처음 본 사람에게 핸들을 맡기다니. 그것도 흠집 하나 나지 않은 BMW를. 아내는 매순간 의심하면서 말이다. 운전을 하는 오재의 옆얼굴을 보며 달희는 갑자기 자신이 남편에 대해 아무것도 모르고 있다는 생각을 한다.

오픈카가 달희의 집 앞에 도착한다. BMW 역시 달희의 우려와는 달리 무사히 도착한다. 대리기사가 차에서 내려 주차장에 넣어드릴까요, 하고 묻는다. 오재는 괜찮다고 말하며 기사에게 약속한 금액에 팁 2만 원을 더 얹어준다. 기사는 공손하게 인사를 하고 나서 1번 게이트를 향해 씩씩하게 걸어간다. 달희는 오재가 BMW를 주차장에 넣는 동안 자신의 오픈카를 주차장에 넣을 생각도 않고 사라져가는 기사의 뒷모습을 바라본다. 불현듯 달희는 신정을 떠올린다. 등에 대고 오바이트를 해버린 날, 뒤도 돌아보지 않고 종종걸음으로 사라졌던 신정을.

"당신 그렇게 돈이 많아?"

화장대에 앉아 클렌징워터로 화장을 지우면서 달희는 오재에게 묻는다. 주차도 샤워도 마치고 벌써 침대에 드러누운 오재는 철없는 아이의 질문에 답하듯 무성의하게 말한다.

"그것도 모르고 결혼했니?"

결혼할 때 달희는 결혼정보회사의 실장에게 오재가 자수성가한 사업가라고 들었다. 청혼을 받아들이고 나서 달희는 오재가 조명회사 사장이란 걸 알게 되었다. 달희는 오재에 대한 정보를 결혼 전에 충분히 제공받았으나 관심을 두지 않았다. 그러니 모르고 결혼했다고 하는 게 맞을 것이다.

달희는 천천히 화장을 지운다. 화장을 지운 담엔 샤워를, 샤워 후엔 섹스를 하게 될 것이다. 오늘밤 달희의 목표는 늦게 시작하고 빨리 끝내는 것이다.

오재가 달희에게 다가온다.

"난 벌여놓은 일이 많아. 정확히 말하면 투자자야. 뭐든 가치 있는 일에 투자해. 너한테도 투자했지. 처남한테 투자하는 건 너한테 하는 거야."

오재는 샤워도 하지 않은 달희를 번쩍 들어 침대에 눕히곤 입부터 맞춘다. 달희의 의도완 달리 섹스는 빨리 시작되고 늦게 끝난다. 그래서 뭐든 계획하면 안 되는 것이고, 계획대로 되는 일은 없는 것이다.

오재가 돌아눕는다. 그리고 이내 곯아떨어진다. 달희는 오재의 등을 바라본다. 넓다. 너무 넓어서 팔을 벌린다 해도 안기는 힘들 거 같다. 달희는 사막을 떠올린다. 이 집에서 자주, 달희는 사막을 느낀다.

"여보."

잠결에 오재가 답한다.

"응?"

"꽃들도 노래하는 거 알아?"

"……."

달희는 오재의 대답을 기다린다. 오재는 쿨쿨 코고는 소리로 달희에게 답한다. 달희는 돌아누우며 돼지 같은 놈, 이라고 속삭여본다. 오재의 코고는 소리는 더욱 커진다. 달희는 오재의 귀에 대고 속삭인다.

"꽃들의 합창소리가 얼마나 시끄러운지 알아?"

*

"어디로 갈까요?"

이른아침, 달희의 호출에 달려온 신정은 운전석에 앉아 안전벨트를 매며 묻는다. 남편이 출근하자마자 달희는 신정에게 전화를 해서 불러낸 것이다. 평소와 다르게 일찍 외출에 나선 달희를 보며 도우미는 의아한 표정을 짓는다. 그러나 얼마 전 깨뜨린 접시 값을 생각하면서 곧 표정을 거두어들인다. 만일 달희가 오늘처럼 평소와는 다른 행동을 계속한다면 곧 새로운 흥정이 필요해질 것이다.

달희가 장난스럽게 답한다.

"어디든 가봐. 핸들을 쥔 건 너잖아."

"핸들을 쥐었다고 해서 어디든 갈 수 있는 건 아니죠."

신정은 달희를 바라본다. 내 손은 오직 주인의 분부만을 기다려요. 명령대로 움직이는 로봇이라니까요.

"난 내가 원하는 곳에 한 번도 가본 적이 없어요."

"난 내가 사랑하는 사람하고 한 번도 같이 있어본 적이 없는데."

달희가 킥 웃는다. 신정은 이렇게 비참한 말을 뱉어놓고 웃는 달희가 이해되질 않는다. 하긴 농담이라면 이해할 수도 있겠다. 신정은 달희의 얼굴을 바라본다. 이 여자, 살아 있는 삶과는 무관한 공기인형 같다.

"시원한 공기가 필요해 보여요. 살아 있는 공기."

신정은 핸들을 틀며 묻는다.

"마시러 갈래요?"

신정의 말은 달희에게 술 마시러 가자는 말처럼 들린다. 달희는 무조건 고개를 끄덕인다. 신정은 힘주어 액셀을 밟는다.

달희는 문득 이 아이가 가는 곳이 바람이 부는 방향이었음 좋겠다고 생각한다.

신정은 오픈카를 몰고 남대문시장에 도착한다. 상가 주차장에 주차를 하고 나서 신정은 달희를 이끌고 시장으로 걸어나온다. 달희는 눈이 휘둥그레진 채로 시장을 구경한다. 시장통의 먹자골목, 거리에서 파는 옷들, 가게에서 파는 그릇들, 문방구에서 파는 문구류들, 파는 사람들, 사는 사람들, 왁자그르르한 사람들…… 여기가 천국이다.

사방을 떠다니던 사람들의 왁자한 소리가 갑자기 크게 들려온다. 거리의 좌판에서 옷을 파는 아저씨가 "세일!"을 외치며 춤을 추고 있다. 달희는 갑자기 시장 한가운데 서 있는 느낌이 든다. 이 생소한 느낌에 달희는 당황한다. 어딘가의 한복판에 서 있어본 지가 아주 오래된 것 같다.

달희는 옷 세일을 외치는 아저씨 쪽으로 다가간다. 그리고 한창 옷을 고르고 있는 아줌마들 틈바구니에 서서 달희도 옷을 구경한다. 신정이 옆에 와 선다. 달희는 한숨을 쉰다.

"뭘 골라야 할지 모르겠어."

"종류가 너무 많아서요?"

"남편이 사주는 옷만 입어서."

신정이 한심한 듯 달희를 바라본다.

"왜 언니 취향을 남편이 정하게 하죠?"

언니…… 방금 이애가 나에게 언니라고 했다. 달희는 필요

이상으로 흥분하는 신정을 보며 픽 웃는다. 정하게 한 건 아냐. 그냥 그가 정한 거야. 일방적으로.

"어렵게 생각하지 말아요. 그래봤자 옷이잖아요."

신정이 갈색 카디건 하나를 집어들더니 달희의 상체에 가져다댄다. 달희는 신정을 바라본다. 마치 거울을 바라보듯. 신정이 빙긋 웃는다.

"나름 어울리네요."

신정은 손가락 하나를 치켜들며 큰 거 한 장을 외치는 상인에게 잽싸게 주머니에서 만 원을 꺼내 지불한다.

"선물이에요."

신정은 카디건이 담긴 검은 비닐봉지를 달희에게 내민다. 순간 달희의 핸드폰이 울린다. 달희는 발신자가 소우임을 확인하곤 전화기를 꺼버린다. 어디서 뭐 하고 있냐고 물으면 설명이 길어질 테고, 길어지는 건 뭐든 귀찮으니까.

"애인?"

신정이 떠보듯 묻는다. 달희는 고개를 끄덕인다. 신정은 묘한 미소를 짓는다. 마치 '이제 우린 공모자야. 당신의 부적절한 관계를 알아'라고 말하는 듯하다. 달희도 미소를 짓는다. 나는 이애와 여기서 무얼 하고 있는 걸까. 내게 옷을 내미는 이 아이와 나와의 관계는 적절한가. 나는 적절한 시간에 적절한 아이와 적절한 쇼핑을 하고 있는 건가. 젠장, 내가 왜 이런 생각을 해야 하지. 이제 스물다섯의 여자애 앞에서.

달희는 신정을 이끌고 남대문시장을 나선다. 이 아이에겐 다른 천국의 다른 공기가 필요하다. 달희는 내비로 근처의 백화점을 검색하곤 신정에게 그리로 갈 것을 요구한다. 이 아이의 순진함에 물을 들여야겠어. 봉숭아 꽃물보다 더 독한 걸로. 세월이 흘러도 쉽게 지워지지 않게 말이야. 네 순진함에 먼저 물들까 두렵거든.

백화점에 도착하자 달희는 신정을 숙녀복 코너로 데려간다.

"골라봐. 맘에 드는 걸로."

깜짝, 신정은 놀란다. 이 여자, 내게 뭘 바라는 걸까.

"왜요?"

"빚졌잖아."

"빚지곤 못 사는 성격? 그렇다고 이렇게 바로 갚아요?"

"난 그래. 내일 죽을지도 모르잖아."

신정은 숙녀복 신상 코트 하나를 집어들고 가격표를 보며 비웃듯 말한다.

"너무 비싸서 못 고르겠는걸요? 손 떨려서요."

"어렵게 생각하지 마. 그래봤자 옷이잖아."

달희는 신정이 조금 전 남대문시장에서 한 말을 따라 한다. 대뜸 신정의 시선이 아동복 코너에 가서 머문다. 신정은 아동복 코너로 걸어간다.

"차라리 조카 옷을 사는 게 낫겠어요."

달희는 고개를 끄덕인다.

"그래. 좋을 대루."

신정은 미리 봐두기라도 한 듯 헬로키티 그림이 그려진 분홍색의 여자아이 파카를 고른다. 달희가 계산하는 동안 신정은 직원에게 정성스러운 포장을 요구한다. 서비스로 아이 양말 두 켤레까지 야무지게 챙기고 나서 신정은 달희와 백화점을 나선다.

신정은 쇼핑백을 들고 차에 올라 가벼운 휘파람 소리를 낸다. 선물 때문에 기분이 좋아진 걸까. 달희도 속으로 휘파람을 분다. 거봐, 벌써 물들고 있다니까.

부드럽고 빠르게 달리는 신정의 주특기가 시작된다. 달희가 FM을 튼다. 영화 〈부에나 비스타 소셜 클럽〉에 나왔던 노래 〈치자꽃 두 송이〉가 흘러나온다. 가슴을 후벼파는 목소리다. 끝내 가슴을 찢고 마는. 한때 소우와 이 노래를 귀가 닳도록 들었었는데.

"원래 스피드를 즐기나봐?"

아, 짜증. 원래란 말은 없대도. 남대문시장을 빠져나온 신정은 교차로에 진입한다.

"왜 그렇게 생각해요?"

"오토바이에, 대리운전에, 달리는 일만 직업이잖아?"

정말 부잣집 마나님다운 소리만 골라서 하고 앉아 있군. 교차로의 황색신호에서 신정은 브레이크를 밟아버린다. 그냥 건너갈 수도 있었지만 달희의 말에 브레이크가 걸린 것이다.

"내가 즐거워서 하는 거 같아요?"

"아니. 돈 벌려고 하는 거 같아."

"맞아요. 스피드를 즐기는 건 부자들이죠. 가난한 사람들은 먹고살기 위해 스피드를 내는 거라구요. 열심히 달리지 않으면 살아남을 수 없으니까요."

"그럼 더 달려. 제한속도는 무시하구. 숨막혀 미치겠어."

이 여자, 난 지금 배 속에서 꼬르륵 소리가 나는데 배부른 소리만 계속한다. 당신에겐 놀이겠지만 감시카메라에 찍히는 일에 내 일당이 달려 있다고. 알아?

차가 어느새 자유로에 들어서자 신정은 속력을 낸다. 동시에 오픈카의 지붕이 열린다.

"조룬가봐요. 시장에선 그렇게 즐거워하더니."

"딩동댕."

"다음부턴 외출할 때 속옷을 벗어봐요. 숨통이 트일걸요."

신정의 말이 끝나기가 무섭게 달희가 웃옷 속으로 손을 넣곤 브래지어를 끄르기 시작한다. 안전벨트로 인해 브래지어가 잘 끌러지지 않자 달희는 안전벨트까지 풀어버린다.

"위험해요!"

신정이 고함을 지른다. 방금 시속 100킬로에서 브레이크를 밟을 뻔했다. 달리는 도로에서 안전벨트를 풀다니. 이 여자, 미친 거 아니야?

달희는 씨익 한번 웃고는 브래지어를 마저 끄른다. 달희의 옷 속에서 검은색 브래지어가 뱀처럼 허물어져 나온다. 신정은 기가 막힌 듯 달희와 브래지어를 번갈아 바라본다. 뱀의 몸에 무덤처럼 둥근 캡 두 개가 달려 있다. 이어 달희는 치마 속의 팬티도 벗어버린다. 신정은 차마 옆을 볼 수가 없다. 횡단보도가 없는 자유로는, 아니 어떤 도로라도 앞만 보고 달려야 하니까. 이것이 신정의 직업이니까.

신정이 눈짓으로 뒤를 가리킨다.

"저기, 뒤에요."

달희는 시원한 듯 소리친다.

"왜 진작 이 생각을 못했지? 자기, 정신과 상담의보다 훨 나은데?"

"뒤!"

달희는 브래지어와 팬티를 성공적으로 벗어 뒷좌석의 쇼핑백 안에 던져버린다.

"알았어. 뒤에 던졌어."

"뒤에 경찰차 따라온다고요. 빨리 안전벨트 매요."

그제야 알아들은 달희가 재빨리 안전벨트를 맨다. 신정은 휴게소 진입로 부근 갓길에 차를 정차한다. 오픈카의 뒤에 주차한 경찰차에서 경찰이 내리더니 오픈카를 향해 걸어온다.

신정은 비상 깜빡이를 켜며 경찰을 기다리고 있다는 신호를 보낸다. 경찰이 오픈카 앞에 선다. 차창 문을 내릴 필욘 없다. 이미 지붕까지 열려 있으니까. 경찰은 달희에게 수신호를 한다. 경찰은 이런 경우 대개 운전자에게 말을 하는 게 상식이지만 이제 신출내기인 이 경찰은 상식을 거부한다.

"수고하십니다. 뒤에 브레이크등이 나갔네요. 아가씨."

"어머나, 그래요? 빨리 고쳐야겠네."

아가씨란 말에 달희가 호들갑스럽게 반응을 한다. 신정은 지은 죄도 없이 가슴을 쓸어내린다. 경찰이 차 안을 두리번대며 묻는다.

"근데 방금 뭐 한 겁니까? 뭐가 날아가던데."

"차 안에서 할 게 뭐가 있겠어요? 여자끼리."

달희는 경찰을 향해 가볍게 눈웃음을 친다. '여자끼리'란 말에 경찰은 신정을 위아래로 흘깃거린다. 남잔 줄 알았는데.

"운전 조심하십쇼."

경찰은 경례를 하곤 경찰차를 향해 걸어간다. 비상 깜빡이를 끄고 나서 우측 깜빡이를 켠 오픈카가 먼저 출발한다. 오픈카가 파주를 향해 달린다. 신정은 차가 예술인마을 1번 게이트를 통과하여 달희의 집에 도착할 때까지 아무 말도 하지 않는다. 달희 역시 아무 말도 묻지 않는다. 그래도 달희는 전혀 불편하지 않다. 속옷도 벗어버린 마당이니까.

신정이 달희의 집 앞에 오픈카를 주차하며 쇼핑백을 챙긴다. 신정은 쇼핑백 안에 들어 있는 달희의 속옷을 발견한다. 아까 달희가 차에서 벗어서 뒷좌석으로 던진 것이다. 달희는 지갑을 열고 대리운전비를 지불한다. 돈을 받아 주머니에 넣고 나서 신정은 달희의 속옷을 내민다. 신정의 손길이 살짝 어색하다.

"상담료 주세요."

속옷을 받으며 달희가 주변을 둘러본다. 길고양이가 야옹하며 지나간다. 이크, 산책하던 고양이에게 들켰다. 달희는 서둘러 속옷을 핸드백에 넣는다.

"왜?"

"아까 정신과 의사보다 내가 낫다고 했잖아요."

"진심이야?"

"진심이에요?"

"네."

"응."

둘의 질문과 대답이 동시에 터진다. 존댓말과 반말이 아니었다면 합창소리 같았을 것이다. 둘의 소리에 화답하듯 야옹, 하며 사라지는 고양이를 바라보며 달희가 묻는다.

"대낮에 노래방 가봤어?"

"밤에도 안 가봤어요. 태어나서 별로 가본 데가 없어요."

순간 신정의 배에서 꼬르륵 소리가 난다. 신정의 얼굴이 붉어진다. 배고픔은 수치심과 동의어이고 그래서 둘 다 숨기지 못하는 것이다.

"가볼까?"

"지금이요?"

"밥부터 먹고. 집밥 먹은 지 오래됐지?"

집밥이란 말에 낚인 신정은 달희를 따라 달희의 집으로 들어선다. 검은 비닐봉지를 든 달희와 화려한 쇼핑백을 든 신정이 거실로 들어서자 도우미가 의아한 표정을 짓는다. 이럴까봐 신정은 들어오기 싫었다. 어디서든 낯선 사람을 대할 때마다 신정에게 쏟아지는 눈길은 똑같으니까.

달희는 신정을 아는 동생이라 소개하고 신정은 도우미에게 인사를 한다. 비유가 적절치 못했다. 후배라고 할걸 그랬나. 도우미는 한눈에 신정이 자신과 같은 부류임을 알아본다. 남들보다 돈을 쉽게 버는 족속이 아니라 힘들게 버는 부류 말이다.

"우리, 밥 주세요. 또 나가봐야 돼."

달희의 주문에 도우미는 신속하게 밥상을 차리며 속으로 중얼거린다. 동생은 무슨 얼어죽을. 우리처럼 힘들게 사는 부류들은 동지의 위로를 먹고 살아가지. 적들은 위로해주지 않으니까. 도우미는 신정의 밥을 더 찰진 쪽으로 푸짐하게 푼다.

달희와 신정 앞에 들기름으로 갓 무친 나물 반찬과 두부와 애호박을 송송 썰어넣은 된장찌개와 흑미밥이 맛깔스럽게 놓인다. 신정은 이틀 만에 처음으로 밥을 구경했다. 그러나 목구멍 안으로 밥이 잘 넘어가질 않는다. 태어나 처음 와본 부잣집 식탁에 앉아 있는 자신이 어색해 당장이라도 뛰쳐나가고 싶다. 배 속 사정과는 달리 신정은 밥을 거의 남기고 만다.

식사를 마친 신정이 화장실에 가려고 일어선다. 신정에게 있어 남의 집에서 화장실을 가는 건 예외적인 일이다. 남의 집 화장실은 그 집 고유의 사적인 공간이란 생각이 들어서 엿보고 싶지 않기 때문이다. 차라리 공공장소의 화장실이 신정에겐 편하다.

달희의 집 화장실은 신정의 예상대로 화려한 조명에 대리석이 반짝인다. 윤기나는 은색 수건걸이에는 삶아서 햇빛에 잘 말려놓은 수건 두 개가 나란히 걸려 있다. 하나는 손님용인가? 아님 부부 따로? 에라 알게 뭐냐. 신정은 손을 씻고 나서한 개의 수건에 한 손씩 닦으며 두 개의 수건을 모두 사용한다. 순간 자신이 깨끗한 수건 두 개를 모두 더럽혔다는 자책감이 밀려온다. 수건을 세탁하는 사람은 이 집의 주인이 아니라 바로 자신과 같은 처지의 사람이란 깨달음이 온 것이다.

식사가 끝나자 달희는 신정을 이끌고 집을 나와 헤이리 근처의 코인노래방에 들어간다. 코인노래방이란 말이 무색하게 카운터에 주인이 앉아 있다. 안으로 앞장서 들어가는 달희를 보며 신정은 그녀에게 온종일 끌려다니고 있다는 생각을 한다. 핸들을 쥔 건 내가 아니라 이 여자다. 언제나 가진 자가 핸들을 쥐고 흔든다. 쥐고 흔들다 맘에 들지 않으면 어디서든 놓으면 그뿐이다. 대형사고가 날지 미미한 접촉사고로 끝날지는 어디서 핸들을 놓느냐에서 결정된다. 누구와 탑승을 했느냐가 아니다. 이런 부류의 인간들은 자신이 누구와 있느냐가 아니라 어디에 있느냐가 더 중요하다.

갑자기 달희를 쥐고 흔들어볼까 하는 생각이 신정의 머리를 스친다. 학교 다닐 때 공부를 잘하는 편은 아니었지만 그 정도의 머리는 있다고. 상처를 입더라도 빨리 회복할 것이다. 달희보다는 젊으니까 말이다.

카운터에 앉아 있던 주인이 자판기의 캔음료를 뽑으러 나온 신정에게 생색을 낸다. 서비스로 10분을 더 넣었다고. 별로 고마울 것도 달가울 것도 없다고 신정은 생각한다. 신정은 어차피 노래엔 취미가 없다. 다른 취미도 없다. 살면서 노래 부를 일이 있는 사람들은 얼마나 신나는 사람들일까.

달희와 신정은 각자 노래방 책자의 페이지를 넘긴다. 무의미한 시간의 페이지마저 흘러간다. 어차피 달희도 노래엔 취미가 없다. 페이지를 넘기다 말고 달희가 묻는다.

"아직도 골라?"

"네."

신정도 뚱한 표정으로 묻는다.

"아직도 골라요?"

"응."

달희는 혼잣말처럼 중얼거린다.

"난 꽃이 아닌가봐. 아는 노래가 없으니."

"네?"

"아니야."

달희는 노래방 책자에서 신곡코너로 페이지를 넘기는 순간 소우의 이름을 발견한다.

제목: 장미와 라일락

작사·작곡: 정소우

달희가 픽 웃는다. 소우야, 언제부터야? 언제부터 네가 꽃을 노래한 거야? 우리가 함께 귀가 닳도록 〈치자꽃 두 송이〉를 들을 때부터?

책자를 넘기던 신정의 눈에 동요 메들리가 들어온다. 신정이 동요 메들리의 번호를 누르자 동요 전주곡이 시작된다. 신정은 마이크를 들고 자리에서 일어선다. 아이처럼 노래를 시작한 신정은 점차 율동을 섞어가며 노래를 한다.

"우물가에 올챙이 한 마리 꼬물꼬물 헤엄치다— 앞다리가 쏘옥 뒷다리가 쏘옥 파알딱 팔딱 개구리 됐네—."

다음 곡이 이어지자 달희가 마이크를 들고 자리에서 일어선다. 신정은 계속 노래하고 달희는 신정의 옆에 가 선다.

"씨씨씨를 뿌리고— 꼭꼭 물을 주었죠— 하룻밤 이틀 밤 쉿쉿쉿— 뽀드득 뽀드득 뽀드득— 싹이 났어요—."

달희가 동요 가사가 적힌 모니터기를 보며 다음 절을 노래한다.

"싹싹싹이 났어요— 또또 물을 주었죠—."

달희와 신정은 각자 모니터기의 가사를 보며 합창한다.

"하룻밤 이틀 밤 어어어 뽀로롱 뽀로롱 뽀로롱— 꽃이 폈어요—."

이번엔 둘이 마주보며 소리친다.

"활짝!"

꽃들의 합창소리가 끝난다. 피지도 못하고 스러진 꽃과 피기도 전에 사라진 꽃의 합창소리가. 순간 신정이 갑자기 마이크를 집어던지고 달희에게 다가온다. 그러곤 기습 키스를 한다. 신정은 달희에게 혀를 밀어넣으며 저돌적인 딥키스를 한다. 달희의 머릿속이 하얘진다. 달희는 머릿속에서 길을 잃고 저항할 생각마저 잃어버린다. 참새는 짹짹 오리는 꽥꽥—, 하며 다음 곡이 이어지지만 달희의 귀에 더이상 동요는 들리지 않는다.

지금은 대낮. 여기는 동네 노래방. 우리가 마신 건 캔맥주가 아닌 캔음료. 띠동갑의 아이와 동요 부르다 키스. 그것도 여자애와. 그것도 이애가 먼저. 그런데 이 아이, 입에서 박하 향내가 난다. 언제 사탕을 먹은 거지? 달희는 정신을 차리려고 고개를 흔들며 신정을 와락 밀어낸다. 신정이 바닥에 풀썩 쓰러진다. 지푸라기처럼.

"뭐 하는 짓이야?"

달희는 화가 났다는 걸 티내기 위해 신정의 따귀를 때릴까 생각한다. 너무 당황한 나머지 어떤 기분인지 알기도 전에 끝났으므로 이번엔 달희가 키스를 시도해볼까도 생각한다. 이 두 가지 모두 시도해보기에 아직은 늦지 않았다고. 하지만 달희는 아무 행동도 실행에 옮기지 못한다. 신정에게 손을 내밀어 일으켜세우지도.

신정이 바닥에 주저앉은 채 달희를 올려다본다.

"전에 여자 싫어하냐고 물었죠? 그 반대예요."

"장난치지 마. 어른 놀리면 못써."

달희는 노래방 모니터 기기에 달린 시계를 본다. 남은 시간은 50분. 노래는 흥이 깨졌다. 이애와 여기 있는 건 의미가 없다. 더이상 있을 이유가 없다. 이애와 노래를 할 이유가. 달희는 핸드백을 챙겨들고 일어선다. 신정이 아이의 목소리를 흉내내며 달희가 한 말을 놀리듯 따라한다.

"장난치지 마. 어른 놀리면 못써ー."

와락, 룸의 문을 열고 달희는 먼저 나가버린다. 신정을 남겨두었지만 돌아가진 않을 것이다.

"씨이, 배고파 죽는 줄 알았네."

혼자 남은 신정은 캔음료의 뚜껑을 따서 벌컥벌컥 마신다. 그리고 남아 있는 캔음료수를 점퍼 주머니에 쑤셔넣으며 일어선다. 시간이 50분이나 남았지만 주인이 환불을 해주진 않을 것이다. 그렇다면 하고 싶은 말은 이것뿐이다. 잘 먹고 잘 살아라. 신정은 속으로 외치고 노래방을 나선다.

신정이 도둑고양이처럼 재빠르게 나가는 바람에 노래방 주인은 '안녕히 가세요'란 말을 할 기회를 놓친다. 그래도 주인은 후회하지 않는다. 행색으로 보아 뜨내기손님 같으니까. 달희가 나갈 때 공손하게 인사한 걸로 족하다.

노래방을 나선 신정은 모자를 푹 눌러쓰며 버스 정류장을 향해 걷는다. 와중에 쇼핑백을 꽉 쥐고 걷는 건 절대 잊지 않는다.

그래 맞아. 화가 나서 당신에게 키스했어. 당신에게 관심은 고양이 발톱만큼도 없었어. 내가 당신과 오늘 보낸 시간을 시간당 알바비로 계산하면 얼마를 받아야 하는지 알아? 내가 얼마나 열심히 돈을 벌어야 하는지 당신 같은 부르주아가 알기나 하냐고.

당신이 백화점에서 사준 분홍색 파카 말이야, 실은 하나도 고맙지 않아. 그건 엄연히 내 노동의 대가니까. 당신에게 키스한 것도 하나도 미안하지 않아. 오히려 당신이 고마워해야 할 걸? 열두 살이나 어린 여자의 키스를 받았으니 말이야. 차라리 두 눈 딱 감고 내 시간을, 내 나이를 돈으로 바꿔버렸음 좋겠어. 그래서 눈을 떴을 땐 당신만큼 부자가 되어 있었으면. 그럼 지금 내 나이가 당신의 나이에 가 있다 해도 원망하지 않을 거야.

*

"나 왔어요."

달희가 거실로 들어선다. 어릴 적 학교를 파하고 집에 들어올 때 '학교 다녀왔습니다'라고 습관적으로 말했을 때와 같이 감정이 실리지 않은 목소리다. 그래서일까. 달희의 말에 아무도 대답하지 않는다. 어릴 적에도 그랬다. 집엔 아무도 없었다. 지금도 집엔 아무도 없다. 그런데 무엇이 변한 걸까.

남편은 아직 퇴근 전이고 도우미는 제시간에 퇴근해버렸다. 달희는 풋 웃는다. 바보. 누가 날 기다리길 기대라도 했단 말인가?

달희는 욕실로 달려가 욕조 안에 뜨거운 물을 튼다. 그리고 욕조에 들어앉아 거품목욕을 시작한다. 거품비누로 머리를 감고 나서 달희는 가만히 입술을 만져본다. 키스 사건에 골똘한 나머지 거품비누를 샴푸로 오해한 것이다. 신정의 키스는 격렬했지만 달희의 입술은 붓지 않았다. 신정의 혀는 달희의 입술에 아무런 자국도 흔적도 남기질 않았다. 달희의 가슴에 아무런 생채기도 남기지 않은 것처럼.

달희가 틀어놓은 물이 욕조에서 흘러넘친다. 물은 도우미가 청소를 끝내고 간 욕실 바닥을 적신다. 욕실 바닥으로 떨어지는 거품비누를 바라보며 달희는 생각한다. 나는 깨끗한 걸 더

럽힌다. 적어도 그 앤 나보다 깨끗하다. 그애 입안에서 나는 박하 향기가 증명해주지 않았던가. 그렇담 내가 그애를 더럽혔단 말인가. 키스를 당한 건 내 쪽인데? 공이란 서로 주고받는 거다. 그애가 던졌으니 내가 받아주어야 한다. 그애가 시작했으니 내가 끝내야 한다. 우리 사이에 시작된 것이 뭐든 간에 말이다.

욕실 밖에서 핸드폰이 울린다. 달희는 파우더룸 탁자에 올려놓은 핸드폰을 받기 위해 일어선다. 욕실 바닥을 더 더럽히기 위해 달희는 타월도 걸치지 않은 채 욕조에서 나온다.

파우더룸을 향해 걷는 동안 달희의 몸에서 비눗물이 뚝뚝 떨어진다. 발신자가 남편임을 확인하면서 달희는 핸드폰을 받는다. 남편은 오늘도 늦는다며 혼자 저녁을 먹으라는 말을 한다. 달희는 알았다고 말하고 전화를 끊는다. 목욕을 마치고 난 달희는 소우에게 전화해서 곧 찾아가겠다고 말한다. 소우가 달희에게 저녁 먹었냐고 묻자 달희는 먹지 않았다고 답한다. 먹진 않았지만 먹을 생각이 없다고.

달희는 일산 호수공원 근처에 있는 소우의 오피스텔 앞에 도착한다. 소우는 오피스텔 입구에서 담배를 피우며 달희를 기다리고 있다. 달희가 차에서 내리자 소우는 주점으로 갈 것을 제안한다. 소우는 집에 먹을 것이 없다는 핑계를 댄다. 너랑 밥이나 먹자고 온 건 아니야, 라고 대꾸하며 달희는 소우의 오피스텔로 향하는 엘리베이터에 올라탄다. 하는 수 없다는 듯 소우도 올라탄다. 둘 사이에 주도권을 쥔 쪽은 달희니까. 언제나 달희 쪽이었으니까. 엘리베이터에서 둘은 한마디도 하지 않는다. 오피스텔에 들어서자마자 달희는 소우에게 격렬하게 키스를 퍼붓는다. 달희의 의도적인 격렬함은 소우의 공간이 여느 홀아비의 방처럼 너저분한 상태라는 걸 눈치채지 못한다. 그러니 간밤을 술로 지새운 소우의 고독을 달희가 읽어낼 리가 없다.

담배 연기가 입안으로 들어오는 느낌이 달희의 흥분을 가라앉힌다. 소우의 입에선 박하 향기도 단내도 나지 않는다. 달희는 의도적으로 키스에 집중하기 위해 소우를 벽으로 밀어붙인다. 그애와 난 끝내지 않을 거야. 시작하지도 않았으니까. 더이상 복잡해지는 걸 원치 않아. 그냥 이대로 씻어버릴 거야. 새로운 불행은 싫어. 우린 이대로도 충분히 불행하니까.

소우가 달희를 밀어내며 묻는다.

"무슨 일 있어?"

"아니. 아무 일도."

"그럼 가라. 자고 갈 거 아니면."

소우가 고갯짓으로 희아의 방을 가리킨다. 달희는 고개를 젓는다. 오늘은 빈방에서 혼자 잠들고 싶지 않다. 꿈에도 혼자일 테니까. 달희는 소우를 침대로 이끈다.

"네 침대로 가."

소우도 고개를 젓는다. 소우의 침대는 간밤에 주인을 맞은 흔적이 없다. 술에 취한 소우는 소파에서 뒹굴다 그대로 잠이 든 것이다.

"달희야, 이렇겐 안 돼."

소우는 덧붙인다.

"계속 이렇게 만날 순 없어. 이런 식으로 살 순 없다고."

달희는 비웃듯 말한다.

"우리한테 어떤 식이란 게 있었나?"

소우가 결심한 듯 말한다.

"우리 이제…… 끝내자."

"애인 생겼어?"

"생겼으면?"

"질투를 원해?"

"너한테 뭘 원해야 하니?"

"나랑 끝날 수 있을 거 같아?"

"아니. 그래도 끝낼 거야."

소우가 잠시 사이를 두었다가 말한다.

"우린 안 끝나. 못 끝나. 지금보다 더 불행해져야 한다고. 알아?"

달희는 소우의 어깨를 쥐고 흔든다.

"아냐고! 이 바보야!"

소우는 대답하지 못한다. 달희는 낮고도 단호하게 말한다.

"그걸 잊으면 죽여버릴 거야."

달희는 조용히 나간다. 달희가 문을 여는 소리도, 문을 닫는 소리도 소우는 듣지 못한다. 그래서 소우는 여전히 이 방에서 달희의 존재를 느낀다. 달희의 숨결을.

달희야, 이게 우리의 관계다. 넌 떠났지만 난 남아 있는 것. 난 여전히 이 방에 남아 너의 존재를 느끼는 것. 날 찾아오긴 해도 내게 돌아오진 않는 것. 이것이 우리 관계의 본질이다. 그래, 난 널 떠나지 못할 거야. 절대로 떠날 수 없을 거야. 부르르, 소우는 주먹을 쥔다. 네 결혼은 막았어야 했는데. 어떻게든 말렸어야 했는데.

쾅쾅쾅! 소우는 벽을 친다. 그렇게 벽을 치면서 때늦은 후회를 한다. 허허허. 소우는 소리 내어 웃는다. 기분이 나아질 리 없다.

"하하하하."

누군가 호탕하게 웃는 소리에 달희는 아침잠에서 깨어난다. 1층 거실에서 사람들이 떠드는 소리가 2층 침실까지 기어들어온다. 웃음소리의 주인공은 달진이다. 이어 민자와 오재가 따라 웃는다. 세 사람이 웃는 소리가 한데 뒤섞여 달희의 귀에 들려온다. 별로 어울리지 않는 가족들이 아침부터 거실에 모여 함께 웃고 있는 것이다.

달희는 침대에 누운 채 비어 있는 남편의 자리를 바라본다.

달희는 11시에 들어왔고 남편은 새벽 1시에 들어왔다. 달희는 뒤척였지만 남편은 피곤함에 그대로 곯아떨어졌다. 남편은 새벽녘 무의식중에 달희를 품에 안았고 달희는 의식적으로 남편을 밀어냈다. 그제야 달희는 오늘이 오빠가 새로운 사업을 시작하는 첫날이란 걸 떠올린다. 달희는 오늘 가족들과 아침식사를 함께하기로 한 걸 잊었다. 아침식사 후면 주주인 남편과 이사인 엄마, 대표인 오빠가 함께 사무실을 향해 출발해서 오픈식을 준비할 것이다. 물론 가족이란 직함 외엔 아무것도 지니지 않은 달희도 동행해야 할 것이다.

달진의 새 사업이란 유기농 수제 쿠키를 인터넷으로 선주문받아 판매하는 것이다. 이 쿠키는 모든 재료를 유기농으로 도배하는 걸 자랑한다. 유기농 버터와 밀가루, 유기농 설탕, 유기농 우유, 항생제를 먹이지 않은 계란을 재료로 하여 만든다고 한다. 나름 마당발인 달진은 일찌감치 파리에서 유학한 파티시에의 섭외를 끝내놓았다.

식사를 마친 가족들은 집을 나서서 오재의 BMW에 올라탄다. 달진의 표정이 들떠 있다. 달진은 어릴 때부터 과자를 좋아했다. 그래서 밥 대신 과자를 입에 달고 살았다. 달진은 자타가 공인하는 건 아니지만 스스로 미식가임을 자부한다. 달진은 사무실로 가는 동안 차 안에서 내내 오재에게 고맙다는 공치사를 늘어놓는다.

홍대 입구에 있는 달진의 사무실에 들어서자 벌써부터 고소한 버터 냄새가 은은하게 코를 찌른다. 입구엔 '축 발전'이라 쓰인 리본 달린 화환들이 놓여 있고 파티시에와 직원들이 분주하게 움직인다. 테이블 위에는 스콘, 브라우니, 마들렌, 초코칩 등의 샘플 쿠키들이 나란히 누워서 자신을 시식해줄 주인을 기다린다. 달희가 마들렌을 집어들고서 눈을 감은 채 냄새를 맡는다. 이걸로 잃어버린 시간을 찾아올 수만 있다면…….

오재는 스콘 하나를 다 먹고 나서 달진에게 말한다.

"담백하네요."

달진이 고개를 끄덕이며 맞장구를 친다.

"자극이 하나도 없지? 하루 열 개를 먹어도 배가 전혀 더부룩하지 않아. 전부 유기농 재료거든. 어때? 차별성이 있지?"

맛에 있어서나 가격에 있어서나 확실히 차별성이 있다. 맛도 고급스럽고 값도 비싸다. 처음으로 달진은 이 프로젝트를 위해 확실히 차별성 있는 사업계획서까지 만들었다. 오재는 그 계획서를 군말 없이 통과시켰다. 단, 공짜는 아니다. 세상에 공짜란 없으니까. 계산서는 달희에게 발행될 것이다.

한입에 브라우니를 먹고 난 민자가 품평을 한다.

"비싼 건 차별성 있네."

민자가 화들짝 입을 다문다. 실수도 잦으면 성격이 된다. 달진이 민자를 원망스레 노려보며 화제를 돌린다.

"커피전문점에 갖다놓으면 아가씨들도 좋아할걸?"

민자는 아들의 얼굴을 바라본다. 저렇게 들뜬 모습은 오랜만이지만 언제까지 갈진 모르겠다는 걱정이 슬슬 앞선다. 아들은 미식가인 대신 입이 짧은 것이다. 민자는 딸에겐 잘 사주지 않았지만 어릴 적부터 아들이 사달라는 과자는 거의 다 사주었다. 몸에 나쁜 걸 알면서도 아들이 떼를 쓰는 데는 이겨낼 재주가 없었던 것이다. 어떤 부모도 자식을 이길 재주는 없다. 자식을 이기느니 망치는 게 낫다. 덕분에 아들은 또래보다 많은 충치가 생겼고, 밥을 먹어야 할 시간에 과자를 먹느라 키가 안 컸다. 또 입이 짧은 아들이 먹다 말고 아무데나 팽개쳐둔 과자들이 집안 곳곳에서 개미와 함께 나타나는 바람에 민자는 적성에 맞지 않는 청소까지 자주 해야 했다.

"그럼 말씀들 나누십쇼. 전 출근합니다."

"그래? 어서 가봐. 수고했네, 이서방."

오재가 시계를 보곤 먼저 사라진다. 민자의 얼굴이 조금 펴진다. 아침부터 사위와 많은 시간을 보낸 것이 그렇지 않아도 불편했기 때문이다. 어디서든 투자자는 돈만 내고 빨리 사라져주는 게 상책이다. 달희도 사라질 준비를 한다. 민자가 못마땅한 듯 달희를 본다.

"넌 왜 가?"

"인터넷 주문이라며. 더 도울 일 있어?"

"그래도 오픈식은 지켜봐야지."

달희는 아랑곳 않고 사무실을 나선다. 여직원이 서둘러 샘플 쿠키를 잔뜩 챙긴다. 그러곤 사무실을 나서려는 달희의 손에 쥐어준다. 달희가 지레 거절한다.

"집에 가서 나눠줄 애들도 없는데 뭐 하려요."

"어른 먹기에도 좋아요. 사모님이 드세요."

여직원이 기어이 달희의 손에 쿠키를 쥐어준다. 여직원의 성의에 미안해진 달희는 그냥 쿠키를 받아들곤 사무실을 나선다.

"한 게 뭐가 있어서."

엄마가 달희의 등에 대고 투덜댄다. 등에 대고 하는 말이니 더 심한 말을 해도 되지만, 민자는 입을 다문다. 여직원이 듣는 건 안 좋다는 판단에서다. 또 달희 정도의 사모님 자리에 있는 사람은 지인들이나 친인척의 입에서 나오는 말로 평판이 좌우되지 않던가. 불조심보다 중요한 건 입조심이다.

달희는 사무실을 나서서 택시를 잡는다. 그리고 Y호텔로 가자고 택시 기사에게 말한다. 기사가 뒷좌석의 달희를 백미러로 흘금 본다. 대낮에 호텔에 가는 팔자 좋은 사모님이라…….

기사는 갑자기 달희와 정처 없이 어딘가로 떠나고 싶어진다. 쥐도 새도 모르게 여편네도 모르게 말이다. 기사는 낮이나 밤이나 여자 손님을 상대로 다른 마음을 품어본 일은 단 한 번도 없지만 달희는 표정부터 어딘지 나사 하나가 빠져 보인다. 몸속의 주요 부품이랄까. 차라리 넋이라고 하는 게 낫겠다.

택시가 합정역에 이르자 달희의 뒤에 헤이리행 버스가 오고 있는 것이 보인다.

"잠깐만요. 여기 세워주세요."

"아니, Y호텔 안 가요?"

"네. 죄송해요."

달희는 택시비를 내고 나서 거스름돈도 받지 않은 채 서둘러 내린다. 거봐, 넋이 나갔다니깐. 택시 기사는 투덜대며 출발한다. 이깟 푼돈을 챙기느니 예정대로 Y호텔까지 가는 게 남는 장사다. 저 여자와 정처 없이 떠나지 않길 잘했다. 떠난다한들 제자리로 무사히 돌아올 수나 있을까?

달희는 한 손엔 수제 쿠키가 든 쇼핑백을, 한 손엔 핸드백을 들고 버스 정류장을 향해 정신없이 달린다. 버스 기사가 달희를 본 걸까. 버스는 잠시 정류장에 정차하곤 달희가 달려오는 것을 기다려준다. 그러나 막상 도착한 달희는 머뭇거리다 버스에 오르지 않는다. 달희가 탈 줄 알았던 버스가 부릉, 떠난다.

달희는 다시 택시를 잡는다. 새 택시에 올라탄 달희는 기사에게 헤이리로 가달라고 말한다. 어쩌자고 버스를 탈 생각을한 걸까. 다신 버스는 타지 않기로 했는데. 버스 따위는…….

달희는 창밖을 바라본다. 달희의 시야로 창밖의 풍경들이 들어온다. 택시가 다리 하나를 건너자 달희는 더이상 참지 못하고 신정에게 전화를 한다. 통화 연결음이 한참을 울어댄다. 따르릉. 따르릉. 따르릉. 신정은 전화를 받지 않는다. 신정의 연결음은 그냥 일반 전화벨 소리와 다름없는 벨소리다. 무슨 젊은 애가 컬러링도 안 해놓고 사냐. 좋아하는 음악이나 가수 하나도 없나? 달희는 신정이 매달 일정액을 내야 하는 컬러링 비용을 아끼느라 그런다는 생각엔 이르지 못한다.

한참이 지나서야 신정은 핸드폰을 받는다. 아마 달희인 줄 알았을 것이다. 그래서 망설이다 받았을 것이다. 어차피 받을 전화였으니 달희의 애간장을 태우기 위해 조금쯤 시간을 끌어도 나쁘지 않다고 생각했을 것이다.

달희는 단도직입적으로 묻는다.

"집 앞으로 올래?"

"지금은 곤란해요. 알바중이에요."

"그럼 내가 갈까?"

"내가 갈게요."

"언제?"

"한 시간 뒤에요."

30분 뒤에 달희가 탄 택시가 헤이리에 도착한다. 달희는 택시에서 내려 집을 향해 걸어간다. 그리고 주차장에 세워놓은 오픈카에 오른다. 굳이 집안으로 들어가 도우미에게 "다녀왔습니다"고 말한 뒤 연이어 "다녀오겠습니다"라고 하는 건 불필요한 일이다. 차를 몰지 않을 때도 차 키는 언제나 몸에 지니고 다니니까.

달희는 남은 30분 동안 집 근처의 카페에 들어가 커피를 마시며 신정을 기다린다. 달희는 커다란 창을 통해 사람들이 오고가는 것을 바라본다. 평일이라 인적은 뜸하다.

　헤이리는 주말이 되면 관광객들로 들끓는다. 연인들은 갤러리를 순회한 후 카페 앞에서 포즈를 취하며 사진을 찍고, 아이들과 나들이 나온 부모는 모형 버스 앞에서 사진을 찍어댄다. 그런 다음 부모는 아이들을 데리고 공룡박물관이나 장난감박물관으로 들어간다. 박물관에서 실컷 구경을 하고 나온 아이들은 잔디 위에 만들어놓은 작은 기찻길을 밟으며 뛰어간다. 입으론 '칙칙폭폭 꺠―'를 외치면서. 그래서 달희는 주말을 기다린다. 아이들이 오가는 모습을 창밖으로 내다보려고 말이다. 그런 날은 굳이 외출을 하지 않아도 시간이 잘 흘러가니까.

　카페 창 너머에 신정이 달희의 집 쪽으로 걸어오는 모습이 보인다. 오늘이 주말이 아닌 것이 다행이다. 그랬다면 신정이 걸어오는 것을 발견하기 힘들었을 것이다. 달희는 서둘러 자리에서 일어선다. 아직 온기가 남은 커피를 그대로 남겨둔 채 달희는 카페를 나선다. 카페 앞을 지나는 신정을 불러세우려던 달희는 잠시 주저한다. 뭐라고 부르지? 달희가 주저하는 동안 신정은 점점 멀어진다. 눈앞에 신정이 보이건만 달희는 핸드폰을 한다. 신정은 달희의 번호를 확인하고 핸드폰을 받는다.

　"여기야. 돌아봐봐."

　신정은 핸드폰을 든 채 돌아보며 달희를 발견한다. 쓸데없이 핸드폰은. 그냥 부르면 되지. 신정은 한껏 차려입은 달희에게 다가간다. 이 여잔 늘 꾸민다. 이렇게 꾸미고 다녀야 직성이 풀릴 정도로 무엇에 그렇게 자신이 없는 걸까? 혹, 삶? 행여, 죽음?

달희가 비식 웃으며 쇼핑백을 내민다.

"조카한테 갖다줄래? 몸에 좋대. 아니, 나쁘진 않대."

신정은 쇼핑백을 받아든다. 그리고 안에 들어 있는 정성스레 비닐 포장된 유기농 수제 쿠키를 바라본다.

"이거 주려고 만나자 그랬어요?"

"응."

"이게 다예요?"

신정은 용건이 이게 다냐고 물은 거지만 달희는 과자가 이게 다냐는 말로 알아듣는다. 아니 알아들은 척한다.

"응. 그게 다야. 샘플 쿠키거든."

"고마워요."

신정은 쇼핑백을 받아들고 돌아선다.

"있잖아."

달희는 신정을 불러세운다. 마땅한 호칭이 없다고 해서 신정에게 또다시 핸드폰을 할 순 없다. 신정이 돌아본다.

"그거 꽤 비싼 거야. 여기 온 차비는 충분히 뽑았을걸?"

달희는 말을 끝내자마자 신정을 향해 휘릭, 차 키를 던진다. 여느 때와 마찬가지로 신정은 재빨리 차 키를 한 손으로 잡는다. 차 키가 땅에 떨어지면 몸을 숙여 집어야 하니까. 고개도.

이 여자 앞에서 고개를 숙이긴 싫다.

"거기 누구 있어요?"

오픈카에 올라 내비게이션에 춘천 가는 길을 찍으며 신정이 달희에게 묻는다. 뜬금없이 춘천이라니. 거기 숨겨둔 애인이라도 있다는 건가. 돈 많은 여자들은 전국에 애인들을 구석구석 박아놓는다던데. 보석인지 낙석인진 알 바 아니지만 말이야. 춘천이라면 신정이 한시도 잊어선 안 되는 이가 살고 있는 곳이긴 하지만 그렇다고 해서 달희를 대동하고 갈 순 없다.

"누가 꼭 있어야 해?"

"원래 이렇게 충동적인가요?"

"거기만 하겠어?"

달희는 기다렸다는 듯 받아친다. 아아, 앞으론 이름을 불러야겠어. 거기, 거기 하니까 이애가 자꾸 사람이 아닌 장소로 여겨진다. 그런데 이애의 이름을 자연스럽게 부를 수 있을까?

버스로만 춘천에 가본 신정은 내비게이터로 모의주행을 시작하며 사무적인 표정으로 말한다.

"시외로 나가는 건 더 주셔야 해요."

잊고 있었다. 이애가 내 차의 대리운전자라는 걸. 신정은 미리 모자를 벗는다. 달희는 신정의 옆얼굴을 바라본다. 이봐, 뭐가 두려운 거지? 모자가 바람에 날아갈까봐?

"꿈이 뭐야? 그렇게 열심히 돈 벌어서 뭐 할 건데?"

"없어요. 꿈 같은 거. 이런 거지같은 세상에서 꿈을 가질 이유가 있나요?"

"의사가 아니라 도사네."

달희의 말에 신정이 픽 웃는다. 오늘 처음으로 웃었다. 신정은 기어를 중립에서 드라이브로 바꾸며 춘천을 향해 출발한다.

"하루치 목표는 있어요."

"뭔데?"

"하루치 양식을 버는 거. 주기도문에서도 인간은 하나님께 일용할 양식만 구한다고요. 한 달 치가 아니라."

이애, 도사가 아니라 애늙은이 같다. 달희는 신정의 마른 몸을 바라본다. 하루에 얼마나 조금씩 벌었으면 이렇게 마른 걸까. 얼마나 조금씩 벌어서 먹었으면.

신정은 내비게이션이 시키는 대로 가다 서고 가다 서기를 반복하며 충실하게 따라간다. 달희는 스르르, 잠이 든다. 신정은 오픈카의 지붕을 닫는다. 차가 중앙고속도로 호반순환로의 톨게이트까지 오자 신정은 안주머니에서 돈을 꺼내어 톨게이트비를 지불한다. 잠든 달희를 깨우고 싶진 않다.

차가 운교사거리를 지나고 중앙로터리를 지나 드디어 춘천에 도착할 때까지도 달희는 깨어나지 않는다. 신정은 달희를 바라본다. 달희는 낮게 코까지 골고 있다. 이 여자, 좀전에 수면제라도 먹은 걸까. 밤새 뒤척이다 이제야 잠든 게 아닐까. 신정은 내비게이션에서 호수공원을 찍은 다음 다시 출발한다.

차가 호수공원에 도착하자 달희가 잠에서 깨어난다. 좀전까지 코를 곤 기색 하나 없는 말짱한 표정이다.

"어디야?"

"호수공원이요."

"일산?"

바보 같기는. 신정은 픽 웃는다.

"춘천이에요."

"아아, 그랬지. 벌써 다 온 거야?"

신정은 공원 주차장에 주차를 하고 모자를 쓴 다음 차에서 내린다. 달희도 따라 내린다. 둘은 말없이 호수를 향해 걷는다. 달희가 옷깃을 여민다.

"벌써 춥다. 아직 가을인데…… 난 추운 거 질색이야."

신정은 무의식적으로 달희의 발을 내려다본다. 여전히 맨발에 하이힐이다. 미련하다. 처음 만난 날도 맨발에 하이힐이었는데. 저런 구두 한 켤레를 사려면 나는 몇 달을 일해야 할까. 아님 몇 년? 행여 술김에라도 내게 하이힐을 신어보란 말은 하지 말아줘. 몇 걸음도 못 가 넘어지면서 굽을 부러뜨리고 말 거야. 그럼 난 똑같은 구두를 사기 위해 평생을 일해서 구둣값을 벌어야 할지도 몰라. 모파상 『목걸이』의 주인공처럼 말이야. 어쩜 당신의 구두는 하루만 일해도 살 수 있는 가격의 구두인지도 모르지. 부잣집 마나님들은 싼 걸 걸쳐도 비싸 보이니까.

"추위를 이기는 방법을 알려줄까요?"

"그래. 저녁 살게."

"모자 하나, 양말 두 개죠."

바람이 두 사람을 향해 불어온다. 신정은 모자를 눌러쓴다.

"모자를 쓰고, 양말을 두 켤레 겹쳐 신으면 어떤 강추위도 끄떡없어요. 머리끝부터 발끝까지 따뜻한 느낌이 드니까요."

"그런 건 어떻게 알았니? 아직 젊은 애가."

"어릴 적부터 추운 집에서 살면 저절로 알게 돼요. 겨울엔 모자 쓰고 양말 신고 잤거든요."

신정이 너무 솔직하게 답한 탓일까. 달희는 잠시 멍해진다. 비둘기들이 호수 근처를 날아다닌다.

달희가 말한다.

"프로스트의 농담 하나 말해줄까?"

"가지 않은 길?"

달희가 고개를 끄덕인다.

"근데 가지 않은 길 때문에 모든 게 바뀌었다는 건 프로스트가 친구한테 한 농담이래. 산책 친구가 길치라 놀려주려 그랬다나."

"와 속았네."

"왜냐면…… 그 길로 안 갔다고 인생이 달라지진 않으니까."

비둘기들이 잔 돌멩이들을 모이처럼 쪼아대고 있다. 신정이 주머니에 손을 넣으며 묻는다.

"비둘기 모이라도 사올까요?"

"아니."

"모이 주는 거 은근 재밌는데. 사람한테 막 몰려들고."

달희가 고개를 젓는다.

"난 누가 몰려드는 거 싫어해. 사람이든 새든."

신정은 사람이든 새든 개든 누군가 자신에게 몰려드는 경험을 한 적이 없다. 잘났어요. 아줌마.

"사람 안 몰리는 식당에 갈래요? 배고파요."

신정의 질문에 달희가 고개를 끄덕인다. 정작 배가 고픈 건 달희다. 왜 이 아이랑 있으면 이렇게 허기가 지는 걸까?

둘은 호수공원을 나서서 사람이 없는 식당을 찾아 두리번거린다. 신정이 손가락으로 식당 하나를 가리킨다. 간판엔 '춘천닭갈비'라 쓰여 있다. 달희는 성큼 춘천닭갈빗집을 들어선다. 신정이 따라 들어선다. 달희는 닭갈비 2인분과 소주 한 병을 시킨다. 물론 달희 혼자서만 마셔야 할 것이다. 집으로 돌아가는 길은 멀고 신정은 운전을 해야 하니까. 만일 신정이 원한다면 술을 마시게 할 생각도 있지만 신정은 거부할 것이다. 다른 대리운전자에게 대리운전비가 날아가는 걸 원하지 않을 테니까.

둘 앞에 소주와 함께 양념한 닭갈비를 올려놓은 철판이 놓인다. 치익, 아줌마가 가스불을 켜곤 주걱으로 닭갈비를 철판에 고루 펼쳐준다. 신정이 달희 앞에 놓인 소주잔에 소주를 따라준다. 달희가 신정이 든 소주병을 건네받으며 소주를 권한다.

"한 잔 할래?"

"운전해야죠."

"한 잔 정돈 괜찮지 않을까?"

"술 못 마셔요."

신정은 단호하게 거절한다. 달희는 더이상 권하지 않고 혼자 소주를 원샷으로 들이켠다. 빈속에 소주 한 잔이 들어가니 가슴이 활랑거린다. 철판 위에서 야채와 함께 닭갈비가 지글지글 익어간다. 신정이 젓가락을 들어 당면 한 가닥을 집어 후루룩 먹는다. 달희도 젓가락을 들곤 야채 사이에 있는 떡볶이 하나를 집어 한입에 쏙 넣는다.

"정말 좋아하나봐요."

달희는 의아한 표정으로 신정을 바라본다. 누굴?

"떡볶이."

신정의 말에 달희는 픽 웃으며 닭갈비를 집어먹는다.

"서울에도 춘천닭갈비가 있잖아."

신정이 고개를 끄덕인다.

"간판 많이 봤어요."

"이 집이랑 맛이 똑같다? 그래서 서울서도 춘천닭갈비라고 그러나봐. 서울닭갈비라고 안 그러고."

"에이 그건 아니죠. 맛있는 척하려고 따라 하는 거예요. 춘천이 원조니까."

"그래? 알려줘서 고마워. 몰랐네."

"정말요?"

"아니. 속았지?"

달희가 혀를 내밀어 메롱 한다. 기가 막힌 듯 신정이 웃는다.

"와, 진짜 실없다."

신정은 달희의 빈 잔에 소주를 따라준다.

"춘천에도 장충동족발집이 있잖아요."

"그래? 몰랐는데?"

"근데 서울이랑 맛이 달라요."

"어떻게? 더 맛없어?"

"모르죠. 안 먹어봤으니까."

이번엔 달희가 픽 웃는다.

"실없긴 신정이가 더 하네."

헉, 이름을 불러버렸다. 이애의 이름을. 달희는 신정을 바라본다. 이봐, 이름을 부른다는 의미가 뭔지 아니? 상대방의 이름을 불러준다는 뜻이?

달희가 두 잔째 소주를 원샷한다. 신정이 달희의 무거운 시선을 피하며 화제를 돌린다.

"술이 센가봐요?"

"아니, 게으른 편이지. 소주잔 들고 여러 번 나눠 마시기 귀찮아서 원샷하는 거야."

"아예 병나발을 불지 그래요?"

"그럴까?"

달희가 신정 앞에 그대로 놓여 있는 물컵을 바라본다.

"목 안 말라? 물도 안 마시네?"

"버릇이에요. 운전중에 소변 마려울까봐서요. 차 막힐 때 휴게소가 한참 동안 안 나오면 곤란하거든요."

"엄청 프로구나."

그래서 물기가 없구나. 이애.

신정은 닭갈비를 먹다 말고 식당 안을 두리번거린다.

"밥도 볶아먹어야겠어요. 이렇게 맛있는데 왜 사람이 없지?"

"사람이 없는 시간에 왔으니까 없지."

신정이 시계를 보는 순간 사람들이 우루루 들어온다. 달희는 아줌마에게 밥을 볶아달라고 주문한다. 신정은 달희가 소주 한 병을 다 비울 때까지 군말 없이 기다려준다. 신정은 기억을 더듬는다. 인내심을 가지고 누군가를 기다려본 게 언제였지? 소중한 누군가를.

어느새 춘천닭갈빗집이 자리가 없을 정도로 만원이 되고서야 달희와 신정은 일어선다. 닭갈빗집을 나서니 날이 어둑하다. 신정은 난감한 듯 하늘을 올려다본다.

"벌써 어두워졌어요. 빨리 올라가요."

"커피 마시고 가자. 이왕 늦은 거."

"집 커피 아니면 안 마신다면서요?"

"그 인생 참 피곤하겠다. 시시콜콜 별걸 다 기억하려면."

전방에 테이크아웃 커피전문점이 보이자 달희가 앞서간다. 달희는 커피 두 잔을 사서 신정과 차에 오른다. 거리에서 마시고 싶지만 운전자가 재촉하니 어쩔 수가 없다. 신정은 운전석에 앉아 안전벨트를 맨다.

달희가 커피 한 모금을 홀짝인다.

"오늘 밤잠은 땡이네."

"평소에도 잘 못 자잖아요."

"어떻게 알아?"

"핸드백에서 봤어요. 수면제. 꼭 그렇게 억지로 자야 해요?"

"꿈에서 만나고 싶은 사람이 있거든."

"현실에서 만나면 되죠."

"꿈에서밖에 못 만나."

"헤어졌어요?"

"……."

신정은 더이상 묻지 않는다.

"차 막히겠는데요."

"각오해야지 뭐."

"자, 출발!"

신정이 활기차게 외친다. 차가 춘천시청 길에 들어서야 신정은 모자를 식당에 두고 왔다는 사실을 깨닫는다. 몇 년 동안 모자를 잃어버린 일이 없는데. 그렇다고 지금 차를 돌리는 건 무모하다. 야간에 대리운전회사에서 전화가 올지도 모르고 말이다. 차는 중앙고속도로 호반순환로를 향해 달린다.

"잠깐 세워줄래?"

도로 한복판에서 달희가 소리친다. 달리는 도로에서 운전자에게 차를 세우라는 건 달리는 차 안으로 치킨을 배달하라는 말이나 다름없다. 즉, 말도 안 된다. 신정은 기가 막혀서 달희를 바라본다. 달희의 얼굴이 하얗게 질려 있다.

"갓길에 세워줘. 오바이트 나올 것 같아."

"차 안에 비닐봉지 없어요?"

"없어."

지체 높으신 오픈카엔 스타일 구겨지는 비닐봉지 같은 건 안 키운다는 뜻이다.

"그럼 참아요."

"못 참겠어. 죽을 거 같아."

"엄살은. 오바이트 못 해서 죽는다는 사람 첨 봐요."

오바이트 못 해서 죽건, 차 세우다 사고로 죽건, 죽긴 마찬가지다. 혼자 죽는 것과 같이 죽는 것의 차이가 있을 뿐. 이 여자와 여기서 죽긴 싫다. 이렇게는.

전방에 톨게이트가 보인다. 신정은 비상 깜빡이를 켜고 갓길에 진입한다. 사실 여기서 차를 세우는 건 위험하다. 뒤차가 속력을 내서 달려오고 있다면 아무리 갓길이라도 들이받힐 확률이 있는 것이다. 에라, 모르겠다. 신정은 갓길에 차를 세운다.

"내리세요."

기다렸다는 듯 달희가 안전벨트를 끄른다. 일말의 예고도 없이 달희는 신정에게 기습 키스를 한다. 달희의 동작은 쥐를 잡아먹을 만반의 준비를 해놓은 고양이처럼 염치없고 재빠르다. 준비 안 된 신정의 가슴이 두방망이질을 한다. 나쁜 여자. 내게 거짓말을 했다. 오바이트를 한다면서 키스를 한다. 나는 전에 여잘 좋아한다고 예고라도 해주었는데.

"내 입에 오바이트 하면 죽여버릴 거예요."

"그래, 죽을게. 오바이트하고."

갑자기 하늘에서 빗방울이 떨어진다. 신정이 하늘을 올려다본다. 일기예보엔 비 온단 말 없었는데. 삶이란 어쩜 예고 없이 들이닥치는 소나기와도 같은 걸지 몰라. 신정은 눈을 감는다.

달희는 눈을 감은 신정을 바라본다. 생은 우리가 애초에 뜻하지 않았던 낯선 곳으로 우릴 이끈다. 그러니 도중에 비를 맞고 길을 헤맨다 해도 우리의 뜻은 아닐 것이다. 달희도 눈을 감는다.

빵빵! 뒤차가 클랙슨을 울리며 지나간다. 신정이 오픈카의 지붕을 닫는다. 둘의 키스는 한층 격렬한 딥키스로 이어진다.

격렬함은 한순간 부드러움과 달콤함으로 바뀐다. 여자의 혀란 남자보다 훨씬 섬세하고 부드럽다.

신정은 첫 키스를 떠올린다. 낯설고 무례하며 거칠고 일방적이었던 키스. 남자와의 키스는 그게 생애 처음이자 마지막이었어. 신정은 더는 생각하지 않으려 한다. 타다다, 빗방울들이 실로폰처럼 오픈카의 지붕 위를 경쾌하게 두들겨댄다.

"속았지?"

신정에게서 떨어지며 달희가 말한다. 유치하다. 서른일곱이나 먹은 여자가 너무너무 유치하다. 아까처럼 혀를 메롱 하면 뺨을 후려칠 거다. 신정은 옷매무새를 바로 한다. 사실 흐트러지지도 않았다.

"무슨 대답을 원해요?"

"알아? 우리 속도위반인 거."

"보험에 들어 있으니까요."

"좋아. 다음엔 더 멀리 나가자. 더 위험한 데로."

신정은 안전벨트를 단단히 맨다. 그러곤 비상 깜빡이를 끈 다음 좌측 깜빡이를 켜고 도로로 진입한다. 식당에 두고 온 모자 생각이 다시 났지만 이대로 가야 한다. 살다보면 돌이키기엔 이미 늦은 것들이 있다. 일테면 이미 해버린 키스나 고속도로에서의 후진. 이 여자와 난 이미 도로로 진입해버렸다. 당분간 횡단보도는 나오지 않을 것이다. 그러니 이제부턴 앞만 보며 계속해서 달려야 한다.

달희의 핸드폰이 계속 울려댄다. 달희는 핸드폰을 받지 않는다. 대신 발신번호를 확인하곤 답문자를 보낸다. 문자를 보내는 달희를 보며 신정은 생각한다. 남편이거나 정부일 것이다. 아님 남편과 정부거나.

집으로 가는 동안 달희는 작은 결심을 한다. 신정 앞에서는 남편이나 소우와는 통화하지 않기로. 엄마나 오빠나 그 누구와도 통화하지 않기로.

오픈카가 달희의 집 앞에 도착한다. 달희가 먼저 차에서 내리고 이어서 신정이 내린다. 둘은 외국식으로 가볍게 포옹을 하고 서로의 양쪽 볼에 뽀뽀라도 하며 작별인사를 하고 싶지만 그러지 않는다. 이미 어떤 선을 넘어버렸다는 생각이 두 사람의 행동을 솔직하지 못하게 만든다.

신정은 달희에게 정중하게 인사를 하고 돌아서서 시계를 본다. 신정은 이제 달희 앞에서 시계를 보지 않기로 결심했다. 11시다. 찜질방 신세를 지지 않아도 되겠다. 물론 대리운전비도 두둑하게 챙겼다. 신정은 12시가 되어서야 신촌의 고시원에 도착한다.

신촌의 고시원은 신정이 숙식을 해결하는 장소다. 한때 신정은 이대 앞에서 하숙을 했었고 같은 집에서 하숙하는 이대생을 사귄 적이 있다. 하지만 곧 고시원으로 옮겼다. 이대생에게 다른 여자가 생긴데다 고시원이 하숙집보다 더 저렴했기 때문이다. 이사하는 날, 신정은 여행 가방 하나 정도 부피의 이

삿짐을 들고 하숙집을 나서며 소리 없이 작게 웃었다. 내 주제에 여대생과 연애라니. 주제 파악 좀 해라. 그리고 그녀를 바로 잊었다. 사실 큰 소리로 울고 싶었지만 주머니에 손수건이 없었다. 눈물을 옷소매에 닦아도 되었겠지만 여름이라 반팔 차림이었다. 맨살에 자신의 눈물을 문대긴 싫었다. 너무 구차할 것 같았다. 사람은 자기가 하고 싶었던 행동을 정반대로 해도 결과는 마찬가지란 걸 신정은 그때 알았다.

신정이 고시원 문을 열고 들어서자 인터넷으로 뉴스 기사를 검색하던 총무가 외부인인가 하고 고개를 든다. 총무는 신정을 보곤 다시 컴퓨터에 코를 박는다. 모자를 쓰지 않은 신정의 모습은 처음 본다. 총무는 신정이 여자로서 그리 못생긴 얼굴은 아니라는 생각을 한다. 그동안 신정에 대해 별로 깊게 생각해보진 않았지만 말이다.

신정이 자신의 룸을 들어서자 열린 창문 앞 간이 빨랫줄에 널려 있는 양말과 속옷이 원망스레 신정을 바라본다. 일기예보 정도는 챙겨보는 주인이었으면 좋겠다는 표정으로 말이다. 신정은 낭패한 듯 추적추적해진 양말과 속옷을 걷는다. 신정은 걸레로 빗물이 들이친 바닥을 닦은 다음 양말과 속옷을 들고 샤워실을 향한다. 다시 빨아서 널려는 것이다. 이 고시원에서 숙식을 해결하고 있는 사람들은 주로 빨래방을 이용하지만 신정은 웬만한 건 손빨래를 해서 룸 안에 널어놓는다. 빨리 마르는 편은 아니지만 작은 창문을 열어놓고 나가면 나름대로 환기가 된다. 단, 오늘처럼 예고 없이 비가 들이닥치는 날은 낭패를 보지만.

다행히 샤워실은 비어 있다. 샤워실도 러시아워가 있는데 주로 출퇴근시간 직전이 붐빈다. 이 고시원엔 고시생뿐 아니라 지방에서 올라온 직장인들도 꽤 있는 것이다.

신정은 간단히 샤워를 한 뒤 비에 젖은 양말과 속옷, 그리고 오늘 치의 양말과 속옷을 빤다. 젖은 머리로 샤워실을 나선 신정은 복도에서 총무와 마주친다. 총무는 신정의 손에 들린 빨래를 예의 주시하며 잔소리를 할까 말까 고민한다. 고작 저 작은 양의 빨래를 갖고 수도세 많이 나온다고 잔소리를 했다간 너무 야박하게 보일까봐서다. 대신 총무는 잔소리인지 안부인사인지 모를 말을 한마디한다.

"오늘 좀 늦었네요?"

"네에."

신정은 가볍게 목인사를 하고 자신의 룸을 향한다. 그래도 오늘은 양반이다. 더 늦는 날은 찜질방에서 외박을 해버리니까. 심야에 시외로 대리운전을 나가는 날은 되돌아오는 차비가 더 들므로 찜질방에서 자고 아침에 들어오는 게 낫다.

총무는 자리에 멈춰 서서 젖은 빨래를 안고 있는 신정의 뒷모습을 바라본다. 행여 신정에게서 어떤 자살의 징후는 없나 하고. 신정에게 관심이 생겨서라기보다는 예방 차원에서다.

이것은 비밀이지만 신정이 묵고 있는 방은 취준생이 자살

한 방이다. 그래서 신정이 다른 고시생들에 비해 더 저렴한 값에 머물고 있다는 것도.

작년 이맘때였다. 죽기엔 억울할 만큼 가을 날씨가 화창했다. 엄마, 미안해…… 다섯 글자의 유서를 남기고 취준생은 넥타이로 목을 맸다. 유서 옆에는 밀린 3개월분 고시원비가 나란히 놓여 있었다. 죽기 전 취준생은 엄마에게 받은 생일선물이라며 넥타이 자랑을 했었다. 총무는 넥타이 맬 일이 빨리 오길 바란다고 취준생에게 맞장구를 쳐주었다. 그날 이후 총무는 선의에서 비롯된 말이라도 무심코 내뱉은 한마디가 얼마나 무서운 것인가를 깨달았다. 그 깨달음이 많은 변화를 가져다준 건 아니지만 적어도 말조심은 하게 됐다.

룸에 들어선 신정은 간이 빨랫줄에 양말과 속옷을 널고 1인용 침대에 누워 핸드폰을 만지작거린다. 결심한 듯 신정은 달희의 번호를 누른다. 달희는 통화중이다. 이 시간에? 실망감과 다행스러운 감정이 동시에 밀려든 신정은 핸드폰을 내려놓는다. 순간 신정의 핸드폰이 울린다. 이크, 진동으로 한다는 걸 잊었다. 벨소리가 옆방에 들리기라도 하면 곤란한데. 신정은 서둘러 핸드폰을 받는다. 달희가 묻는다.

"내가 건 거야?"

"내가 건 건가요?"

달희와 동시에 신정의 대사가 터진다. 달희가 픽 웃으며 답한다.

"글쎄. 전화하니까 계속 통화중이던데?"

신정이 풋 웃는다.

"나도 전화하니까 계속 통화중이던데요?"

"그럼 서로한테 걸고 있었나보지."

둘은 동시에 픽 웃는다. 달희가 묻는다.

"잘 들어갔어?"

"네. 덕분에요."

"지금 뭐 입고 있어?"

"추리닝이요."

달희는 장난기 서린 목소리로 말한다.

"실망이다."

"속옷은 안 입었는걸요."

"으윽."

"남편한테 안 혼났어요?"

"이제 혼날 거야. 잘 자."

달희는 서둘러 핸드폰을 끊는다. 남편이 들어오는 소리가 들리는 것 같았기 때문이다. 달희는 침대에 누워 뒤척이는 척한다. 보안을 우려해 틸트로 열어놓은 창문 사이로 바람이 들어온다. 바람으로 인해 암막 커튼에 달린 구슬줄로 만든 손잡이가 흔들리며 구슬끼리 부딪치는 소리를 낸다. 바람이었어. 남편이 아니라.

오빠의 사무실을 떠날 때 남편은 밤 10시에 들어오겠다고 달희에게 말했었다. 지금쯤 침대 위에 곯아떨어져 있어야 할 남편은 아직도 들어오지 않는다. 전화도 하지 않는다. 달희는 욕실로 가서 서랍 깊숙이 감추어 놓은 라일락 담배를 꺼내 문다. 담배에 불을 붙이고 한 모금 피우자마자 달희는 기침을 한다. 첫 모금부터 목구멍에 걸린 것이다. 담배는 여자에게 맞지 않는다지만 달희에겐 특히 맞지 않는다. 자기에게 맞지 않는다고 해서 끊을 이유는 없다. 그렇다고 달희가 담배를 좋아하는 건 아니다. 어떤 사람들은 어떤 일을 하는 것을 싫어하고 바로 그 이유 때문에 누군가는 그 일을 할 수도 있는 것이다.

달희는 두 모금째 연기를 내뱉는다. 알아. 당신이 바람피우는 거. 하지만 당신이 바람을 피워서 내가 이러는 건 아니야. 바람피우는 건 담배 피우는 거랑 같을지도 몰라. 어차피 곧 연기가 되어 사라지니까. 날아가는 연기에 매달릴 이유 없다고.

달희는 겨우 세 모금을 빨았을 뿐인 담배를 변기에 넣고 나서 물을 내린다. 오늘 남편은 들어오지 않을 것이다. 남편의 죄책감이 달희의 용돈을 더 올려줄 것이다.

*

규칙적인 일상이 다시 시작된다. 달희는 도우미가 차려준

늦은 아침을 먹고 출근부에 도장을 찍듯 Y호텔로 향한다. 호텔 수영장에서 한 시간 정도 수영을 하고 나서 달희는 엄마를 불러낸다. 아니나다를까. 새벽에 들어온 남편이 엄마와 점심식사를 하라고 용돈을 주었기 때문이다. 남편이 용도를 정해준 돈은 시킨 대로 써야 한다. 달희의 전화에 기다렸다는 듯 튀어나온 엄마는 예상대로 백화점 쇼핑부터 원한다. 생일도 기념일도 아무 날도 아니지만 달희는 백화점에서 엄마에게 신상 지갑 하나를 사준다. 세일 품목은 달희의 결혼 이후 엄마의 고려 대상이 아니다. 엄마와 백화점을 나서면서 달희는 픽 웃는다. 썩어빠진 일상이다. 썩은 생선처럼 냄새나는 일상.

달희는 엄마와 참치횟집을 들어선다. 소주와 곁들이기에 이른 시간이긴 하지만 엄마가 먹고 싶어 했기 때문이다. 달희는 스페셜을 주문한다. 주방장인 실장이 스탠드석에 앉은 달희와 엄마에게 참치를 내오며 친절하게 부위를 설명해준다. 실장은 달희와 엄마의 차림새로 보아 분명 두둑한 팁을 기대하고 있을 것이다. 엄마가 참치회에 소금 섞은 참기름을 찍어 김에 싸서 입에 쏙 넣으며 말한다.

"너 요즘 뭐 하고 다니는 거냐?"

"하긴 뭘 해? 아무것도 안 하고 다녀."

"아줌마가 그러던데. 너 맨날 밖으로만 싸돌아다녀서 낯짝 보기도 힘들다고."

"정말 그랬어?"

"그럼 가짜로 그랬겠냐?"

"내 말은, 그렇게 똑같이 말했냐구."

엄마는 말을 정정한다.

"아니. 요새 네 얼굴 보기 힘들다더라. 그 말이 그 말이지 뭐."

엄마는 늘 이런 식이다. 같은 말도 상대방이 기분 나쁘게 전하는 재주가 있다. 엄마가 새 참치를 참기름에 찍어 김에 싼다. 정말로 참치회를 좋아하는 사람들은 김에 싸서 먹지 않는다는 걸 달희는 알고 있다. 김맛 때문에 참치의 맛을 제대로 느낄 수 없기 때문이다. 달희는 사실 엄마가 제대로 뭔가 좋아한다고 생각한 적은 없다. 엄마는 늘 무언가의 언저리에서 좋아하는 흉내만 낸다. 그러면서 좋아하고 있다고 믿는다.

"너, 백화점 문화센터라도 다니지 그러니?"

"왜?"

"왜긴, 좀더 생산적인 일을 하라고! 나처럼 메이크업을 배우든지, 수채화를 배우든지! 난 충고도 못 하냐!"

엄마 입에서 생산적인 일을 하란 말을 듣다니. 오래 살고 볼 일이다. 달희는 접시에 놓인 혼마구로를 젓가락으로 깨작댄다. 엄마는 불난 가슴에 불을 당기듯 소주를 한 번에 들이켠다.

"그런 데서 화가도 많이 나온다더라. 너 학교 다닐 때 그림 그리고 싶어 했잖아. 화가가 꿈 아니었니?"

어느 학교? 중학교? 고등학교? 아님 대학교? 달희는 학교 다닐 때 한 번도 그림을 그리고 싶어 한 적이 없다.

"엄마가 내 꿈이 뭔지 알아?"

눈치 빠른 실장이 민자와 달희의 냉랭해진 분위기를 보며 비워진 접시 위에 참치회만 올려놓고 간다. 하긴 들어올 때도 그리 화기애애하게 보이는 모녀는 아니라고 생각했다.

느닷없는 달희의 화에 민자는 바로 분위기를 바꾼다. 공격할 대상을 바꾼 것이다. 민자는 종로에서 뺨 맞고 횟집에서 화풀이를 한다. 실장을 불러 타박하기로 한 것이다. 민자는 달희를 이길 수가 없다. 자식이라서 못 이기는 건 아니다. 달희가 지닌 슬픔을 못 이기는 것이다. 이기지 못할 바엔 심기라도 건드리지 말자는 게 민자의 생각이다.

민자는 실장에게 참치회가 싱싱하지 않다고 불평을 한다. 냉동 상태도 좋지 않고 흐물흐물하다고 타박을 한다. 회면 회다워야 하고 스페셜이면 스페셜다워야 하지 않느냐고 동의까지 구한다. 여기서 제일 비싼 스페셜을 시켰는데 돈값을 해야 하는 것 아니냐고.

실장은 미안하다면서 꾸벅 인사를 한다. 그러곤 눈물주 한 잔을 올린다. 회는 접시에 올릴 때 빨리빨리 먹지 않으면 금방 온도가 떨어진다는 건 누구나 아는 상식이다. 10분 이상을 접시에 누워 있는 회는 자연히 흐물흐물해질 수밖에 없다. 하지만 실장은 이런 설명을 생략하기로 한다. 이런 막무가내 사모님을 설득하느니 차라리 팁을 포기하는 게 낫다고 생각한 것이다.

민자의 가슴속에 달희에 대한 치사한 마음과 서러운 마음이 동시에 솟는다. 하지만 민자는 참기로 한다. 압력밥솥의 뚜껑만 밥통을 누를 줄 아는 건 아니다. 민자는 자신의 감정을 누를 줄 안다. 스스로 마인드컨트롤에 성공한 민자는 기분이 조금 누그러져 참치횟집을 나선다. 자신은 진즉에 예술 계통으로 나갔어야 했다는 생각에 민자는 조금 더 너그러워진다.

달희는 엄마의 기분을 풀어주려고 오픈카로 엄마 아파트까지 데려다준다. 엄마에게 화를 한번 내고 나면 다시 기분을 맞춰주기 위해 열 배의 노력이 필요하다. 나이 든 사람들은 한번 감정이 상하면 젊은이들보다 뒤끝이 더 오래간다는 걸 잘 알기 때문이다. 엄마가 오랫동안 기분이 상해 있는 걸 달희는 원하지 않는다. 어쨌거나 엄마는 손녀 하나 없는 할머니가 아닌가. 달희는 잠깐 올라왔다 가라는 엄마의 말을 정중하게 거절한 뒤 아파트 단지를 나온다. 그리고 헤어지면서 참치횟집에서 남은 식사비를 엄마의 손에 쥐어주는 걸 잊지 않는다.

아파트 엘리베이터에 오른 민자는 딸의 기분을 맞춰주기 위해 엉뚱한 사람을 희생양으로 삼았다는 생각에 잠시 빠져든다. 생각일 뿐 반성하는 건 아니다. 하지만 자신이 사는 11층에 도착하자 또다른 생각이 민자를 덮치며 잠시 부풀게 만든다. 예술가 기질이 자신 안에 있다는 생각 말이다.

사실 전부터 그림을 그리고 싶어 한 건 민자다. 자신의 꿈을 딸에게 투영한 것도 민자다. 그래서 딸의 꿈이 화가일 거라고 막연히 오해한 것도 민자 자신인 것이다. 그러나 그게 어쨌단 말인가. 배움엔 나이가 없는데. 난 환갑을 바라보는 이 나이에 문화센터에서 메이크업까지 배워가며 손수 화장을 하고 다니지 않는가. 자립심 강하게도 내 얼굴을 내가 책임지려고 말이다. 그나저나 딸년은 지금 집으로 가고나 있는 건지? 민자의 생각은 다른 곳을 향해 달려간다. 한 가지 생각을 길게 하는 건 정신건강에 해로우니까.

달희는 엄마의 우려에 발이라도 맞추듯 핸들을 돌려 소우 집을 향한다. 엄마랑 헤어지고 나면 달희는 꼭 소우 생각이 난다. 그래서 2차로 그쪽을 향해야만 직성이 풀리도록 만드는 것이다.

소우의 오피스텔에 도착한 달희가 현관 비밀번호를 누른다. 아직 비밀번호가 바뀌진 않았다. 그러니 아직 다른 애인이 생긴 건 아닐 것이다.

달희가 안으로 들어서자 실내에 잔잔한 음악이 울려퍼진다. 요즘 새로운 곡을 썼다더니. 이 곡인가보다. 기타와 하모니카. 두 개의 악기가 어우러져 분위기 있는 음악을 연출한다. 막 샤워를 마친 소우가 욕실에서 나온다. 소우는 예고도 없이 자신의 오피스텔에 들어와 앉아 있는 달희를 잠시 바라본다. 그러곤 달희가 이 집의 붙박이 식구인 양 편하게 묻는다.

"어때?"

"좋은데? 많이 부드러워졌네. 편안하고."

"왜 이렇게 인심이 후해졌어?"

"난 솔직하게 말했을 뿐이야."

소우는 달희에게 다가간다. 소우는 달희에게서 어떤 변화를 감지한다. 소우는 약간의 배신감을 느낀다.

"요즘 남편하고 잘 지내나봐?"

달희가 고개를 저으며 답한다.

"정신과의사를 바꿨거든."

한때 달희는 정신과 상담을 받았었다. 달희는 상담이 아무런 도움이 되지 않는다고 했고 그 이후론 상담을 받지 않았다.

"거짓말."

"정말이야."

"그 의사 이름이 뭔데? 3초 내로 대봐. 1초, 2초, 3초."

달희는 잠시 머뭇거린다.

"거봐 대답 못 하잖아. 넌 거짓말 못해."

소우야, 난 앞으로 네게 거짓말을 계속하게 될 거야. 그러니 넌 속아야 할 거야. 속아야만. 달희는 현관을 향한다.

"나 간다."

"벌써?"

"그냥 궁금해서 와본 거야. 잘 있나 궁금해서."

"왜? 목매달고 죽기라도 했을까봐?"

"농담도."

달희가 언짢다는 듯 얼굴을 찡그린다. 그러곤 문을 열고 나간다. 소우는 달희를 잡지 않는다. 어차피 이게 우리의 관계니까. 그날, 돌이킬 수 없는 그 일이 있고 난 뒤부터 쭈욱 우리의 관계였으니까. 소우는 다시 음악을 튼다. 소우가 만든 음악은 정작 스스로를 편안하게 만들어주진 못한다.

저녁이 되기 전에 집으로 돌아온 달희는 남편을 기다린다. 오늘은 결혼기념일이다. 이제 1주년이니 첫 결혼기념일인 것이다. 달희는 초저녁부터 식탁에 테이블보를 깔고 촛대에 양초를 세우고 꽃병에 꽃을 꽂고 나서 와인잔을 준비한다. 오븐 안엔 도우미가 준비해놓은 따뜻한 스테이크가 적정온도를 유지한 채 잡내 하나 풍기지 않고 얌전히 누워 있다. 케이크도 미리 준비해두었다. 하지만 오늘의 주인공 중 한 명이 오지 않는다. 기다리는 건 언제나 오지 않는다. 절대로 제시간에 오는 법이 없다. 기다리는 상대가 아무리 기다리던 상대가 아니라 해도.

자정이 되어서야 남편은 집 앞에서 달희에게 전화를 해서 주차장으로 불러낸다. 달희가 집 앞으로 나가자 남편에게 인사를 하고 사라지는 대리기사의 뒷모습이 보인다. 남편이 술을 마시고 대리기사를 불러서 온 것이다. 꽃다발도 없이. 남편의 입에서 양주 냄새가 풀풀 난다. 남편은 달희에게 차에 타라고 한다. 달희가 차에 오르자 남편은 의자를 뒤로 스르르

내린다.

"날 유혹해봐. 정부처럼."

집 주차장에서 카섹스를 하려고 불러냈단 말인가.

"잊었나본데 난 당신 부인이야."

"알아. 잊은 적 없다. 넌 어떨지 몰라도."

달희의 표정이 굳는다. 남편이 달희의 가슴을 더듬는다. 달희가 남편의 손을 치운다. 달아오른 남편은 달희의 가슴을 거칠게 잡아쥔다. 아, 달희의 이빨 사이로 신음이 터진다. 머리채라면 당장 뜯겨나갔을 정도의 완력이다. 달희는 결혼 서약을 떠올린다. 그러고는 눈썹달이 지켜보는 가운데 남편을 받아들인다.

아침에 커다란 꽃바구니 하나가 남편이 출근하자마자 집으로 배달된다.

"하이고, 곱기도 하지."

도우미가 형형색색의 꽃바구니를 받아 식탁에 올리곤 호들갑스레 달희를 부른다.

"이거 봐, 사장님이 보내셨어. 카드도 있네."

도우미는 여자들이란 아무리 나이가 들어도 꽃에 약한 동물이라는 생각을 한다. 자신에게 배달된 건 아니지만 택배 기사에게 꽃바구니를 받아들면서 기분이 아주 좋아졌으니까. 자신에게 배달된 꽃이었다면 기분이 더 좋았을까? 도우미는 고개를 젓는다. 아깝다. 차라리 내겐 돈으로 주었음 한다. 어차피 시들 꽃, 치우는 게 더 힘들다.

남편은 달희의 손에 꽃을 직접 전해주는 대신 택배회사를 택했다. 아마도 남편의 회사 비서가 전화해서 주문을 했을 것이다. 결혼기념일은 혹 남편이 기억하지 못할까봐 미리 메모해두었을 것이다. 그러고 보니 어제가 아니라 오늘이 결혼기념일이다. 결혼기념일을 기억하지 못한 건 남편이 아니라 달희다.

축 결혼 1주년 기념일

달희는 꽃바구니에 매달린 리본에 써진 글씨를 아무런 감정 없이 바라본다. 주문제작으로 배달된 꽃바구니와 주문제작한 글씨에 감정이 생길 리가 없다.

2층으로 올라온 달희는 아침부터 신정에게 핸드폰을 한다. 달희는 신정을 밤에 불러내는 일은 거의 없다. 주로 남편의 출퇴근시간 사이에 만나다보니 어쩔 수가 없다. 신정은 야간에 대리운전을 하고 오전엔 잠을 잔다. 그러니 서로를 위해 낮에 만나는 것이 낫다. 아침에 전화를 하는 건 신정의 잠을 깨우는 일이 될 것이다. 하지만 아침엔 그리움이 잠잠했다가 낮에 불쑥 고개를 쳐드는 건 아니다.

달희가 핸드폰을 걸자마자 잠에 취한 목소리로 신정이 전화를 받는다. 이애, 자면서도 내 전화를 기다렸구나. 이렇게 빨리 받는 걸 보니. 달희는 차를 몰고 집을 나선다. 신정이 이리로 오는 걸 가만히 앉아 기다리느니 달희가 나가는 게 빠를 것이다.

달희와 신정은 둘 사이의 중간 지점인 일산에서 만나기로 한다. 달희에겐 차가 있으니 신정보다 더 빨리 도착할 것이다. 라페스타 영화관 주차장에 주차를 하고 나서 달희는 조조로 영화표를 끊는다. 신정과 저녁까지 데이트를 할 생각이다. 달희는 그래도 시간이 남아 팝콘과 사이다를 산다. 콜라는 사절이다. 콜라를 즐기는 건 남편이지 달희가 아니다. 밖에 나와서까지 남편의 애용 음료를 사먹긴 싫다.

달희는 사이다 두 개를 사려다 취소하고 라지 사이즈 하나에 빨대 두 개를 달라고 한다. 직원은 실수로 똑같은 분홍색 빨대를 두 개 꽂아준다. 대개는 다른 색깔의 빨대를 꽂아주는데 말이다. 달희는 신정과 함께 사이다를 마시다 빨대가 바뀔 수도 있겠다는 생각에 픽 웃는다.

드디어 신정이 모자를 눌러쓰고 영화관에 나타난다. 신정의 모자가 낡은 군청색 모자에서 새 모자로 바뀌었다는 걸 달희는 단번에 알아본다. 연인의 옷차림과 액세서리 하나마다 일일이 신경을 써주는 파트너처럼 말이다.

"모자가 바뀌었네?"

"춘천에서 잃어버렸어요."

"닭갈빗집?"

신정이 귀엽게 얼굴을 찡그린다.

"네."

"언제 찾으러 가자."

"좋아요."

신정이 피식 웃는다. 둘은 사이좋은 연인처럼 영화관을 들어선다. 남들에겐 절대 그렇게 보이지 않을 테지만 말이다. 지정된 자리를 찾아 앉은 두 사람은 예고편을 보면서 팝콘을 먹는다. 신정이 한 손으로 팝콘을 먹으며 나머지 한 손으로는 스윽 달희의 손을 잡는다. 달희에게 충만한 느낌이 솟는다. 이애, 아침은 먹고 왔을까. 영화가 끝나면 맛있는 걸 사주어야지.

예고편이 끝나고 영화가 시작되자마자 신정은 졸기 시작한다. 신정의 고개는 갈 곳을 모르고 앞뒤 사방으로 끄덕이며 위험한 곡예운전을 한다. 달희는 신정의 고개를 자신의 어깨에 기대게 한다. 그제야 신정의 고개는 얌전히 달희의 어깨 위에 주차한다. 주차시간은 1시간 30분이다. 영화가 끝날 때까지 신정이 깨어나지 않는다면 말이다. 달희의 예상대로 신정은 영화가 끝날 때까지 깨어나지 않는다. 달희 역시 신정에게 어떤 음식을 사주면 좋아할까 하는 생각에 좀처럼 영화에 집중하지 못한다.

영화가 끝나면서 자막이 오르기 시작하자 신정이 눈을 뜬다. 하품을 하면서 신정이 말한다.

"잘 봤어요."

"잘 잤겠지."

"자면서 다 봤다니까요."

거짓말. 낮게 코까지 골았으면서.

"알았어. 밥 먹으러 가자. 뭐 좋아해?"

"매운 거요."

"어른이네?"

"이제 알았어요? 유치하게 피자나 햄버거 같은 건 졸업한 지 오래라고요."

신정은 사실 피자나 햄버거 학교엔 입학도 못 해봤다. 학교 다닐 때 얼마나 먹고 싶었었는데. 집에 가는 길에 그거 사먹는 애들 보면 얼마나 부러웠는데. 그래서 햄버거집 알바하면서 팔고 남은 거 한 개 집어먹다 잘리고, 피자집 알바하다가 잘린 이유는…… 생각하기도 싫다.

입구에서 극장 안내원이 나가는 관객들에게 안녕히 가세요, 하면서 일일이 인사하고 있다. 엔딩 타이틀이 거의 끝나간다. 극장에 남은 사람은 달희와 신정 둘뿐이다.

"사람들은 참 예의가 없어요. 영화 만든 사람들을 생각해서라도 자막이 다 오를 때까지 봐줘야죠. 안 그래요?"

사실 신정은 엔딩 타이틀 같은 건 관심이 없다. 다만 달희 옆에 좀더 오래 앉아 있고 싶다.

"영화도 지루한데 자막도 끝까지 봐줘야 해?"

"지루했어요? 난 재밌기만 하던데."

"나, 신정이 별명 안다?"

"뭔데요?"

"피노키오."

달희가 신정의 코를 가볍게 쥐고 흔든 다음 자리에서 일어선다. 신정도 따라 일어선다. 둘은 안내원 앞을 지나간다. 안내원은 이 시간대의 마지막 손님인 두 사람에게 마지막 인사를 한다. 신정도 안내원에게 꾸벅 인사를 하고 나온다. 앞의 손님들이 나갈 때 안내원의 인사도 받지 않는 걸 본 것이다.

"사람들은 참 인색한 거 같아요. 인사를 했으면 받아줘야죠. 나처럼."

이애, 원래 이렇게 명랑했었나? 신정은 참새처럼 지지배배 종알대며 스윽 달희의 팔짱을 끼고 걷는다. 달희는 신정의 팔을 꼬옥 쥔다. 처음 이애와 떡볶이를 먹던 날, 우린 걸었지. 아무 말도 건네지 않고 어색한 보폭을 유지하면서. 지금은 무엇이 달라졌나. 우리 사이에 무슨 일이 있었나.

라페스타 거리의 식당가를 걷는 달희와 신정의 시선에 비빔밥집이 딱 걸린다. 둘은 약속이나 한 듯 비빔밥집으로 들어간다. 주문한 비빔밥이 나오자 둘은 걸신들린 듯 비빔밥을 비벼댄다. 신정은 달희보다 고추장을 더 많이 넣고 비빈다. 달희가 걱정스럽다는 듯 바라본다.

"너무 맵지 않아?"

"괜찮아요."

"매운 게 왜 좋아?"

"그냥이요. 좋은 데 이유가 있나요?"

신정이 벌건 비빔밥을 한입 가득 입에 넣고 먹는다. 이애, 예쁘다. 입을 아무리 크게 벌려도. 달희도 입을 크게 벌려 벌건 비빔밥을 한입 가득 먹는다. 맵다는 듯 혀를 활랑거리곤 물을 벌컥 들이켜는 달희를 신정은 물끄러미 바라본다. 이유야 많죠. 내겐 너무 매운 삶이니까요. 난 삶이 매울수록 고추장을 많이 넣어요. 그럼 고추장의 매운맛 때문에 삶의 매운맛을 잠시 잊거든요. 난 매운 음식을 먹을 때 중간에 물도 마시지 않아요. 그럼 매운맛에 지는 거니까.

달희가 맞장구친다.

"나도 매운 거 좋아해. 우린 춘천닭갈비도 잘 먹었잖아."

"맞아요. 그 집도 끝내주게 매웠죠."

둘은 유난맞게 킬킬대며 좋아한다. 겨우 같은 취향 하나를 찾아냈을 뿐인데, 이렇게 좋아한다. 비빔밥집을 나선 달희와 신정은 이번엔 아이스크림가게로 들어선다. 둘은 아이스크림 한 통에 두 개의 스푼을 넣어가며 번갈아 사이좋게 퍼먹는다. 신정이 아이스크림을 먹는 데 속도를 내자 달희는 스푼을 내려놓는다. 신정이 아이스크림을 먹다 말고 묻는다.

"왜요?"

"살찔까봐."

"내가 볼 땐 더 쪄야 돼요."

신정도 스푼을 내려놓는다. 달희는 신정의 마른 몸을 바라본다. 이애, 먹는 게 다 어디로 새는 걸까? 나랑 있을 땐 이렇게 잘 먹는데.

"누가 할 소리."

달희와 신정은 누가 먼저랄 것 없이 스푼을 들어 마지막 아이스크림을 향해 돌진한다. 남은 아이스크림 쟁탈전이다.

신정이 달희를 노려본다.

"야비해."

"누가 할 소리."

둘은 끝까지 양보하지 않고 아이스크림통의 바닥이 보일 때까지 먹는다.

아이스크림가게를 나선 둘은 다시 라페스타 거리를 걷는다. 신정은 보란 듯 달희의 팔짱을 낀다. 이제 신정은 팔을 흔들기까지 한다. 신정의 리듬에 달희도 흔들린다. 둘은 약속이나 한 듯 주차장을 향해 달린다.

차에 오르자마자 둘은 키스부터 한다. 실은 오늘 만나자마자 제일 먼저 하고 싶었던 게 키스다. 신정의 입에서 여전히 박하 향내가 난다. 그렇게 매운 걸 먹었는데도. 신정이 달희의 가슴을 더듬는다. 달희가 주춤한다.

"아, 안 돼."

"오늘은 더 멀리 가기로 해놓고."

신정은 브레이크를 밟지 않겠다는 듯 달희를 향해 속력을 낸다. 신정은 달희의 웃옷 단추를 끄르며 옷 속으로 손을 집어 넣는다. 달희의 온몸에서 단내가 난다. 신정의 입술이 달희의 젖꽃판으로 달려든다. 달희는 신정을 밀어내며 우선멈춤 표지판을 내세운다.

"하아— 넌 정말, 스피드를 즐기는구나."

신정은 비아냥거리는 말투로 묻는다.

"사랑에 제한속도가 있나요? 말해봐요. 시속 몇 킬로로 달릴까요?"

달희는 신정을 바라본다. 나는 이애와, 이애의 젊음과 경쟁해선 안 된다. 도저히 이길 수 없을 테니까. 이길 수 없다면 사랑하는 편이 나을 것이다. 그저 앞만 보고 열심히 달리는 것이.

순간 신정의 핸드폰이 울린다. 신정이 번호를 확인하고 전화를 받는다.

"네. 일산에 있어요. L백화점 앞이요?"

신정은 전화를 끊고 옷매무새를 바로 한다. 그래봤자 모자를 눌러쓰는 일밖엔 없지만 말이다.

"가봐야 돼요. 대리운전하러."

"이 시간에?"

"누가 낮술을 마셨나봐요. 백화점 주차장에 차가 있다는데 보나마나 쇼핑 나와 술 마신 아줌마겠죠. 요즘 이런 아줌마들 많아요. 낮에 남편 몰래 애인 만나 술 마시고 대리 불러서 집에

간다니까요."

꼭 달희 들으라고 하는 소리 같다. 신정은 괜히 말했다는 듯 입을 다문다. 어차피 할말은 다 했으면서. 달희는 아쉬운 듯 신정을 바라본다. 이애가 자유로운 몸이 아니란 걸 잊었다.

"난 안 바래다줄 거야?"

"술 안 마셨잖아요."

"지금부터 확 마실까보다. 데리러 올 때까지."

킥, 신정이 웃으며 차에서 내린다.

"조심해서 가세요."

"바래다줄게."

"아니에요."

"아줌마한테 한눈팔면 죽어."

"하는 거 봐서요."

신정은 달희의 약을 바싹 올리고 나서 사라진다. 갑자기 괜한 의심과 질투가 달희를 괴롭힌다. 신정은 정말 대리운전을 하러 간 걸까. 내게 거짓말을 한 건 아닐까. 주차장을 나선 달희는 L백화점 방향으로 미친 듯 핸들을 돌린다. 그리고 신정보다 먼저 백화점 앞에 도착한다.

신정은, 아직 보이지 않는다. 저애를 저기서 처음 봤었는데. 내게 처음 거짓말을 한 날, 난 저 아이의 눈빛에 흔들리지 않으려고 했지. 앞으로 얼마나 많은 거짓말들에 속아야 할까. 달희가 초조해지는 순간 신정이 헉헉대며 L백화점 앞에 나타난다. 손님보다 먼저 도착한 신정은 안도한 듯 숨을 쉬며 시계를 바라본다. 달희는 백화점 앞 횡단보도에서 비상 깜빡이를 켜고 클랙슨을 울린다. 신정은 클랙슨이 울리는 쪽을 바라본다. 그리고 달희를 알아보자 반갑게 바이바이를 한다. 달희는 신정을 바라보느라 뒤차가 클랙슨을 울리는 소리를 듣지 못한다. 녹색신호등이 켜진 것도 보지 못한다. 뒤차가 다시 한번 빠앙― 클랙슨을 울리자 신정은 달희에게 빨리 출발하란 신호를 보낸다. 그제야 달희는 비상 깜빡이를 끈 뒤 출발한다.

연인들의 속성은 본래 이기적이어서 아무데서나 속력을 내고 어디서든 서버려 다른 차들을 못 지나가게 한다. 결국은 뒤차가 요란스레 경적을 울려대야 정신을 차리는 것이다. 아님 뒤차에 받혀 접촉사고를 일으키고 보험사가 출동하고 나서야 비로소 제정신으로 돌아오기도 한다.

소우를 만나기로 한 것도, 내일 아침 남편이 출장을 떠난다는 것도 잊고 달희는 집을 향해 달린다. 신정이 어서 대리운전을 마치고 돌아가 전화해주었음 좋겠다.

남편이 저녁식사 시간에 맞추어 집으로 들어온다. 꽤 오랜만이다. 도우미는 남편과 달희가 식사를 마칠 때까지 자리를 지킨다. 도우미는 설거지를 마친 뒤 과일 안주를 곁들인 술상을 봐주고 나서 2층을 향한다. 여행 가방 안에 남편의 짐을 챙겨놓으려는 것이다.

남편이 달회에게 이 일을 시켰다면 기꺼이 했을 테지만 남편은 노련한 도우미에게 맡김으로써 달회를 퇴행시킨다. 도우미는 가방 안에 잘 다림질한 와이셔츠와 넥타이, 여행용 칫솔과 면도기, 편한 여벌옷과 속옷 등을 알뜰하게 챙겨넣는다. 어쩜 콘돔도 슬쩍 챙겨줄지 모른다. 만일의 경우를 대비해서 말이다. 달회가 한밤중에 일어나 가방을 열고 몰래 확인해보지 않는 한 이 일은 비밀에 부쳐질 것이다. 어쩌면 지금껏 비밀에 부쳐왔는지 모른다. 달회는 남편의 여행 가방을 몰래 열어본 적이 없으니까. 그것은 어디까지나 남편의 사생활이니까.

도우미가 퇴근한 뒤 달회와 남편은 코냑이 든 양주잔을 부딪친다. 남편은 코냑을 즐긴다. 달회의 술 취향은 같이 마시는 상대에 따라 달라진다. 달회는 소우 앞에선 마르가리타를, 신정 앞에선 소주를 마시고, 엄마 앞에선 엄마가 술 마시는 걸 본다. 달회는 차라리 술에 대한 취향이 없다고 말하는 게 나을 것이다.

남편은 코냑을 두 잔 마신 뒤 잠자리에 들기 위해 일어선다. 남편은 내일 새벽 시간에 출발하는 비행기를 타야 한다. 세계적 유명 브랜드인 말리부의 정원조명을 벤치마킹하기 위해서다. 요즘 정원조명 사업에 새롭게 눈을 돌린 남편은 얼마 전 정원에 데크등과 잔디등을 전부 새로 달았다. 물론 남편의 취향대로 화려하게 말이다.

달회는 남편을 따라 일어선다. 그리고 남편을 따라 잠자리에 든다. 남편은 눕자마자 거짓말처럼 코를 골기 시작한다.

"여보."

달희는 작은 목소리로 남편을 불러본다. 남편은 대답하지 않는다. 달희는 남편의 얼굴 위로 손가락을 팔랑거려본다. 두 손으로 잠자리 모양을 만들어 남편 위에서 날려도 본다. 남편은 미동도 하지 않는다. 남편이 완전히 잠이 든 것을 확인하고서야 달희는 침대에서 빠져나온다. 어서 신정과 통화를 해야 한다. 달희는 핸드폰을 들고 아래층으로 내려간다. 지금 보안 경비시스템을 끄면 "해제되었습니다"라는 음성이 거실을 가로질러 2층까지 올라가 잠자는 남편의 귓속을 파고들 것이다. 그러면 남편이 깨어날지 모른다. 달희는 1층 욕실로 들어가 문을 잠그곤 샤워기를 튼다. 그리고 신정에게 핸드폰을 한다. 신정은 이번에도 기다렸다는 듯 전화를 빨리 받는다.

"잘 갔어?"

"그럼요. 그게 직업인데."

달희가 틀어놓은 샤워기에서 물줄기가 떨어지고 있다. 신정이 묻는다.

"무슨 소리죠?"

"빗소리."

"거기 비와요?"

"응."

"이상하다. 여긴 안 오는데."

"여긴 거기랑 날씨가 달라."

거짓말도 재밌네. 달희는 피식 웃으며 묻는다.

"바로 들어갔어?"

"네."

"들어가서 뭐 했어?"

"밥 먹고 샤워했어요."

"무슨 반찬?"

연인의 일거수일투족이 모두 궁금한 사람처럼 달희는 꼬치꼬치 캐묻는다.

"개구린 안 먹었어요. 언니는요?"

"올챙이."

핸드폰 너머로 신정이 킥 웃는 소리가 들린다.

"실은 나, 꿈 있어요. 말해줄까 말까요."

"말해줘. 궁금해."

"그럼 언니 꿈도 말해줄래요?"

"그래. 약속."

달희는 허공에 대고 새끼손가락을 건다. 신정도 허공에 대고 새끼손가락을 건다. 둘의 새끼손가락은 각자의 허공에서 만난다. 둘은 새끼손가락에 꼬옥 힘을 준다.

"놀이공원 가는 거요. 아빠 손잡고 놀이공원 가서 롤러코스터 한번 타보는 게 꿈이에요. 영화에서 보면 두 갈래로 머리 땋은 여자애들이 아빠 손잡고 놀이공원에 가잖아요."

"레이스 달린 원피스 입고 말이지?"

"네. 분홍색으로요."

"정말 한 번도 못 타봤어? 그렇게 스피드를 즐기는 애가."

"한 번도."

달희의 코끝이 찡해진다. 그 나이에 놀이공원 가는 게 꿈이라니.

"안 가보면 평생 한이 될 거 같아요."

"스물다섯 평생?"

"네."

"내일 당장 타러 가자. 문 여는 시간에 첫손님으로 가는 거야."

"좋아요. 이제 언니 꿈 말해줘요."

"미용사."

"피, 시시해."

"정말이야."

"하면 되잖아요. 어렵지 않을 거 같은데."

"남편이 못 하게 해."

달희는 괜히 남편을 둘러댄다.

"대학 나온 사람은 미용기술도 못 배우나요? 배우지 말란 법 있대요? 핑계예요. 하기 싫은 거라구."

"맞아. 하기 싫어. 근데 머리 좀 길러볼래?"

"왜요?"

"잘라주고 싶어서."

"나, 머리 긴 거 질색인데."

신정이 길게 한숨 쉬는 소리가 핸드폰 너머로 들려온다.

"아, 오늘밤이 너무 길겠다. 내일까지 기다리려면."

달희가 전화를 끊자 액정 화면에 소우에게서 온 통화중 부재 신호가 여러 통 떠 있다. 신정과의 통화에 열중하느라 통화중 신호음을 듣지 못한 것이다. 달희는 그제야 오늘 소우와 약속이 있었다는 사실을 떠올린다. 그를 바람맞힌 일도. 하지만 이 시간에 핸드폰을 하다니 소우답지 않다.

달희의 핸드폰이 다시 진동한다. 소우다.

"지금 몇신 줄 알아?"

전화를 받자마자 달희는 소우를 다그친다.

"난 이 시간에 전화하면 안 되니?"

달희가 잠시 머뭇거린다. 갑자기 미안해진 것이다. 달희는 소우와 만나는 시간도, 장소도 모두 자신이 정해왔다. 약속을 미루거나 펑크 내는 것도 모두 달희 차지였다.

"여기 6번 게이트 앞이야. 나와."

"미쳤어?"

"안 나오면 벨 누를 거야. 들어가서 너 들고나올 거야."

그러나 소우는 안다. 결국 달희는 나오지 않을 거고 소우는 그냥 돌아갈 거란 걸. 그리고 달희는 다음번 약속에 태연하게 나타날 거란 것도.

달희는 의외의 대답을 한다.

"기다려."

이왕 여기까지 왔으니 소우는 기다리기로 한다. 그냥 한번 말해보는 것도 나쁘진 않구나.

달희는 샤워기를 끄고 나서 조용히 욕실을 나선다. 거실 벽에 박제되어 있는 사슴과 눈빛을 마주치자 달희는 앗, 하며 가슴을 쓸어내린다.

"아악—."

이번엔 놀란 가슴이 또다른 놀람으로 인해 비명이 터진다. 어둠 속에서 남편과 눈빛이 마주쳤기 때문이다. 남편이 거실에 있다. 남편이 시가를 물고 불이 꺼진 거실 소파에 앉아 있다.

몸처럼 육중한 목소리로 남편이 묻는다.

"왜 그렇게 소릴 질러?"

"뭐야, 놀랬잖아."

"거기서 뭐 했니?"

"으응. 샤워."

"왜 1층에서 해?"

"당신 깰까봐. 왜 안자고 내려왔어?"

남편은 대답 대신 여전히 시가를 문 채 침만 묻히고 있다. 피지도 않으면서 물고만 있는 건 왠지 탐욕스럽게 느껴진다. 달희는 주방으로 가 물을 마시려고 냉장고 문을 연다.

"콜라가 떨어졌네. 금방 사올게."

"그래."

달희는 표정 하나 흩트리지 않고 천연덕스럽게 거짓말을 한다. 콜라는 남편의 애용 음료이니 떨어지면 밤이건 새벽이 건 채워놓아야 한다. 슬리퍼를 신으며 달희는 생각한다. 거짓 말도 자주 해야겠어. 실력이 느니까 말이야.

달희는 종종걸음으로 6번 게이트를 향해 걷는다. 약속대로 소우는 6번 게이트 앞에 서 있다. 점퍼에 손을 넣고 고개를 숙 이고서. 달희가 걸어오는 모습이 보이자 소우가 손을 흔들며 웃어준다. 웃는데 표정은 어둡다. 밤이라 알아보기 힘든데도 달희는 금방 알아본다. 소우는 어둠 속에서도 자신의 감정을 숨기지 못하는 종류의 인간인 것이다. 바보같이.

"할말이 있어서."

"그래."

"여자친구 생겼어."

"그 말 하려고 이 시간에 여기까지 온 거야?"

달희가 자신의 발을 내려다본다. 어쩐지 발이 시리더라니. 맨발에 슬리퍼다. 소우도 자신의 발을 내려다본다. 지금 이 눈 빛을 달희에게 보이고 싶지 않다. 달희는 알아챌 것이다. 소우 가 거짓말을 하고 있다는 걸.

"이제 우리 끝내야 해."

"그래."

"정말이야."

"그래."

"오늘 얘기 안 하면 안 될 것 같아서."

두 사람은 이대로 밤을 새우기라도 할 것처럼 계속 발만 내려다본다. 결심한 듯 소우가 고개를 들고 달희에게 손을 내민다. 달희가 소우의 손을 잡자 소우는 달희를 와락 끌어안는다. 아아, 달희는 탄식과도 같은 한숨을 쉰다. 아주 작은 숨소리지만 소우에겐 아주 크게 들린다. 소우는 요즘 달희에게서 계속 이상한 느낌을 받는다. 이 여자, 오늘은 낙엽 냄새가 난다. 만지면 바스러질 것만 같다.

"달희야, 집 근처에서 맨발에 슬리퍼는 신지 마. 너 추위 많이 타잖아. 담배도 끊어. 몸에 안 받잖아."

소우가 돌아선다. 달희는 소우의 뒷모습을 바라본다. 이게 이 시간에 헤어지자고 찾아온 사람의 말이니. 이 바보야. 내가 추운 게 좋아서 맨발에 슬리퍼를 신는 건 아니야. 추위를 이기려고 맨발에 하이힐을 신는 게 아니라고. 추운 게 너무 싫어서야. 담배도 일부러 피우는 거야. 난 싫은 걸 하려는 거야. 해보려는 거라구.

소우가 가는 것을 확인하고 달희는 24시간 편의점을 향한다. 같이 가자고 하고 싶었지만 혼자 가야 한다. 그게 나을 것이다. 콜라를 산 뒤 달희는 살금살금 현관을 들어선다. 보안경비시스템을 작동시키자 "세트되었습니다, 편히 쉬십시오" 하는 여자의 기계 음성이 들린다.

캔콜라를 담은 비닐이 바스락거릴 때마다 달희는 불안해진다. 순간 달희는 남편에게 콜라를 사오겠다고 말한 사실을 떠올린다. 그러니 이렇게까지 살금살금 걸을 필욘 없었다고.

달희는 주방으로 가 냉장고 문을 열다가 주방 바닥에 흥건하게 떨어져 있는 콜라 거품을 발견한다. 그리고 따개가 들린 채 바닥에 거품과 함께 널브러져 있는 캔콜라도. 부글거리는 콜라의 거품은 흡사 남편이 뱉어놓은 침처럼 느껴진다.

"그놈 때문이군."

남편은 여전히 소파에 앉아 있다. 여전히 시가에 침만 묻히면서. 들어오면서 달희는 남편을 보지 못했다. 하긴 언젠 제대로 보았을까?

"그놈 때문에 그렇게 집을 비우고, 그놈 때문에 예뻐 보였어."

남편이 바람을 피우는 건 아니라는 여자의 직감이 달희에게 생긴다. 그러니 남편의 여행 가방 안에 콘돔 따위는 없다고. 하지만 우리 사이에 그게 중요한 건 아니다. 우리 사이에 중요한 건…… 아무것도 없다는 사실이다. 함께 헤쳐나갈 장벽도, 함께 꾸는 꿈도, 함께 키울 아이도, 함께할 그 무엇도, 아무것도.

찰각, 착, 찰각, 착. 남편이 시가를 문 채 지포 라이터의 뚜껑을 열었다 닫았다 하는 동작을 반복한다.

"난 마누라도 하나, 고환도 하나야. 음식도 한쪽으로만 씹어서 치과의사한테 잔소리 들어. 나 같은 사람을 보고 균형감각이 없다고 하지."

찰칵, 착. 남편이 지포 라이터의 뚜껑을 여닫는 소리가 달희는 신경에 거슬린다. 차라리 두 귀를 틀어막고 싶다. 남편이 보는 앞에서 두 손으로 말이다. 그리고 남편이 내 앞에서 얼굴을 일그러뜨리는 모습을 두 눈으로 똑똑히 바라보고 싶다.

"난 한쪽으로만 치우치는 경향이 있어. 치우치다보면 미쳐버리지. 미치면 살인도 할 수 있어."

찰칵, 치익. 남편이 드디어 지포 라이터의 불을 켠다.

"가장을 우습게 보지 마라. 내가 너랑 네 가족을 먹여 살려."

남편이 시가에 불을 붙인다. 그러곤 한 모금을 깊게 빨아 내뿜는다. 달희의 발이 저려온다. 갑자기 움직일 수가 없다. 달희는 꼼짝도 못하고 자리에 서서 남편을 바라본다. 달희의 온몸이 떨려온다. 무섭다. 처음으로 남편이.

뜬눈으로 밤을 새운 달희는 밤새 뒤척인 남편이 일어나자마자 도우미가 전날 준비해놓고 간 음식으로 간단하게 아침을 차려준다. 그러곤 오픈카에 남편을 태우고 공항으로 향한다. 해외출장에 남편이 비행기를 놓쳐선 안 되니까. 덕분에 오픈카는 제시간보다 먼저 공항에 도착한다. 남편은 새벽 비행기를 놓치지 않았고 엄마도 새벽부터 공항까지 나와 사위를 배웅하는 걸 놓치지 않았다. 아직까진 아무도, 아무것도 놓친 것은 없다. 아직까지는.

비행기가 창공을 가르며 날아오르자 오재는 눈앞에 둥둥 떠다니는 구름을 보며 그간 막연하게 느껴온 달희에 대한 불안함의 실체를 확인한다. 달희는 떠도는 구름 같다. 눈에 보여서 잡을 수 있으리라 생각했지만 바람과 마찬가지로 잡을 수 없는 게 아닐까. 보이지 않아서 못 잡는 것과 보이는데도 잡을 수 없는 건 차원이 다르다. 후자가 더 사람을 미치게 한다. 오재는 신경질적으로 신문을 펼친다. 그러곤 눈에 힘을 주며 결심한다. 나는 장사꾼이다. 아직까지 손해 본 건 없다. 아직은 괜찮다. 절대로 손해 보는 장사는 하지 않을 것이다.

오재가 떠나는 걸 두 눈으로 확인하고 난 민자는 달희의 오픈카에 냉큼 올라탄다.

"니 집으로 가."

"왜 또."

"이것아. 그러게 처신을 잘했어야지."

남편의 힘이다. 남편이 엄마를 호출해서 새벽부터 공항으로 달려오게 한 것이다. 달희는 어차피 오늘은 집에 있기로 했다. 그런데 엄마랑은 아니다. 달희는 신경질적으로 핸들을 돌린다. 이 시간에 엄마를 공항에서 내리게 할 순 없으니까.

사위의 집에 들어서자마자 민자는 딱히 혼날 일도 없는 도우미에게 잔소리를 늘어놓는다. 잔디밭에 잡초가 자랐으니 시간 날 때 좀 뽑으라는 것이다. 사실 잔소리보다 도우미와 진심 어린 대화가 하고 싶었던 민자는 그럴수록 잔소리에 몰두한다. 인간의 속성이란 본심과는 반대로 행동하는 걸 더 좋아하고 민자도 예외는 아니다.

민자는 곧 도우미가 차려준 아침식사에 몰두한다. 달희는 식사대신 리모컨으로 TV의 채널 돌리기에 몰두하고 있다. TV 채널들은 달희로 하여금 잠시도 한 방송에 고정하지 못하도록 원격조종한다. 민자는 아침드라마에 채널을 고정하지 않고 이리저리 돌려대는 달희를 못마땅하게 바라본다. 꼭 조루 같지 뭐야. 민자는 속으로 생각한다. 겉으로 해도 될 말이었지만 생각과 동시에 튀어나왔어야 했는데 한발 늦은 것이다.

사실 민자가 달희에 대해 못마땅한 것을 잡기 시작하자면 밤을 새워도 모자랄 것이다. 그 점에 있어선 사위나 아들도 마찬가지다. 세상의 모든 엄마들이 그렇듯 이 엄마도 사물을 허투루 보는 사람이 아니다.

달희는 엄마와 모닝커피를 마신 후 2층으로 올라간다. 엄마는 달희에게 영화 한 편을 보자고 한다. 영화를 보기 위해 군이 외출할 필요는 없다. 이 집은 완벽한 방음장치에다 120인치 스크린과 돌비 서라운드 사운드 시스템을 갖춘 극장을 자랑하는 집이니까.

극장 안 DVD장에는 오재가 그동안 모아온 영화들이 빼곡하게 꽂혀 있다. 평생을 모았는지 결혼 전에 한꺼번에 구입한 건지는 알 수 없지만 극장의 규모로 보나 영화 편 수로 보아 오재는 대단한 수집광에 마니아임엔 분명하다. DVD장엔 아직 포장도 뜯지 않은 DVD들이 꽤 들어차 있는 걸 보니 이 극장은 다분히 달희에게 과시하기 위한 오재의 제스처 내지는 노력이었다고 볼 수도 있겠다.

엄마는 DVD를 하나 빼든다. 칸 국제영화제에서 '주목할 만한 시선상'을 받았다는 영화다. 엄마는 영화를 보는 내내 별로 주목할 만한 것도 없다며 차라리 TV 드라마나 볼걸, 하고 투덜댄다. 그래도 끝까지 화면에서 시선은 거두지 않는다. 엄마는 뭐든 중간에 그만두는 법은 없다. 이 점이 오빠에게 유전되었더라면 그동안 엄마는 오빠로 인해 그렇게 많이 속을 썩이지 않아도 되었을 것이다.

"김정일도 영화광이었댄다."

영화를 다 보고 난 엄마가 영화완 아무 상관도, 달희에겐 아무런 관심도 없는 말을 내뱉으며 자리에서 일어선다. 달희는 엄마가 영화를 제대로 보지 않았다는 생각을 한다. 중간에 그만두는 모습을 보여주기 싫어서 그냥 자리를 뜨지 않았다고 말이다. 중간에 그만두는 일이 많은 오빠나, 보면서 내내 딴생각을 하는 엄마나 결국은 같다고 달희는 생각한다. 둘 다 제대로 해내는 일은 없는 것이다.

엄마가 화장실에 간 사이 달희는 극장을 빠져나와 2층 침실로 간다. 그리고 베란다 문을 열어 데크가 깔린 다리로 나온다.

달희는 도우미가 난간에 걸어놓은 이불을 걷는다. 일광욕중인 이불은 무척 따뜻하다. 달희는 이불로 온몸을 둘둘 만다. 달희는 숲을 올려다본 다음 깊이 심호흡을 하고서 아래를 내려다본다. 이대로 뛰어내린다고 해도 죽진 않을 것이다.

거짓말하는 여자의 농담

쿵! 1층에서 주방 정리를 하던 도우미는 2층에서 뭔가가 떨어지는 소리를 듣는다. 화장실에서 볼일을 마친 민자는 바지춤을 채 추스르기도 전에 오픈카가 부릉, 출발하는 소리를 듣는다. 도우미와 민자에게 본능적인 불안감이 엄습한다. 도우미는 정원과 통하는 주방의 문을 열고 나가본다. 1층 잔디밭 위에 이불이 떨어져 있다. 도우미는 이불을 널어두었던 난간을 올려다본다. 바람이 정원의 싸리나무를 몸째로 흔들어댄다. 정말 이놈의 동네는 바람 때문에 미치겠네. 설마? 달희에게 무슨 일이? 도우미와 민자는 현관으로 달려나온다. 쿵 소리와 부릉 소리의 주인공 달희가 나가신다. 민자와 도우미는 오픈카의 꽁무니를 바라보며 대책 없이 발만 동동 구른다.

달희는 무작정 액셀을 밟으며 달린다. 헤이리를 나와 일산을 지나 신촌을 향해. 달릴수록 발목이 아파온다. 그래도 가야한다. 가야 한다는 생각이 강해질수록 속력을 내기가 힘들다. 인간의 의지란 고작 이런 건지도 몰라. 달희는 픽 웃으며 신촌 부근에 진입한다.

달희의 시선에 정형외과 의원이 들어온다. 병원부터 가야겠다. 달희는 깜빡이를 켜고 정형외과 주차장으로 들어선다. 달희는 발목 엑스레이를 찍고 나서 복도 의자에 앉아 결과를 기다린다. 발목을 접질렸다고 의사에게 거짓말을 해서 발목만 엑스레이를 찍은 것이다.

달희는 의사에게 사실대로 말할 수가 없었다. 2층 베란다에서 이불을 뒤집어쓰고 잔디 위로 점프했다고 말이다. 만일 그랬다간 의사가 전신 엑스레이를 찍자고 덤볐을 것이다. 아님 종합병원에 가보라고 했을지도 모른다. 개인적인 호기심이 많은 의사라면 점프한 이유까지 물어보았을 것이다. 그러면 얼마나 더 시간이 지체될지 모른다.

간호사가 잠시 후 달희를 부른다. 많이 기다리지 않아 다행이다. 달희는 진료실로 들어선다. 그나마 다행인 것은 발목이 조금만 삐었다는 것이다.

병원을 나와 약국에 처방전을 제출하고 나서 달희는 시계를 본다. 3시. 점심도 한참이나 지났고 지금 가봐야 첫손님도 될 수 없겠지만 놀이공원이 문 닫기 전에 갈 순 있겠다. 달희는 신정에게 전화를 건다. 그러고도 15분을 더 기다려 약을 탄다.

병원보다 약국 손님이 더 많다. 배보다 배꼽이 크다. 약을 타서 약국을 나선 달희는 오픈카를 몰고 허둥지둥 약속 장소로 간다.

달희는 신정이 약속 장소로 정한 대형 PC방 앞에 도착한다. PC방은 오늘이 휴무라 문이 굳게 닫혀 있다. 그래서 신정이 이리로 약속 장소를 정했나보다. 달희의 오픈카를 주차시킬 수 있게 말이다. 신정의 배려라 생각하자 달희는 괜스레 고마워진다.

곧이어 신정이 안전모를 쓰고 오토바이를 타고서 나타난다. 신정은 오픈카 옆에 오토바이를 나란히 세운다. 이 시간에 왜 불러냈냐는 표정을 짓고서. 오토바이 뒷좌석에 올려놓은 은색 철가방엔 '두 마리 치킨'이란 상호가 새겨져 있다.

달희가 신정에게 묻는다.

"그새 취직을 했구나?"

"낮에도 벌어야 하니까요."

"한 마리는 배달 안 해줘?"

달희가 피식 웃는다. 실없는 농담에 부질없는 웃음이다. 신정이 안전모를 쓰다듬는다. 괜히 쓰다듬었다. 오토바이 탄 걸 자랑하러 나온 게 아니니까.

"아침에 왜 안 왔어요?"

"많이 기다렸니?"

"그깟 놀이공원 같이 안 가도 돼요. 꿈은 꿈일 뿐이라고요."

"그깟 키스 한 번에 내가 레즈비언이라도 된 줄 알았니?"

"두 번이에요."

신정이 안전모를 벗는다.

"자기 자신한테 그렇게 자신 있어요? 자신 있게 단정지을
수 있어요? 아니라고?"

신정의 질문에 달희는 단호하게 단정짓듯 말한다.

"아니야."

"당신네 부자들은 참 편리하네요. 이랬다저랬다, 붙였다 뗐
다, 가난한 사람들이 껌인 줄 알아요?"

달희는 오픈카 안에서, 신정은 오토바이 위에서 계속 이야
기하면서 내릴 생각은 않는다. 달희는 발목을 다쳤다는 말을
안 하기로 했기 때문이고, 신정은 자신이 화가 나 있다는 걸 알
리기 위해서다.

"할말이 있어서 왔어."

"레즈비언이 아니라는 말이요? 결혼했다는 말이요?"

"그래. 난 레즈비언 아니야. 결혼도 했어."

"왜 결혼했어요? 남편을 사랑하지도 않으면서."

"해야만 했으니까."

"변명 말아요."

"나 서른일곱이야."

"그래서요?"

"새 출발을 할 수도 없고 죽을 수도 없어. 그야말로 어정쩡

한 나이라고."

픽, 신정이 비웃는다. 달희는 신정의 얼굴을 보며 생각한다. 좀전에 한 말실수를 수정해도 될 뻔했다. 어차피 비웃음을 살 거였으면.

"누가 나랑 새 출발하재요? 순진하긴."

"그럼 나한테 뭘 원하는 거야?"

"몰라서 물어요?"

"……섹스?"

신정이 고개를 끄덕인다.

"너야말로 참 편리하구나."

"난 스물다섯이에요. 20대 초반도 아니고 30대도 아니고 나야말로 어정쩡하죠. 순진한 10대가 아니라구요."

"좋아. 당장 하러 가자. 그놈의 섹스."

"좋아요. 하러 가요. 또 잘리면 되죠."

그래. 오늘은 그냥 가는 거야. 내일은 내일의 브레이크가 걸리더라도 오늘은 갈 데까지 가보는 거야. 달희가 신정의 오토바이를 바라보며 장난기 섞인 표정으로 묻는다.

"넌 오토바이. 난 오픈카. 내 차에 타지 않을래?"

"좋아요. 오토바인 두고 올게요. 도둑으로 몰리면 곤란하니까."

신정이 오토바이를 두고 오는 동안 달희는 마음속으로 열 번이나 도망을 친다. 한편으론 신정과 갈 곳을 머릿속으로 찾아 헤매느라 벌써 지쳐버렸다. 달희는 신정이 오기 전에 운전석에서 옆 좌석으로 자리를 옮긴다.

신정은 약속대로 오토바이를 두고 와 오픈카의 운전석에 오른다. 신정이 안전벨트를 매자 달희는 이상한 안도감에 젖는다. 신정은 달희에게 행선지를 묻지도 않고 차를 출발시킨다.

"내가 사는 곳, 보여줄게요."

달희는 고개를 끄덕인다. 왜 이 생각을 못했을까. 잠시 후 신정은 신촌의 한 고시원 앞에 도착한다. 달희는 의아한 표정을 짓는다. 신정이 안전벨트를 풀자 달희는 비로소 신정이 사는 곳이 고시원임을 알아챈다. 신정은 차에서 내리는 달희에게 말한다.

"살살 따라와요. 방문객을 싫어하니까."

"알았어."

신정은 앞장서서 고시원 층계를 올라간다. 달희는 발을 절룩이며 천천히 걷는다. 계집애, 몇 층인지 미리 말해줄 것이지. 달희는 신정의 뒤통수를 노려보다 발을 헛딛는다.

"아얏."

신정이 돌아본다. 달희는 멈춰 서서 발목을 문지른다.

"그러게 모텔로 가면 됐잖아."

"대낮에 여자끼리 모텔 가면 참 보기 좋겠네. 엄살 피우지 말고 빨리 와요. 계단으로 가야 안 들켜요."

달희는 아픈 걸 티 내지 않으려고 걷는다. 한편으론 이런 속 사정을 몰라주는 신정이 은근 야속하다.

신정은 달희와 무사히 4층의 고시원 룸 안으로 들어선다. 들어오면서 다행히 총무와 마주치지 않았다. 신정은 간이 빨 랫줄에 널어놓은 속옷과 양말을 급히 치운다. 이런 데서 사는 구나. 달희의 코가 시큰해진다. 신정이 1인용 침대를 가리키며 작게 속삭인다.

"앉으세요. 차 대접도 할 수 있어요. 유자차? 녹차?"

달희가 침대에 걸터앉는다. 신정은 커피포트에 찻물을 올리 곤 작은 창문의 커튼을 쳐서 실내를 어둡게 한다. 달희는 신정 도 앉을 수 있도록 침대 한구석으로 비켜난다.

"아늑하구나. 따뜻해."

신정이 달희에게 다가와 귀에 대고 속삭인다.

"침대가 1인용이라 같이 누워야 해요."

세번째 키스는 누가 먼저랄 것 없이 자연스럽게 이루어진 다. 신정은 달희를 벗기고 달희는 신정을 벗긴다. 신정이 벗기 는 속도가 더 빨라서 달희가 먼저 알몸이 된다. 이어 신정도 알 몸이 된다. 어둠 속에서 두 개의 알몸이 서로를 마주본다.

달희가 탄식하듯 말한다.

"말랐구나. 뚱뚱했던 적은 없니?"

"늘 이래요. 주머니 사정하고 똑같죠."

"예뻐. 섹시하고."

"언니도 예뻐요. 섹시하고."

신정이 달희를 껴안으며 천천히 침대에 눕힌다.

"마른 여자들이 더 섹시한 법이죠. 가슴도 커 보이고 엉덩이도 커 보이니까."

한 개의 섹시함이 다른 한 개의 섹시함에게 다가간다. 신정은 달희를 정성스레 애무하기 시작한다. 달희의 가슴이 두방망이질을 친다. 달희가 신음을 토해낸다. 신정이 달희의 입을 자신의 입술로 막는다. 달희의 혀가 신정의 혀를 미친 듯 찾아다닌다. 신정이 낮은 신음을 토해낸다. 아마 달희의 이빨은 신정의 혀를 조금은 깨물었을 것이다.

두 말라깽이가 어둠 속에서 서로의 알몸을 부딪는다. 필사적으로. 커피포트의 물이 끓고 있지만 지금은 말라깽이들의 관심 밖에 있다. 딸깍, 커피포트의 물이 다 끓고 저절로 보온으로 넘어간다.

신정은 자신이 리드한 것이 미안한 듯 묻는다.

"내가 좀 거칠죠?"

"아니. 너무 부드러운걸."

신정이 달희의 나신을 이불로 감싸준다. 소녀 같은 수줍음으로 달희가 묻는다.

"나, 너무 못하지?"

"아니에요. 너무 잘하는걸요."

"이제 끊기 힘들겠어. 첨부터 시작하지 말았어야 해."

"내가 질 나쁜 마약이라도 된다는 말투네요?"

"남편이 알게 되면 날 죽일 거야."

"이제부터 내리막길이에요. 가속도가 붙을 거예요."

"그래. 한번 가보자. 끝까지."

달희가 신정을 껴안는다. 신정의 입술은 다시금 달희의 입술을 파고든다. 여전히 부드럽고 따뜻하다. 달희는 곰곰 생각한다. 남편과 섹스 후에 키스를 한 적이 있었던가. 기억이 나질 않는다.

"아까 할말 있어 왔다면서요."

"2층에서 뛰어내렸거든. 널 만나려고."

"피, 거짓말. 계단으로 가면 될 걸 왜 뛰어요?"

그러면서 신정은 바닥에 벗어던진 달희의 외출복을 바라본다. 평소완 다른 수수한 실내복이다. 이어 신정은 입구에 벗어둔 달희의 슬리퍼를 바라본다. 하이힐만 신고 다니는 여자가 슬리퍼라니. 달희의 말이 사실이라면 저 슬리퍼는 데크용 슬리퍼일 것이다. 신정이 달희의 얼굴을 바라본다. 이제 보니 화장도 안 하고 왔네.

민자는 소우에게 전화해서 달희에 대해 상의할 일이 있으니 다짜고짜 집 근처로 나오라고 말한다. 달희의 집 근처로 말이다. 얼마 전 민자는 기어이 달희의 핸드폰에서 소우의 전화번호를 찾아냈다. 괜한 헛수고였다. 민자의 핸드폰에서 소우의 번호를 찾아봐도 될 뻔했으니까. 예전의 번호와 똑같으니 말이다.

간이 부은 건 달희나 민자나 매한가지다. 사위를 생각해서라도 시내에서 약속을 해야 옳지만 민자는 그러기가 귀찮다. 사위가 출장중인데다 달희에 대한 분노가 머리끝까지 솟구쳐 올라 분노를 다스리는 것만으로 속이 끓어올랐던 것이다. 이 분노의 불똥이 소우에게로 튀어도 그놈은 할말이 없을 것이다. 딸년을 2층에서 뛰어내리게 한 장본인이 바로 소우 놈이니 말이다.

민자는 약속 시간에서 30분이나 늦게 약속 장소에 도착한다. 연지 찍고 곤지 찍느라 그런 건 아니지만 맨얼굴로 나갈 수 없다는 생각이 민자의 발목을 잡았다. 어쨌거나 몇 년 만에 만나는 소우가 아닌가. 앞으론 볼 일이 없을 테니 마지막 인상을 확실하게 심어주려 한다.

사실 처음엔 약간의 메이크업만 하고 나갈 생각이었다. 그러나 막상 화장을 하다보니 욕심이 생겨서 하는 김에 제대로 바르고 나오다 그만 늦어버린 것이다. 게다가 허겁지겁 들어서는 모습을 소우에게 보일 순 없어서 천천히 걸어오기까지 했다. 화장한 얼굴에 땀이 차면 닦아내는 일도 고생이 이만저만 아니다.

헤이리의 한 커피숍에 미리 와 기다리고 있던 소우는 민자가 들어오는 걸 보고 자리에서 일어선다. 저놈은 저렇게 항상 예의가 바르단 말이야. 민자에게 갑자기 오늘 만남의 주제완 아무런 상관도 없는 감정이 생겨난다. 갑자기 소우에 대한 연민이 뭉게구름마냥 뭉실뭉실 솟아오른 것이다. 예전에 비해 수척해진 얼굴이 그간의 마음고생을 말해주고 있지 않은가.

오재 역시 예의가 바르지만 어딘지 불편한 구석이 있다. 오재의 인사는 민자로 하여금 그에게 고개를 조아려야 할 것 같은 마음이 생기게 한다. 그런데 소우의 인사는 부담이 없다. 따로 답인사를 해줄 필요도 없고 한마디로 아랫사람 같은 속 편한 기분이 드는 것이다.

민자는 소우 앞에 가서 앉는다. 직원이 와서 메뉴판을 내밀자 민자는 보지도 않고 "커피"라고 말한다. 직원과 메뉴판 둘 다 보지 않고 말이다. 사람의 얼굴을 보지도 않고 말을 하는 건 요즘 민자에게 새로 생긴 습관이다. 소우는 덧붙여서 "커피 둘이요"라고 말한다. 민자는 소우에게 다짜고짜 나오라고 말했던 분위기를 이어가듯 고압적인 자세로 묻는다.

"지금 달희 어디 있나?"

달희가 어디 있냐고…… 소우가 묻고 싶은 말이다.

"집에 없습니까?"

"나, 자네 그렇게 안 봤는데 왜 그렇게 사람이 뻔뻔해?"

직원이 커피를 가져와 테이블 위에 올린다. 커피잔 위로 김이 모락모락 솟아오른다.

"냉커피 시켰는데?"

민자는 그제야 직원을 바라본다. 직원이 당황하며 답한다.

"커피 둘 시키셨는데요."

"이봐요, 아가씨. 난 분명히 냉커피 시켰어요."

민자가 당당한 표정으로 직원을 빤히 보자 직원은 억울한 표정으로 커피를 도로 쟁반에 올린다. 소우는 커피 한 잔은 그대로 마시겠다고 한다. 소우는 민자의 입에서 냉커피의 '냉' 소리는 듣지도 못했다. 그렇다고 커피 두 잔을 다 마시겠다고 말하는 건 자신이 없다. 커피는 불면증의 동지니까. 지금 직원의 동지가 돼줄 수 없다는 게 소우는 미안해진다.

"제발 달희 좀 그만 만나게. 이젠 끝낼 때도, 잊을 때도 됐잖아. 혹시 오기로 그러는 거 아닌가?"

"저희 헤어졌습니다. 요즘 안 만나요."

소우가 고개를 숙인다. 보아하니 거짓말은 아닌 것 같다. 번지수를 잘못 짚었나보다.

"그럼 딴놈이 생긴 거야?"

달희에게 다른 남자가 생겼다는 확신이 처음으로 소우의 머릿속에 들어와 자리를 잡고 앉는다. 그동안 인정하고 싶지 않았던 사실을 인정해야 할 때가 온 것이다. 민자는 속이 탄다는 듯 직원이 새로 가져온 냉커피를 물처럼 벌컥벌컥 마신다. 단숨에 마시다보니 갈증이 더하다. 민자는 냉커피도 리필이 되는지 궁금해진다. 그냥 한번 달래볼까? 5천 원이나 하는 냉커피를 한 잔 더 시킬 순 없지 않나 말이다. 민자가 소우를 볼

러냈으니 커피값은 불러낸 쪽에서 내는 게 도리일 것이다. 민자는 냉커피가 리필이 되는지 묻기도, 한 잔을 더 시키기도 귀찮아져서 그냥 얼음물을 주문한다.

한 사람에 대한 동일한 분노가 두 사람의 가슴에 불을 붙인다. 소우는 식은 커피로, 민자는 얼음물로 분노를 삭인 다음 자리에서 일어선다. 둘의 분노를 합쳐서 뭘 할 수 있을지 아직은 둘 다 떠오르지 않는다. 저녁을 함께 먹으면서 이 문제에 대해 상의할 수도 있겠지만 민자와 소우는 그냥 헤어진다. 민자는 저녁식사비까지 지불할 맘이 없고, 소우는 민자와 저녁을 먹을 생각이 없다. 아니, 민자는 소우에게 달희 좀 붙잡아달라고 매달리게 될까 지레 겁을 먹었는지도 모른다. 벼랑에서 떨어지지 않게 말이다. 가는 길에 술 생각이 간절해진 소우는 달희와 갔던 위스키 바에 들러 위스키샤워를 주문한다.

고시원을 나선 신정은 달희를 이끌고 신촌의 한 포장마차로 들어선다. 달희의 차림새로 봐선 와인 바가 어울리지만 저녁은 신정이 사기로 결심했으므로 소주와 잔치국수를 주문한다. 연인이 새 연인을 자기 영역으로 끌어들일 땐 단골을 소개하는 법이다. 야간 대리운전을 하고 돌아오는 길에 신정은 이 포장마차에 들러 국수를 시켜먹곤 했다.

아줌마가 신정을 알아보곤 잔치국수의 양을 푸짐하게 내놓는다. 늦은 밤이나 새벽녘 혼자 포장마차를 찾는 여자들은 대부분 술집 여자들인데 신정은 그렇지 않은 것 같았다. 아줌마는 이따금 술집 여자들의 술주정도 받아주었는데 선머슴 같은 분위기의 신정은 그런 일로 아줌마를 괴롭히지 않았다. 사실 신정과 아줌마는 지금껏 지폐와 거스름돈, 약간의 눈인사 말곤 주고받은 것이 없지만 그걸로 단골이 되기에 충분하다고 아줌마는 생각한 것이다.

잔치국수를 맛있게 먹고 난 달희가 이번엔 어묵에 도전한다. 어묵 역시 달희는 맛있게 먹는다. 신정이 질렸다는 듯 달희가 먹는 모습을 바라본다.

"뭐 하러 부잣집에 시집갔어요? 취향은 완전 찌질이면서."

"팔려갔거든."

"심청이 스토리?"

"뭐 대충."

"신파네요. 난 신파 싫은데."

달희가 소주를 원샷하곤 신정에게 자신의 잔을 내민다.

"받아. 운전은 걱정 말고. 다른 사람 부를게."

"안 마셔요. 술 못한다 그랬잖아요."

"전혀?"

"전혀."

"왜, 끊기 힘들까봐?"

신정이 목안에서 십자가 목걸이를 꺼내 내보인다.

"기독교거든요."

달희가 작게 속삭인다.

"그런데 여잘 좋아하고?"

"그래요. 하나님도 설명해주진 못했어요."

"기독교라 술도 안 마시고, 끊기 힘들까봐 담배도 안 피우고. 건전한 레즈비언 기독교 신자네."

어묵 국물로 배가 찬 달희가 일어설 채비를 한다. 달희도 혼자서 소주 한 병을 다 비울 정도의 술꾼은 아닌 것이다.

달희가 지갑을 꺼낸다.

"아줌마, 얼마예요?"

신정이 막으며 나선다.

"내가 산다 그랬잖아요."

제법 완강한 신정의 태도에 달희는 하는 수 없이 지갑을 집어넣는다.

"커핀 내가 살게."

신정이 두번째 자기 영역을 소개할 채비를 한다.

"전부터 같이 가고 싶었던 카페가 있는데 함 가볼래요?"

"좋지."

신정이 안주머니에서 돈을 꺼내는 동안 달희는 재빨리 지갑을 열어 계산을 한다. 아줌마도 은근히 이걸 바랐다. 신정보다 달희가 더 있어 보였기 때문이다. 돈도 나이도 더.

신정은 자기가 사겠다고 했는데 왜 먼저 계산을 했냐며 다른 목적지로 가는 내내 달희에게 화를 낸다. 이런 건 우리 사이에 중요하지 않잖아, 라는 말로 달희는 신정을 겨우 달래는 데

성공한다.

신정은 달희를 데리고 이대 후문 근처의 한 골목 어귀에 있는 카페로 들어선다. 빈자리를 찾아볼 수 없는 카페 안은 온통 여자들 천지다. 여자들은 나란히 앉아 커피를 마시거나 병맥주를 부딪치며 밀어를 나눈다. 간혹 마주보고 앉은 여자들은 마치 소개팅을 나온 연인들처럼 수줍은 표정으로 대화를 나눈다.

다른 테이블에서 나란히 앉은 두 여자가 키스를 하는 모습을 보고서야 달희는 여기가 레즈비언 카페임을 알아챈다. 이곳은 오래된 연애와 새 연애가 난무한다. 더러 테이블 한구석을 차지하고 앉아 고독을 즐기는 싱글녀도 있다.

달희와 신정은 겨우 빈자리를 찾아낸다. 신정은 마주보고 앉으려는 달희를 옆자리로 이끈다. 다른 연인들처럼 나란히 앉자는 것이다. 달희는 고개를 끄덕이곤 신정의 옆자리에 앉는다. 달희는 공연히 주변의 눈치를 살피고 신정은 달희의 눈치를 살핀다.

"이런 데 처음이죠?"

"그럴걸?"

주인으로 보이는 뚱뚱한 여자가 메뉴판을 들고 다가온다. 여자는 체구로 보나 외모로 보아 절대 알바생은 아닐 것이다. 뚱뚱하고 나이 들어 보이는 여자를 알바생으로 뽑는 주인은 없을 테니까. 하지만 이건 어디까지나 달희의 생각이다. 이 카페를 드나드는 손님들은 주인을 외모로 평가하지 않는다. 주인 여자가 달희를 흘끔 보고 나서 신정에게 말한다.

"오랜만이다?"

"네. 커피 두 잔 주세요."

주인 여자는 음악에 맞춰 고개를 흔든다. 동시에 온몸을 흔들며 사라진다. 여기 있는 여자들의 공통점은 다른 사람의 눈치를 보지 않는다는 것이다. 달희만 빼고 말이다. 이 낯선 분위기 속에서 살짝 주눅이 든 달희는 주방에서 커피를 뽑으며 콧노래를 부르는 주인 여자를 바라본다. 아마 그녀도 레즈비언일 것이다.

불안해하는 달희의 눈동자를 보며 신정이 묻는다.

"무슨 생각해요?"

"진작 와볼걸 하는 생각."

"왜 따라왔지가 아니고?"

"큭, 들켰네."

주인 여자가 커피를 가져와 테이블에 툭 올리곤 사라진다. 그 흔한 '맛있게 드세요', 같은 말은 하지 않는다. 상투적인 강요 문구 같아서일까. 달희는 커피잔을 들어 한 모금 마신다. 커피는 뜨겁고 주인 여자는 쿨하다. 그럼 우리 사이는?

"여긴 결혼한 여자들은 안 오겠네?"

결혼한 여자라고, 달희는 이런 질문을 하는 자신이 바보 같다. 결혼한 주제에.

"간혹 오는데 골치죠. 아이 때문에 이혼도 못 하는 여자들. 그녀들은 낮엔 가정주부로, 밤엔 여기 나와서 레즈비언으로 살아요. 물론 남편이 출장 갔거나 밤늦게 퇴근하는 날만 오죠."

신정이 목소리를 낮춘다.

"결혼한 여자들은 방장 언니가 카페 물 흐린다고 싫어해요. 그래도 오는 걸 막진 못하죠. 실은 저 방장 언니가 유부녀랑 연애하다 헤어졌거든요."

"왜?"

"정신 차리고 집으로 돌아갔어요. 아이 때문에. 언제나 아이가 문제죠."

신정은 안타깝다는 듯 방장 언니를 바라본다. 순간 신정은 스탠드바에 앉아 병맥주를 마시고 있는 한 여자와 눈길이 딱 마주친다. 신정은 잠시 눈썹을 꿈틀하곤 이내 고개를 돌린다. 쌍꺼풀수술을 하고 콧날을 세워서 인상은 완전 달라 보이지만 한눈에 알아볼 수 있다. 그녀는 신정의 옛날 애인이다. 어쩐지 아까부터 계속 불편한 시선이 등뒤에 붙어 있는 느낌이었어. 저애 이후로 오랫동안 다른 애인을 가지지 못했는데. 어떤 애인도.

신정과 눈길이 마주치길 기다렸다는 듯 옛 애인이 신정을 노려본다. 아니 왜? 날 차고도 남은 감정이 있었나? 신정은 고개를 돌린다. 지금 나가자고 하면 달희가 눈치챌 것이다. 방금 옛 애인과 눈이 마주쳤다고 사실대로 말하면 달희에게 상처가 될 것이다. 현재의 연인에게 옛 애인을 마주치게 하는 건 애꿎은 상상을 불러일으키고 혼란만 주게 될 뿐이다.

신정이 이러지도 저러지도 못하는 동안 옛 애인이 자리에서 일어선다. 다행이다. 이대로 나가주었으면 좋겠다. 신정의 바람과는 달리 옛 애인이 비틀, 하더니 바닥에 그대로 쓰러진다. 그녀가 앉았던 테이블 위엔 빈 맥주병들이 줄줄이 서 있다. 저걸 혼자 다 마셨단 말인가? 여기 와서 옛날 애인을 마주칠 확률도 염두에 두었어야 했는데. 하지만 그럴 확률이 몇 프로나 된단 말인가? 레즈비언 카페에서 몇 년 전 헤어진 애인을 마주칠 확률이.

주인 여자가 달려와 옛 애인을 부축하기도 전에 그녀는 씩씩하게 자리에서 일어선다. 그리고 신정을 향해 다가온다. 한때는 가지 않기를 바랐지만 지금은 오지 않기를 바라는 옛사랑이.

차악! 눈 깜짝할 사이에 옛 애인은 신정의 뺨 위로 물세례를 날린다. 그것도 신정이 마시던 물잔을 들어서 말이다. 옛 애인은 꼬부라진 혀를 놀린다.

"이젠 나이 먹은 여자하고 붙었니? 고작 이러려고 날 찬 거야?"

신정은 자신의 귀를 의심한다. 한편으론 이 상황이 코미디 같다. 차다니. 내가 널? 언제? 하도 연애를 많이 하고 다녀서 날 찼는지, 내게 차였는지 기억조차 못 하는 거니?

옛 애인은 달희에게 충고한다.

"얘, 조심하세요. 말벌이에요. 쏘이면 치명적이죠. 꿀만 쏙 빼먹고 달아날걸요."

"그건 그쪽이 걱정할 일 아니지."

달희는 테이블 위에 놓인 냅킨을 집어 신정의 얼굴을 닦아주면서 옛 애인을 똑바로 바라본다. 달희의 기에 눌려 옛 애인이 주춤한다. 그냥 보기만 했을 뿐인데 말이다. 나이를 먹는다는 건 자신도 모르게 기가 조금씩 더 세져가는 건지도 모른다. 아님 젊은이의 기에 눌리기 전에 먼저 센 척하는 것일지도.

신정은 서둘러 출입문을 향하는 옛 애인의 뒷모습을 바라본다. 방금 그녀가 벌인 해프닝은 조금 전 소개팅에서 연락처도 묻지 않고 먼저 가버린 파트너 때문에 벌어진 일이란 걸 신정이 알 리가 없다. 기억해? 내 이름. 내가 널 어떻게 잊었는지 알아? 손수건 한 장 쓰지 않고 널 잊은 건 잘한 거 같아.

주인 여자는 이 카페에선 이런 일이 흔한 풍경이라는 듯 묵묵히 테이블을 치운다. 그나마 깨진 술병이 없어서 다행이다. 여자들의 출입만 허용하는 이 카페는 싸움이 일어날 때도 깨진 술병을 연출하는 일은 거의 없다. 사내들의 세계에선 흔할지 모르겠지만 말이다.

달희는 아무 말도 하지 않은 채 잠시 신정을 가만히 내버려둔다. 옛 애인은 출입문을 열고 나가고 새로운 연인들이 출입문을 통해 들어온다. 신정이 드디어 입을 연다.

"미안해요."

"옛날 애인?"

신정이 고개를 끄덕인다. 달희가 다시 묻는다.

"첫사랑?"

신정이 고개를 젓는다. 달희가 안도하는 표정을 짓는다.

"안심이야. 성형미인이라서. 진짜 미인이면 질투 날 뻔했어."

신정이 피식 웃는다. 신정이 가느다란 손가락에 커플 반지를 끼고 있다는 걸 달희는 그제야 알아본다. 지난번 만남의 끝자락에서 달희는 신정에게 쓰윽 반지 케이스를 내밀었었다. 케이스를 열어보기도 전에 그것이 커플 반지란 걸 신정은 눈치챘다.

달희도 신정에게 봐달란 듯 슬그머니 반지를 낀 손가락을 내보인다. 신정은 이미 알고 있다. 달희가 커플 반지를 끼고 나왔다는 사실을.

"첫사랑 얘기해줘요."

신정은 달희를 보며 여고생처럼 눈을 반짝 빛낸다. 고등학교 때 수업하기 싫은 날 국어 선생님에게 해달라고 조르는 이야기가 첫사랑 이야기 아닌가?

"그 남자죠?"

달희는 천천히 고개를 끄덕인다. 사실대로 이야기를 해야 할지 말지 생각하느라 시간을 벌기 위해서 말이다. 신정이 협

박하듯 말한다.

"칭찬했단 봐라."

그 점이라면 달희는 자신이 있다. 생각할 시간을 벌지 않아도.

"그 남잔 주체성이 없어. 줏대도 없고. 시키는 대로 하거든. 노인네 같아. 잔소리도 많고 걱정도 많아."

"그래서 첫사랑하고 결혼 안 한 거예요?"

달희는 대답하지 못한다.

"첫사랑하곤 결혼하는 게 아니라면서요?"

달희는 여전히, 대답하지 못한다.

"아직도 사랑하죠?"

달희가 화제를 돌린다.

"이제 신정이 차례야."

밀물처럼 들어왔던 손님들이 썰물처럼 빠져나간다. 신정이 커피를 한 모금 마시고 나서 이야기를 시작한다. 방금 리필해 온 커피는 여전히 뜨겁다. 이 카페의 분위기처럼. 달희와 신정의 사이처럼.

"고등학교 때 국어 선생님을 짝사랑했어요."

"여학교 땐 누구나 선생님이 첫사랑이지."

"여자였다는 점이 다르죠."

"어떤 여자였는지 궁금하네."

"세상엔 두 종류의 여자가 있어요. 멋있는 여자와 멋부리는 여자. 대부분의 여자들은 멋부리는 여자에 속하죠. 내 첫사랑은 멋부리는 여자였어요. 내 앞에선 레즈비언이라 고백해놓곤 결국 선봐서 결혼하더군요. 멋있는 여잔 줄 알았는데 속은 거죠."

"제대로 속았구나."

"누구나 첫사랑을 못 잊죠. 첫사랑과 헤어지니까요. 그러곤 첫사랑의 닮은꼴과 사랑에 빠져요. 닮은꼴과 끝나고 나면 닮은꼴의 닮은꼴을 만나죠. 하지만 첫사랑 말곤 전부 짝퉁에 불과해요."

"난 몇번째지? 닮은꼴의, 닮은꼴의 짝퉁?"

"내겐 첫번째로 멋있는 여자예요."

신정이 쑥스럽다는 표정을 지으며 웃는다.

"피, 거짓말."

"나, 사랑 갖고 거짓말 안 해요."

이제 카페 안의 손님은 달희와 신정뿐이다. 몇시나 되었을까. 하지만 달희는 시계를 보고 싶진 않다. 핸드폰은 아까부터 꺼두었고 시간이 멈춘 지도 꽤 되었으니까.

신정이 진지한 눈빛으로 묻는다.

"첫사랑하고 끝낼 수 있어요? 날 위해서?"

달희가 고개를 끄덕인다.

"그래, 앞으로 우리…… 사랑 갖고 농담도 거짓말도 하지 말자."

"좋아요."

"오케이. 딜."

둘이 하이파이브를 한다. 신정의 핸드폰이 울린다. 주인 여자가 와서 문 닫을 시간이 지났다고 말해주지 않았다면, 신정에게 대리운전을 하라는 전화만 오지 않았다면 둘은 아침이 올 때까지 계속 이야기를 나누었을 것이다. 계집애, 오늘 같은 날은 좀 꺼두면 안 되나.

신정이 아쉬운 표정으로 일어선다.

"지금 가봐야 해요."

"손님?"

신정이 고개를 젓는다.

"우린 손님한테 님자 안 붙여요. 매너 있는 손님은 매너 손. 양아치 같은 손님은 양아 손. 최소한의 존심은 지켜야죠."

카페를 나서는 신정의 눈자위가 퀭 하다. 달희는 혼자 가겠다는 신정을 억지로 오픈카에 태워 대리운전 장소인 H백화점으로 향한다. 달희는 이 시간에 일하러 가는 신정에게 미안하다. 너무나 미안해진다.

"연상 취향인가봐?"

"근사하잖아요. 나보다 어른이라는 게. 거저먹는 기분도 들고."

"누구나 거저 어른이 되지 않아."

"어른이 되면 적어도 지금처럼은 살지 않겠죠."

"지금처럼?"

신정이 고개를 끄덕인다. 달희의 오픈카는 대리운전 장소인 H백화점 앞에 도착한다.

"불륜이잖아요. 우리."

신정이 한마디를 툭 내던지며 내린다. 신정은 비상 깜빡이가 켜져 있는 회색 승용차를 향해 다가간다. 신정은 승용차 앞에 서 있는 중년의 남자에게 인사를 하고 운전석에 올라탄다. 남자가 아현동으로 가자고 말하며 뒷좌석의 문을 열고 들어가 앉는다. 뒷좌석엔 미니스커트를 입은 긴 생머리 아가씨가 앉아 있다. 차 안에서 술냄새가 진동한다. 한눈에 봐도 불륜으로 보이는 남녀가 뒷좌석에서 서로를 부둥켜안는다. 가는 내내 중년의 남자 손은 아가씨의 미니스커트 속에 들어가 있다. 굳이 백미러로 훔쳐보지 않아도 신정은 이쯤은 알 수 있다. 검은 욕망이 얼마나 어두운 곳을 좋아하는지. 그리고 훔쳐보는 눈을 간과할 만큼 그 틈새를 얼마나 벌려놓는지를.

순간 신정은 백미러로 뒤에 오픈카가 뒤따라오고 있는 걸 알아챈다. 달희의 오픈카다. 오픈카가 비상 깜빡이로 신정이 대리운전하는 승용차에 인사를 한다. 신정이 피식 웃으며 비상 깜빡이로 답한다. 비상 깜빡이를 켠 두 대의 차가 밤거리를 질주한다.

차가 아현동의 한 빌라에 도착하자 중년의 사내는 신정에게 대리운전비를 지불한다. 차비를 지불했건만 중년의 사내는 길에서 아가씨의 포옹도 받지 못하고 헤어진다. 여긴 길이니까. 아무리 늦은 시간이라도 불륜을 알아보는 눈이란 건 있으니까.

아가씨는 종종걸음으로 빌라에 들어가고 중년의 사내는 택시를 잡기 위해 빌라를 나선다. 아내와 아이가 기다리는 집으로 돌아가기 위해 사내는 택시를 향해 힘차게 손을 흔든다. 사내는 갑자기 아내와 아이가 보고 싶어진다.

빌라 단지를 빠져나온 신정은 입구에서 기다리고 있는 오픈카에 올라탄다. 신정은 보조석에 앉으며 안전벨트를 맨다. 살다보니 이런 날도 오는군. 보조석에 앉아보는 날이.

"왜 따라왔어요? 우리 아까 헤어진 거 아닌가?"

"피곤할까봐 데려다주려구 왔지."

"의심해서 따라온 거 아니구?"

"남자라 안심이네요."

"여자도 있었는데?"

둘은 누가 먼저랄 것 없이 동시에 킥 웃는다. 오픈카가 신촌을 향해 달린다. 신정의 고시원을 향해. 오픈카가 무사히 고시원 입구에 도착한다.

달희가 신정에게 볼을 내민다.

"다 왔습니다. 차비는 뽀뽀."

"아이 뭐야 오글거려."

그러면서 신정은 달희 볼에 쪽 뽀뽀를 한다.

"조심해서 가요."

"그래."

신정이 오픈카에서 내리며 차문을 닫는다.

"참, 술 다 깼어요?"

달희가 태연하게 고개를 젓는다.

"아―니."

"뭐얏, 그럼 음주운전이잖아!"

신정이 오픈카의 문을 연다.

"자리 바꿔요."

"왜?"

"술 안 깼다며 몰라서 물어요?"

"이 정돈 괜찮아. 초저녁에 마셨잖아."

"그럼 입 벌려봐요."

"왜? 키스라도 하게? 뽀뽀론 부족해?"

신정이 달희를 밉지 않게 째려본다.

"냄새나나 보게요. 술냄새."

달희가 웃으며 입을 벌린다. 신정이 큼큼 냄새를 맡는다.

"휴우, 술냄새. 저리 비켜요."

달희가 기다렸다는 듯 보조석으로 옮겨 앉는다. 운전석에 앉은 신정이 좌석을 바로 한다. 오픈카가 헤이리를 향해 출발한다. 쌔앵 질주하며 오픈카는 어느새 달희의 집 앞에 도착한다. 신정이 오픈카에서 내린다.

"그럼 잘 들어가요."

"그냥 가면 어떡해?"

"왜요, 뽀뽀 안 했다구?"

"대리비 받아가야지."

달희가 지갑을 열자 신정이 거절한다.

"됐어요."

"야! 타."

"아, 왜 또."

"타라면 타! 어른이 말씀하시는데."

신정이 어이없다는 듯 달희를 노려본다.

"나 불면증이잖아. 어차피 들어가도 잠 못 자. 데려다줄게."

달희가 애교를 부리듯 말한다.

"응? 제발—."

신정이 마지못한 듯 보조석에 올라타자 이번엔 달희가 다시 운전대를 잡는다. 오픈카가 헤이리를 빠져나간다. 오픈카가 신촌을 향해 다시 달린다.

오픈카가 어느덧 고시원 앞에 도착한다. 달희가 아쉬운 표정을 감추며 다짐하듯 말한다.

"이번이 마지막이다?"

"싫어. 또 데려다줄래."

"이러다 밤새우겠다."

"벌써 샌걸요."

먼동이 터온다. 해님이 슬그머니 달희와 신정에게 이마를 내민다.

"우리 뭐 하는 짓이니. 이게."

"연애질하잖아. 자리 바꿔요. 데려다줄게."

"뗵! 어서 들어가. 한숨 자고 또 일해야 하잖아."

신정이 하는 수 없다는 듯 달희에게 손을 내민다. 둘은 악수한다. 이어 누가 먼저랄 것 없이 와락 끌어안는다. 이미 달귀질 대로 달구어진 서로의 품은 따뜻하다.

신정이 달희의 귀에 대고 속삭인다.

"오늘 너무 좋았어요……."

"나두……."

달희가 오픈카에 오른다. 달희의 오픈카가 신정의 시야에서 완전히 사라질 때까지 신정은 그 자리를 떠나지 않는다.

오늘 첫 섹스를 했다. 섹스하기 전에 술도 안 마시고 섹스하고 나서도 바로 헤어지지도 않았다. 식사도 하고 커피도 마시고 밤새 이야기도 나누었다. 헤어지기 싫어서 밤새 서로의 집에 데려다주고. 신정이 묵는 고시원을 집이라고 표현해도 된다면 말이다. 신정은 오늘 달희와 있었던 일들이 맘에 든다. 신정의 첫사랑을 마주친 것만 제외하면.

고등학교 때 국어 선생이 신정의 첫사랑이라고 말한 건 거짓말이다. 신정은 고등학교를 다니지 않았다. 신정의 첫사랑은 레즈비언 카페에서 마주친 성형미인이다. 언젠가 달희가 신정의 첫사랑을 생각할 때 그녀를 떠올리는 것이 신정은 싫었다.

"너, 소우 말고 딴놈 있다며."

뜬눈으로 밤을 새운 민자는 새벽녘 달희가 집에 들어서자마자 달희를 채근한다. 달희는 대답도 않고 2층으로 올라간다. 민자도 달희를 따라 올라간다.

"너 그놈 사랑하니? 밤새 그 짓하고 왔어?"

그 짓이라고, 딸 앞에서 민자는 거침없이 말한다.

"내 주변엔 그거 안 하고 사는 사람들 천지에 널렸어. 왜 너만 그걸 못 해 안달이냐고!"

"엄마!"

달희가 듣기 싫다는 듯 소릴 지른다. 민자의 목소리가 작아진다.

"애를 낳아. 그러면 네 마음이 완전히 이 집에 들어앉을 거다. 네 가치는 열 배로 뛸 거고."

민자는 조마조마한 표정으로 달희를 바라본다. 오재와의 결혼 이후 처음으로 아이 이야기를 꺼냈다. 아주 용기를 내어 말이다. 딸애의 신경을 건드려선 안 될 텐데.

"그럼 다 잊힐 거야. 응?"

파우더룸에 앉아 화장을 지우며 달희는 대답한다.

"우린 나이가 너무 많아."

달희의 반응이 의외로 담담하다. 내친김에 민자는 다시 용기를 낸다.

"대신 이서방이 돈이 많지 않니? 돈만 많으면 걱정할 거 없어."

달희는 엄마를 바라본다. 오재와 아이를 낳지 않기로 합의한 것을, 둘만의 결혼서약서에 도장을 찍었다는 것을, 엄마가 알 리가 없다.

"내가 봐줄 수도 있고……."

민자는 자신 없다는 듯 말끝을 흐린다. 이 나이에 아이를 봐준다는 건 보통 일이 아니다. 더구나 다른 사람의 아이도 아니고 달희의 아이를 봐준다는 것은.

"너 평생 이렇게 살 거니? 지겹지도 않아?"

"지겨워. 그래서 더이상 이렇게 안 살려구."

화장을 지운 달희가 일어서서 욕실을 향한다.

"이혼할 거야."

달희는 욕실로 들어가 문을 잠근다. 민자가 욕실 문을 두들기자 달희는 샤워기를 튼다. 물줄기가 달희의 머리부터 온몸을 적시며 발끝까지 내린다. 엄마, 맘 단단히 먹어. 쇼핑도, 마사지도, 근사한 식사도, 값비싼 선물도 이제부턴 없는 거야.

샤워를 마친 달희는 침대로 뛰어든다. 오늘은 무조건 푹 쉬고 내일 아침 일찍 일어나야 한다. 신정과 놀이공원엘 갈 것이다. 놀이공원의 첫손님이 되어야 하니까. 신정도 오늘 푹 쉴 수 있었으면 좋겠다.

민자는 곤하게 잠든 달희를 바라본다. 어떤 부모든 자식을 이길 수 없는 순간이 온다. 그 순간이 머지않았음을 민자는 직감한다. 울컥해진 민자는 딸의 뺨을 올려치고 싶다는 생각을 한다. 괘씸한 년. 저만 괴로운가. 나는. 이 늙은 어미는. 불현듯 민자는 달희에게 자신의 속을 까뒤집어 보여줄 수 있다면 좋겠다는 생각을 한다. 저 때문에 문드러진 속을 보여줄 수만 있다면.

간만에 달희는 수면제도 없이 단잠을 잔다. 오후가 되어서야 달희는 핸드폰 벨소리에 깨어난다. 달희는 잠결에 눈을 비비며 분주하게 핸드폰을 찾는다. 침실을 한 바퀴 돌고 나서야 달희는 핸드폰을 침대 머리맡에 두고 잤다는 걸 깨닫는다. 발신자는 소우다. 신정이길 기대했건만. 달희는 만나자는 소우의 청을 거절하지 못한다. 그동안 소우와 몇 번의 이별과 화해와 만남이 있었던가. 일방적인 이별 통보, 일방적인 방문, 일방적인 약속. 달희는 헤아릴 수 없다. 이 모든 걸 자신이 주도했음에도.

달희는 오픈카를 몰고 약속 장소로 향한다. 소우가 약속 장소로 정한 건 신촌의 한 카페다. 대학 때 소우와 무수히 들락거렸던 카페. 그땐 신청곡도 받았었지.

달희는 소우가 기다리는 카페에 20분 늦게 들어선다. 복잡한 신촌에 진입하기가 힘이 들었다. 일방적인 지각도 달희는 헤아릴 수 없다. 자리에 앉자마자 달희는 소우를 다그친다. 늦은 주제에 말이다.

"엄마 만났니?"

"응. 전화하셨더라."

"나한테 다른 남자 생겼다고 했어?"

달희는 이 오래된 남자를 다그치고, 불친절하게 굴고, 화를 낸다.

"너랑 헤어졌다고 했거든. 그래서 그냥 혼자 짐작하신 거야."

소우의 말에 달희는 주춤한다. 소우가 확신하듯 묻는다.

"너, 애인 생겼지?"

"애인 생긴 건 너잖아."

달희는 지금의 상황이 소우 탓인 양 소우를 원망한다.

"나랑 끝내겠다고 한 것도 너고. 지금 날 불러낸 것도 너야."

"나 애인 생기지 않았어. 거짓말한 거야."

이제 소우의 고백은 달희에게 의미가 없다. 달희는 한 가지 사실을 분명하게 깨달으며 자리에서 일어선다. 지금 자신에게 의미 있는 존재는 여기 없다, 라는 사실을.

달희가 또박또박 말한다.

"나…… 애인 있어."

소우가 침묵한다.

"애인 있어. 나."

소우가 겨우 답한다.

"알아들었어."

"애인이랑 이 근처에서 약속 있어. 지금 가봐야 돼. 이제 진짜루 너, 찾지 않을 거야. 애인이 그러길 원해."

"정말 끝낼 거야? 나랑 끝낼 수 있어?"

소우가 달희의 입버릇 같은 말을 내뱉는다. 오래된 사이는 닮는다. 취향도 습관도 말투도 서로를 따라 한다. 최근 둘은 핑퐁 게임을 하는 것처럼 끝내러 가고 오고, 끝내러 오고 가기를 반복하는 중이다. 끝내기 위해 만나고, 만나면 끝장을 내는 연인들처럼.

달희가 자리에서 일어선다.

"이제 우리 끝내야 돼. 그럴 수 있을 거야."

달희는 이번이야말로 마지막이라고 말한다. 소우야 믿지 않겠지만. 달희는 소우의 어깨를 한번 감싸듯 만져준다. 그리고 서둘러 카페를 나선다.

달희는 오픈카에 올라 신정에게 전화를 하려고 핸드폰을 꺼내든다. 어차피 고시원 근처니까 신정이 달려나올 것이다. 아니 내일의 만남을 위해 오늘은 절제하는 게 낫겠다. 달희가 핸드폰을 도로 넣는 순간 소우가 달려나온다. 소우는 오픈카에 올라탄다. 달희가 단호하게 말한다.

"내려."

"같이 가. 나도 만나야겠어."

"내리라고!"

"가!"

"가라면 못 갈 줄 알아?"

달희는 안전벨트를 맨다. 지금은 소우와 줄다리기를 할 겨를이 없다.

"내려. 내가 운전할 거야."

달희는 실랑이 벌이기가 피곤한 듯 운전석에서 내려 옆 좌석에 탄다. 소우가 운전석에 앉아 안전벨트를 맨다.

"이젠 거짓말도 잘하는구나. 넌 애인은 있지만 약속은 없어."

오래된 사이란 이런 것이다. 농담은 통해도 거짓말은 통하지 않는 것. 그래서 속일 수 없는 것. 음악도 없이 달희와 소우는 달린다.

"집에 데려다줄게."

차는 신촌로터리를 빠져나가기도 전에 정체가 된다. 교통경찰의 수신호가 오히려 더 교통의 흐름을 막고 있다. 달희는 호각을 불어가며 열심히 차들을 향해 수신호를 해대는 교통경찰을 바라본다. 그렇게 애쓸 거 없어. 애쓰지 않아도 길은 뚫리게되어 있다니까.

오픈카가 도로변 상점가의 '두 마리 치킨'집 앞에 선다. 달희가 고개를 내밀고 안을 기웃거린다. 신정은 보이지 않는다. 황색신호가 들어온다. 소우가 기어를 바꾸고 출발 준비를 한다.

　순간 치킨 배달을 가던 신정은 우회전 신호를 기다리다 옆의 직진 차선에 낯익은 오픈카가 서 있음을 발견한다. 빨간색 몸체에 검정 지붕의 오픈카. 하루가 멀다 하고 저 차의 핸들을 쥐었다 놨다 했는데. 이젠 다른 사람이 핸들을 쥐고 있다. 설마 대낮에 술을 마시고 대리운전을? 신정은 핸들을 쥔 사내를 노려본다. 달희는 사내와 이야기를 하느라 오토바이를 의식하지 못한다. 대체 얼마나 중요한 이야기이길래. 사내는 낯이 익다. 혹…… 첫사랑? 신정의 표정이 어두워진다. 초록불이 들어오고 신호가 뚫리자 오픈카가 직진한다. 오픈카는 끝내 오토바이의 존재를 의식하지 못한 채 앞만 보고 달려간다.

　감시자 민자는 이른아침 달희의 외출을 속수무책으로 지켜본다. 이제 달희로 인해 쓸데없는 근심을 하지 않기로 했다. 민자는 달희에게 어디로 소풍 가냐고 김밥이라도 싸줄까 농담이라도 건네고 싶었지만 김밥 싸는 일은 졸업한 지 오래라 아예 말조차 꺼내지 않는다.

　헤이리를 출발한 달희는 내처 달려 신촌 고시원 앞에서 신정을 픽업한다. 둘은 자리를 바꿔 앉아 안전벨트를 맨다. 신정은 오늘 알바를 쉬기로 했으니 달희가 대리운전비를 지불해야 할 것이다.

　"어젯밤에 좋은 꿈 꿨어?"

달희는 자신의 질문이 싱겁다는 생각이 든다. 꿈을 이루러 가는 마당에 꿈꿨냐는 이야긴 해서 뭐 하잔 말인가.

신정은 내비게이션이 안내하는 대로 강변북로를 지나 잠실대교를 달린다. 달희는 만날 때부터 무뚝뚝한 표정으로 나온 신정이 마음에 걸렸지만 오늘은 특별한 날이니 웬만하면 신정의 기분을 풀서비스로 맞춰주리라 다짐한다. 오픈카가 석촌호수에서 우회전하여 잠실 길로 들어서자 신정의 가슴은 잠시 달희에 대한 배신감을 접어두고 설레기 시작한다.

드디어 오픈카가 놀이공원에 도착한다. 신정은 주차장에 주차를 하고 달희는 매표소로 달려간다. 매표는 이미 시작되었고 달희 앞에 사람들이 줄을 서 있다. 매표소엔 개장시간 9시 30분이란 팻말이 붙어 있다. 신정이 주차를 하고 오자 달희가 낭패한 표정을 짓는다.

"아아, 10신 줄 알았는데."

달희는 신정에게 입장권을 쥐여주며 나란히 놀이공원을 들어선다.

"다음에 또 오자. 첫손님으로."

달희와 신정이 롤러코스터 앞에 도착한다. 먼저 온 손님들을 태우고서 롤러코스터가 돌아가고 있다. 달희와 신정은 줄을 서서 차례를 기다린다. 아아아아— 롤러코스터를 탄 한 소녀가 자지러진다. 아빠 손을 잡고 나온 갈래머리 소녀다. 달희는 소녀를 바라본다. 한때 달희는 저 소녀였다. 한때 저 소녀의 아빠는 달희의 아빠였다. 그때 달희는 저 소녀처럼 아빠와 행복했었는데.

갑자기 신정이 롤러코스터를 노려본다. 소녀를, 아빠를 노려본다. 신정의 볼 위로 툭, 눈물이 떨어진다. 롤러코스터가 멈추고 드디어 달희와 신정의 차례가 온다. 달희가 신정을 바라본다. 조금 전 신정의 볼 위로 떨어지는 눈물을 보았지만 신정을 위해 모르는 체할 것이다.

"꿈이 이루어지는 순간이네?"

"안 탈래요."

신정이 뒷걸음질친다.

"갑자기 왜?"

"너무 어지러울 것 같아요."

"겁먹었구나?"

"손잡아줄게. 아빠 손은 아니지만."

신정이 와락 화를 낸다.

"그 말을 믿었어요? 이 나이에 저깟 롤러코스터 한번 타보는 게 꿈이라고? 내가 그렇게 유치한 줄 알아요?"

신정이 씩씩대며 앞장서간다. 달희는 신정을 쫓아가 손을 붙잡는다. 신정은 달희의 손을 뿌리친다. 하는 수 없이 달희는 신정의 뒤를 따라간다. 사실 달희도 별로 타고 싶진 않았다. 서른일곱이나 먹은 이 나이에 롤러코스터 같은 건.

달희는 신정을 이해하려고 애쓴다. 뭣 때문에 이렇게 심통이 난 걸까. 내가 유부녀란 사실이 싫은 걸까.

"왜 그래? 기분 안 좋은 일 있어?"

"꿈이란 원래 이루어지지 않는 거죠. 그래야 계속 꿈속에서 살 수 있으니까요."

"난 꿈 같은 거 없어. 그놈의 꿈 타령 좀 그만해."

"언닌 부자니까요. 부자한테 무슨 꿈이 있겠어요?"

신정이 비꼬듯 덧붙인다.

"흥, 미용사?"

"돌아가자."

달희가 싸늘하게 말하며 앞장선다.

"그래요."

신정도 냉랭하게 답한다. 둘은 주차장까지 아무 말 없이 걷는다. 오픈카에 도착하자 신정이 차 키를 내민다.

"버스 탈게요."

달희는 말없이 차 키를 받아든다. 신정이 고개를 숙이곤 원망조로 말한다.

"봤어요. 두 사람. 차 안에서. 어제는 그 남자, 오늘은 이 여자. 참 쉽네요."

그랬구나. 그래서였구나. 달희의 화가 풀린다. 아니 오해가.

"질투하는구나?"

"농담이 특기라구? 웃기지 마. 당신은 내가 만난 사람 중에 가장 심한 거짓말쟁이야. 그래서 이름이 양달희예요? 양다리

걸쳐서?"

달희가 픽 웃는다.

"농담 제법인데?"

"부자들은 왜 그렇게 욕심이 많아요? 뭐가 그렇게 끊임없이 필요하죠? 남편에 남자 애인도 모자라 여자 애인까지 골고루 필요해요?"

질투한다. 이애가 날 질투한다. 오랜 꿈이었던 롤러코스터도 타기 싫어질 정도로 이애가 날 원망한다. 달희는 차 키를 받지 않는 신정을 차 안으로 밀어넣는다. 신정은 쉽게 떠밀려 안으로 들어가 운전석에 앉는다. 달희는 신정에게 억지로 안전벨트를 매준다. 신정은 핸들을 잡고 아무 말 없이 달리기 시작한다. 그렇게 얼마를 달렸을까. 차가 자유로에 들어서자 신정이 오픈카의 지붕을 연다. 지붕은 열렸건만 둘 다 하늘을 바라보지 않는다. 신정이 제한속도를 무시하고 달리기 시작한다. 달희가 소리를 지른다.

"살살 몰아!"

바람소리에 달희의 목소리가 실려간다. 신정도 소리를 지른다. 악다구니하듯.

"뭐가 두려운데? 차는 당신 거지만 핸들은 내가 쥐고 있어! 알아?"

"좋아, 이제 안전벨트만 풀면 되겠네."

달희가 안전벨트를 푼다. 신정은 갑자기 두려워진다. 이 여자, 바람과 함께 날아갈지도 몰라. 신정은 비상 깜빡이를 켜고 2차선과 3차선, 4차선까지 끼어든다. 그리고 LPG 충전소로 들어가 셀프 세차장에 주차한다. 둘은 헉헉, 거친 호흡을 내쉰다. 달린 건 오픈카지만 숨이 차오르는 건 달희와 신정이다. 호흡 끝에 달희가 내뱉는다.

"같이 살자."

헉, 신정은 호흡이 멎을 것만 같다. 정신 차려야 한다. 이 여자가 지금 농담을 하는지 거짓말을 하는지 잘 모르겠다. 이런 말을 들을 때 흔히 일어나는 일은 정신을 차리고 나면 상대는 이미 바람처럼 사라진 뒤라는 것이다. 차이는 쪽은 언제나 신정 쪽이었으니까.

달희는 결연하게 덧붙인다.

"이혼할 거야. 남편이 출장에서 돌아오는 대로."

"미쳤어요? 왜 이혼해요?"

"이걸 원하는 게 아니었어? 이 말을 듣고 싶었던 거 아니었냐고."

신정이 비웃는다.

"서른일곱 먹은 여자가 스물다섯 먹은 여자애 때문에 이혼한다고요? 아무 미래도 없는 대리운전기사 때문에? 왜 그렇게 순진해요?"

"첫사랑이랑 헤어지라며. 그래서 만난 거야."

"남편이랑 헤어지란 말은 안 했잖아요."

"나랑 사귀다 한몫 챙겨서 떠나려 했니? 그거야?"

"그래요! 이제 됐어요?"

충전소의 직원이 오픈카의 달희와 신정을 바라본다. 세차는 안 하고 차 안에서 뭣들 하는 거지? 설마 지붕을 연 채 셀프 세차를 하려는 건 아닐 테지. 그렇게 미련해 보이진 않는데. 가서 물어봐야겠다. 직원이 오픈카를 향해 걸어온다. 오픈카는 직원이 다가오기가 무섭게 세차장을 빠져나간다. 직원이 황당한 듯 오픈카의 꽁무니를 바라본다. 아니, 뭐 저런 여자들이 다 있어.

신정은 오픈카를 몰고 달희의 집까지 미친 듯 달린다. 집에 도착한 달희는 사무적으로 대리운전비를 지불한다. 신정 역시 사무적인 표정으로 돈을 받으며 말한다.

"돈 벌러 가야 해요. 당신네 부자들 따라가려면 부지런히 벌어야죠. 그래봤자 평생 발꿈치도 못 따라가겠지만."

달희는 신정을 붙잡지 않는다. 그저 신정이 눈앞에서 사라져가는 뒷모습을 바라볼 뿐이다. 그래. 날 속여봐. 끝까지 철저하게. 처음부터 날 사랑하지 않았다고 말해봐. 끝까지 날 사랑할 일 없을 거라고, 단 한순간도 날 사랑한 적 없다고 말해봐. 단, 중간에 진실은 말하지 마. 그럼 믿을게. 지금껏 네가 한 모든 거짓말을 참말이라 믿을게. 그리고 나도 지금부터 널 사랑하지 않을게. 널 잊을게.

고시원에 도착한 신정은 식당으로 내려가 점심을 먹는다. 고시원에선 식사가 제공이 되므로 외식을 한다는 건 신정에게 손해다. 식사 후 신정은 샤워실로 가서 평소처럼 샤워를 하고 양말과 속옷을 빤다. 그리고 룸으로 돌아와 간이 빨랫줄에 양말과 속옷을 넌다. 아직까진 잘 버티고 있지만 조만간 청바지도 빨아 널어야 할 것이다.

신정은 저녁까진 절대 일어나지 않겠다고 결심하며 1인용 침대에 눕는다. 신정은 결심한 대로 저녁까지 침대에서 일어나지 않았지만 잠들지도 못하고 내내 뒤척인다. 신정은 차라리 잠에서 깨지 않겠다고 결심할걸, 하고 후회한다. 신정은 곧 결심한다고 해서 이제껏 결심대로 된 일이 없으니 결심해봤자 아무 의미도 없었단 생각을 한다. 그리고 이깟 사소한 결심 하나도 현실에서 제대로 이루지 못하는 자신에 대해 화가 난다.

저녁이 되자 신정은 고시원에서 저녁까지 먹는다. 아니 해결한다. 밥통에 보관된 누런 밥을 저녁으로 때우는 둥 마는 둥 하고 산책을 나선다. 해는 벌써 물러갔건만 거리로 나선 신정은 눈이 부신 듯 얼굴을 찡그린다. 방금 감방에서 나온 사람의 기분이 이럴까. 눈은 부시되 황홀하지는 않다.

신촌 식당가의 한 연탄구잇집에서 고기 굽는 냄새가 길거리로 퍼져나오며 행인들을 유혹한다. 연탄구잇집에선 사람들이 삼삼오오 모여 왁자하게 떠들며 고기를 먹고 있다. 갑자기 신정은 연탄구잇집 안으로 들어가고 싶어진다. 들어가 아무

테이블이든 둘러엎고 때려 부수고 싶다는 의지가 맹렬하게 솟구친다. 어차피 저들과 어울리지 못할 바에는 말이다.

순간 신정의 점퍼 주머니에서 핸드폰이 울린다. 신정은 혹시나 달희가 아닐까 하는 마음으로 번호를 확인한다. 달희라면 받지 않을 것이다. 달희의 전화를 받지 않기 위해 달희에게 전화가 왔으면 좋겠다. 다행인지 불행인지 발신자는 대리운전 회사다. 회사는 신정에게 손님이 기다리고 있으니 홍대 후문으로 가라고 한다. 압구정으로 갈 손님이라고 한다.

신정은 급하게 버스를 타고 홍대를 향한다. 홍대 후문에 도착한 신정은 차번호를 확인하며 차 앞으로 다가가 사내에게 인사한다. 넥타이를 맨 사내에게서 술냄새가 진동한다. 신정은 얼굴을 찡그리지 않기 위해 노력한다. 사내는 신정에게 키를 건네고 나서 조수석에 올라탄다. 뒷좌석에 타지 않는 사내가 신정은 못마땅하지만 그렇다고 사내에게 뒷좌석에 타달라고 요구할 순 없다. 만취해서 야간에 대리운전자를 부르는 손님들은 앞으로 뒷좌석을 애용해주었음 좋겠다. 사내가 말한다.

"압구정주민센터 앞으로 가주세요."

신정은 고개를 끄덕이곤 달리기 시작한다. 최대한 스피드를 내야겠다. 취한 손님이 돌변하면 대리기사를 때리고 돈도 빼앗는 경우가 있으니까. 아주 재수가 없으면 말이다.

사내가 노래하기 시작한다.

"난 아니야— 꽃이 아니야—."

술에 취했기 때문일까. 사내는 음치 같다. 음정도 박자도 맞지 않는다.

"이해하세요. 술 깨려고 그러는 거니까."

사내는 그러면서 가방에서 소주병을 꺼내 나발을 분다. 아마도 술집에서 마시고 남은 소주를 들고 온 듯하다. 신정은 대꾸 없이 달린다.

"해 저물면 찬바람에 시들어 내리는 그런 꽃은 싫어. 울지 않을래— 울지 않을래."

사내가 조용필의 노래 〈난 아니야〉를 듬성듬성 이어간다. 신정이 아무런 반응을 보이지 않자 사내는 노래에 흥미를 잃는다. 사내가 신정을 바라보며 묻는다.

"혹시 신청곡 있으시면, 웩."

사내가 고개를 숙이더니 신정의 허벅지에 대고 구토를 한다. 너무 빨리 달린 걸까. 처음 겪는 상황에 신정은 당황한다. 간혹 앞좌석에 구토하는 손님들은 있었지만 신정의 몸에 대고 구토를 하는 손님은 처음이다.

"미, 미안합니다."

사내가 토사물을 치우려고 맨손으로 신정의 허벅지에 손을 댄다. 화들짝 놀란 신정이 움찔하는 순간 사내의 손이 실수로 신정의 음부를 스친다.

"손 못 치워요?"

신정은 빨간불이 켜진 횡단보도 앞에서 끼익 급브레이크를 밟으며 버럭 소리를 지른다.

"이크, 죄송합니다."

사내가 고개를 갸우뚱하며 신정과 음부를 번갈아 본다.

"어? 여자네?"

신정은 아무 말 없이 신호등의 불이 바뀌길 기다린다. 신호등에 초록불이 들어오자 신정은 달린다. 사내가 입을 연다. 사내의 손이 다시금 신정의 음부로 기어들어온다. 사내는 네온사인이 번쩍이는 모텔촌을 가리킨다.

"저기 들렀다 갈까? 3만 원 더 줄게."

신정은 사내가 가리키는 모텔촌을 바라본다. 신정이 아무런 반응도 없자 사내가 값을 다시 부른다.

"5만 원?"

신정은 여전히 대답 없이 달린다. 지금 나하고 흥정을 하자는 건가?

"나 돈 있어. 지금 당장 줄 수 있다고. 거짓말 같아?"

사내가 지갑을 꺼내 열어 보인다. 신정은 갑자기 액셀을 부웅 밟으며 차를 거칠게 운전하기 시작한다. 신정은 감시카메라 앞에서 제한속도를 무시하며 달린다.

"야, 방금 감시카메라 지났어. 이게 겁도 없이."

신정이 한남대교 위에서 급브레이크를 밟으며 속력을 줄인다. 속력을 내어 달리던 뒤차가 클랙슨을 빠앙 울리며 앞질러

간다. 뒤차가 박을 수도 있는 상황이다.

"이게 죽을라구 환장했어? 방금 박을 뻔했잖아!"

"난 무서운 게 없거든. 오죽하면 여자가 야간에 대리운전을 하겠어. 어때? 같이 죽을까? 그러니까 이대로 달리다가 같이 뒈지기 전에 손 치워, 개자식아!"

신정의 날 선 눈빛에서 공포를 느낀 사내가 주춤하면서 손을 치운다. 신정은 갓길에 차를 세운다. 차에 사내를 남겨둔 채 내린 신정은 한남대교를 걷기 시작한다. 음주운전을 해서 가건, 차에서 밤을 새우건 지금부터 사내는 신정의 몫이 아니다. 신정의 주머니에서 핸드폰이 진동한다. 대리운전회사에서 온 전화일 테지만 신정은 받지 않는다.

밤하늘에서 가랑비가 내리기 시작한다. 이 비는 맞을 수밖에 없다고 생각하며 신정은 푸푸 웃는다. 가랑비에 신정의 옷이 젖는다. 신정은 젖은 옷소매로 젖어 있는 눈가를 닦는다. 신정은 입술을 깨문다. 이 눈물은 사내 때문이 아니다.

얼마나 걸었을까. 신정은 어느덧 이대 후문 근처 카페를 들어선다. 신정은 화장실로 들어가 세수를 한 뒤 수건으로 비에 젖은 머리를 말린다. 잠시 후 말끔해진 얼굴로 나온 신정은 스탠드석에 앉아 보드카를 주문한다. 신정은 주인 언니에게 담배가 있냐고 묻는다. 무슨 담배를 원하느냐고 주인 언니가 묻자 신정은 라일락 담배를 달라고 답한다. 주인 언니는 라일락 담배는 없다고 답한다.

구석의 스탠드석에서 혼자 병맥주를 마시던 여자가 신정에게 다가와 옆에 앉아도 되느냐고 묻는다. 신정은 얼마든지, 라고 답한다. 신정의 나이 또래로 보이는 여자는 신정에게 말보로 담배도 괜찮으냐고 한다. 신정은 고개를 끄덕인다. 여자는 신정에게 말보로를 내민다. 신정은 말보로를 받아 입에 문다. 여자는 라이터를 들고 신정에게 불을 붙여준다. 그리고 자신도 담배에 불을 붙인다. 둘은 허공에 대고 담배 연기를 내뿜는다. 신정과 여자는 허공에서 흩어지는 담배 연기를 함께 바라본다. 함께 바라본다는 것 외에 이 행위는 둘에게 어떤 의미도 없다. 지금도 앞으로도.

신정은 여자에게 보드카를 마시겠냐고 묻는다. 여자는 그러겠다고 답한다. 신정은 여자에게 보드카를 따라준다. 둘은 보드카를 건배한다. 신정은 보드카를 단숨에 들이켜고 여자에게 말한다.

"돈 많은 여자를 꼬셨는데, 더이상 진도를 나가면 안 될 거 같아요. 안 그래도 내 인생이 너무 꼬여 있거든."

"엉킨 실타래는 풀 생각을 하면 안 돼요. 풀수록 꼬이거든요. 싹둑 자르던가, 꼬인 채로 살든가 둘 중에 하나죠."

"이대로 살기 싫으면 죽으란 소리네."

여자가 고개를 갸우뚱한다.

"그런가?"

여자가 신정의 빈 잔에 보드카를 따르며 자신의 발로 신정의 발을 의도적으로 툭 건드린다. 여자는 맨발이다. 좀전에 의자 밑에다 신발을 벗어버린 것이다. 여자의 발이 신정의 허벅지까지 올라오자 신정은 다시금 보드카를 들이켠다. 빈속이어서 빨리 취하고 있다는 사실이 신정의 맘에 든다.

"프로스트…… 알아요?"

"가지 않은 길 땜에 인생 존나 꼬였다는? 한국인의 애송시죠."

"근데 가지 않은 길 때문에 모든 게 바뀌었다는 건 프로스트의 농담이래. 왜냐면 그 길로 안 가도 인생은 달라지지 않는다나."

여자가 고개를 끄덕인다.

"어느 길로 가든 별 차이는 없단 뜻이네?"

신정이 다시 보드카를 들이켠다.

"여기서 나갈까? 딴 길로 샌다고 달라질 건 없잖아?"

여자의 질문에 신정은 피식 웃고는 말없이 고개를 젓는다.

농담과 거짓말

달희는 신정과 끝내기로 결심한다. 달희는 생각한다. 결심을 한 이상 신정에게 직접 알려주어야겠다고. 달희는 신정에게 전화를 해서 이대 후문 근처 카페로 불러낸다. 신정은 새로 산 모자를 쓰고 나온다. 신정과 춘천에 가서 잃어버린 모자를 찾기로 했었는데 약속을 지키지 못했다는 생각에 달희는 마음이 아파온다.

커피 두 잔을 시켜놓고 둘은 마주앉는다. 헤어지는 날, 나란히 앉는 건 아무래도 어색할 테니까. 그럼 헤어지겠단 결심이 무너질지도 모른다. 저애의 얼굴에 대고 헤어지잔 말을 어떻게 꺼내야 할까. 달희는 커피 한 모금으로 입술을 축이고 말을 꺼낸다.

"우리 이제 그만 만나야 할 것 같아."

신정의 입술이 비틀린다. 신정은 픽 웃으며 커피잔을 든다. 신정의 몸짓 하나하나가 달희는 고통스럽다. 고작 이 말을 하려고 이애를 불러냈나. 이 말 때문에 이애가 고통스러워하는 걸 두 눈으로 직접 확인하려고?

"너랑 살자는 건 농담이었어."

신정이 픽 웃는다.

"이유가 뭐죠? 이 시간에 일하는 사람 불러내서 이런 말 하는 이유가?"

"이유는……."

달희가 고개를 숙이며 머뭇거리는 동안 신정은 더 들을 것도 없다는 듯 잘라 말한다.

"알았어요. 충분히 이해했으니까 먼저 일어날게요."

"널 한 번 더 보고 싶었어. 알겠니?"

신정이 자리에서 일어선다. 커피를 절반 이상이나 남겨놓고 둘은 카페를 나선다. 카페 문 앞에서 신정이 손을 내민다.

"잘 살아요."

달희는 신정의 손을 잡는다. 둘은 악수한다.

"그래. 너도."

달희는 이대로 와락 이애를 잡아당겨 안고 싶다. 신정이 달희의 손을 놓는다.

"언닐 좋아한단 건 거짓말이었어요."

신정은 냉랭하게 돌아선다. 달희도 돌아선다. 돌아서서 가는 달희의 등에 대고 신정이 말한다.

"충고 한마디할까요? 앞으론 사랑 갖고 어떤 약속도 하지 말아요. 지키지도 못하면서."

달희가 등을 돌린 채 잠시 멈추어 선다. 그러곤 다시 간다. 나쁜 계집애. 거짓말쟁이 같으니. 하마터면 행복해질 뻔했다. 행복에 겨워 저애와 함께 춤추다 입에서 꽃노래가 터져나올 뻔했다.

달희는 결심한다. 나 다시 불행에 안주하려 한다. 왜냐면 자신은 행복해져서는 안 되며 행복해질 자격도 없다고 생각하기 때문이다. 달희는 신정의 뒷모습을 바라본다. 지나가는 바람에 잠시 흔들린 거야. 너란 바람이 나란 꽃잎을 잠시 쥐고 흔들어본 거야. 너 없이 나 다시 살아갈 거야. 난 노력할 거야. 앞으론 불행해지기 위한 노력 말곤 어떤 노력도 하지 않을 거야. 그래도 죽진 않을 거야. 불행해지기 위해서 어떻게든 살아야 하니까.

신정이 돌아본다. 저 여자를 좋아하지 않은 건 진실이다. 거짓말을 반복하면 참말을 했을 때 믿지 않는다는 늑대와 양치기 소년의 이야기는 틀렸다. 거짓말을 자꾸 하다보면 참말과의 경계가 없어지고 나중엔 거짓말을 한 당사자까지도 자신의 말을 진실이라 믿게 된다. 신정은 달희를 만나러 나오는 길에 맘속으로 수백 번 이 말을 되뇌었다. 나는 그 여자를 좋아한 적이 없다. 없다. 없다.

달희는 그 길로 오픈카를 몰고 소우의 오피스텔로 향한다. 달희는 주차를 하고 다급히 엘리베이터에 오른다. 소우의 현관에 도착한 달희는 비밀번호를 누른다. 문은 열리지 않는다. 달희는 번호를 다시 눌러본다. 그래도 문은 열리지 않는다. 달희는 기억을 더듬는다. 달희의 머릿속에서 숫자들이 춤을 춘다. 비밀번호가 기억나지 않는다. 달희는 벨을 누른다. 소우는 나오지 않는다. 달희는 현관문을 두들긴다.

그래도 소우는 나오지 않는다. 달희는 현관 앞에 주저앉는다. 이대로 소우를 기다릴 것이다. 아무데도 가지 않을 것이다. 소우가 나타나면 마구 화를 낼 것이다. 예고도 없이 어딜 그리 싸돌아다니느냐고. 왜 이렇게 사람을 잠긴 문밖에서 기다리게 하냐고.

잠시 후 소우가 오피스텔의 복도 끝에서 걸어오는 모습이 보인다. 소우는 달희를 발견하자마자 몇 발짝도 안 되는 거리를 한달음에 달려온다.

"뭐 해? 안 들어가고?"

"어디 갔다 와?"

"산책하러. 많이 기다렸어?"

달희는 고개를 끄덕인다. 소우는 안에 들어가지 않고 자신을 기다린 달희가 조금 이상하다.

"비밀번호 몰라?"

"잊어버렸어."

"그럼 전화를 하지."

소우가 핸드폰을 손에 쥐고 흔들어 보인다.

"그러게. 그 생각을 못 했네."

"전화번호도 잊은 건 아니지?"

달희가 고개를 저으며 풋 웃는다. 1458. 소우가 비밀번호를 누르자 문이 열린다. 1458이었구나. 저 숫자는 무얼 의미하는 거였지?

"들어가자."

달희는 현관 앞에서 힘없이 풀썩 주저앉는다. 주저앉은 채 무릎에 얼굴을 파묻고서 달희는 울기 시작한다.

"소우야, 나 어떡하니……."

소우도 달희를 따라 주저앉는다. 달희가 아이처럼 엉엉 소리 내어 운다.

"말벌한테 물렸는데 너무 아파서 죽을 거 같아."

누구니. 널 아프게 한 자식이. 아무데나 주저앉아 이렇게 널 울게 만든 그 자식이. 소우는 한 번도 만난 적 없는 이름 모를 사내를 향해 날을 세운다. 소우는 칼날은 휘둘러보지도 못하고 질투라는 바늘을 집어든다. 바늘은, 소우의 가슴을 쿡쿡 찌른다.

"난 행복해질 자격 없잖아. 행복해지면 안 되는 거잖아……."

소우가 상대의 이름을 묻기도 전 달희는 일어서서 총총히 사라진다. 소우를 아프게 하러 온 것이 목적이었다는 듯 현관에 발도 들이지 않은 채로.

저 여자, 언젠간 내 현관의 비밀번호도 잊고, 내 전화번호도 잊고, 나를 잊고, 그리고 우리 사이에 있었던 일을 잊기 위해 몸부림칠 것이다. 그러곤 다시 찾아와 언제 그랬냐는 듯 날 또 아프게 하고는 사라질 것이다.

소우의 오피스텔을 나선 달희는 꽃집에 들러 라일락 한 다발을 산다. 달희는 그 길로 아빠를 만나러 간다. 달희는 추모공원에 도착해서 아빠의 유골함을 찾아간다. 유골함 앞에 라일락 한 다발을 바치고 나서 달희는 잠시 묵념을 드린다.

아빠, 라일락이야. 라일락은 여자를 위한 꽃인데 아빠도 좋아했었지. 미안해. 자주 오지 못해서. 나, 엄마랑 오빠를 떠나려고 해. 작별인사 없이 떠나려는데 괜찮겠지? 엄마가 매달리면 또 주저앉을지도 몰라서. 하지만 잊지 않을게. 내가 아빠 딸이었던 거.

나, 사랑하는 사람 생겼어. 아주 착한 사람이야. 아빠한테 자랑하고 싶었는데 이젠 너무 늦은 거 같아.

달희와 헤어진 신정은 그 길로 오래전에 떠나온 엄마를 찾아간다. 한마디로 달희에게 버림받았다는 기분이 든 신정은 지금의 이 기분을 더 망쳐버려야겠다는 생각을 한 것이다. 더러워진 몸을 씻기 전에 진흙밭에 나가 더 뒹굴어서 몸을 더럽힐 대로 더럽혀야겠단 생각 말이다.

신정은 엄마가 사는 연립 반지하의 현관 벨을 누른다. 오랫동안 방문객이 없었던 엄마는 신정임을 확인하곤 현관문을 열어놓은 채 말없이 안으로 들어간다. 7년 만의 상봉이건만 엄마는 한마디도 하지 않는다. 아무리 내친 딸이라 해도 "왔니?"라든가 "왜 왔어?"라든가 하다못해 "뭐 하러 왔어?"란 말은 해야 옳지 않은가.

현관에 들어선 신정은 신발장에 붙은 전신거울에 자신의 모습을 비춰본다. 언제 빨았는지도 기억이 아득한 찢어진 청바지에 모자를 눌러쓴 꾀죄죄한 꼬락서니라니. 신정은 자신의 모습이 이 집의 분위기와 아주 잘 어울린단 생각을 한다. 그러나 이 집에 눌러살 생각은 조금도 없다. 환영받지 못할 바엔 미리 거부하는 편이 나을 것이다.

신정은 신발을 벗고 거실로 들어선다. 신발도 벗지 않은 채 들어서고 싶었지만, 그 정도의 예의도 갖추고 싶지 않았지만, 애써 참은 것이다. 신정은 거실의 더러운 소파에 누워 TV 연속극에 정신을 팔고 있는 엄마에게 다가간다. 사실 엄마가 온 신경을 집중해서 보고 있는 건 연속극이 아니라 TV에 비쳐 아른거리는 신정의 몸짓이다.

미혼모로 어렵게 신정을 키워온 엄마는 딸이 레즈비언이란 걸 알았을 때 하늘이 노래졌다. 신정이 학교에서 강제로 아웃팅을 당하고 아이들에게 '따'가 된 날, 교복 치마가 온통 애들이 던진 급식 반찬으로 얼룩덜룩해진 채 머리는 산발이 되어

운동화까지 뺏기고 맨발로 돌아온 날, 신정이 학교를 때려치우겠다고 선언하자 신정의 엄마는 거의 실성한 상태에서 신정을 때렸다.

남들과 다르게 산다는 것은 남들보다 곱절로 힘들게 살아야 한다는 걸 의미한다. 신정의 엄마는 이 사실을 생에서 일찌감치 체득했고 힘들게 살겠다는 딸의 인생에 박수를 쳐줄 마음은 추호도 없었다. 게다가 신정이 미혼모가 되었을 때 엄마는 신정을 자기 인생의 수치라고 생각했다. 한마디로 가지가지 한다고. 그래서 신정에게 당장 집을 나가라고 한 것이다.

신정은 미혼모 시설에서 딸을 낳아 집으로 데려왔을 때 자신과 딸을 저주의 눈길로 번갈아 바라보던 엄마의 혐오 가득한 눈빛을 지금도 잊지 못한다. 어떤 사람들은 자기랑 같은 처지나 운명에 놓인 사람을 혐오한다. 그 운명을 함께 헤쳐나갈 생각은 않고 저주부터 퍼붓는 것이다. 그게 아무리 친자식이라 해도 말이다.

신정이 아이를 낳기로 결정한 건 순전히 복수심 때문이다. 신정에겐 엄마처럼 사는 것이 엄마에게 복수하는 유일한 방법이었다. 이 점에 있어 신정은 소기의 목적을 달성했는지도 모른다. 아이를 업은 자신의 모습을 거울에 비춰보며 신정은 자주 이렇게 중얼거렸다.

"잘 봐. 이게 바로 엄마의 복사판 인생이야."

엄마는 손녀를 안아보지도 않았다. 그도 그럴 것이 딸이 생의 위기에 맞닥뜨릴 때 한 번도 손길을 내밀어본 적이 없으니까. 딸이 내민 손길조차 한 번도 제대로 잡아준 적이 없으니까. 만일 엄마가 신정의 처지를 조금이라도 이해해주고 따뜻하게 품어주었더라면 주저 없이 낙태를 했을 것이다.

신정은 아이를 안고 집을 나와 7년 동안 돌아가지 않았다. 눈을 한번 딱 감았다 뜨고 나서 신정은 엄마에게 저주를 퍼붓는다. 7년 전에 퍼부었어야 할 저주를.

"방금 성당 가서 당신 죽으라고 기도하고 왔어. 그런데 지금 보니 이미 죽어가고 있네. 사랑하는 사람도 없고, 자식도 없이 TV나 보면서 말이야. 가진 게 없으니 죽을 땐 마음이라도 편할 거야. 그치?"

한순간 엄마의 눈빛에 공포가 서린다. 엄마는 픽 웃어버리곤 다시 TV에 눈길을 준다.

어떤 말은 해야만 하고, 어떤 말은 무덤까지 가져가야 한다. 신정은 지금이 그 말을 해야만 하는 때라고 생각한다. 지금 하지 않으면 무덤까지 가져가게 될 테고 그럼 영영 하지 못할 테니까.

"아빠가 놀이공원에 데려간다고 했어. 엄만 나더러 사귀는 아저씨마다 아빠라고 부르라 했지. 난 그러기 싫었지만 엄마가 무서웠어. 엄만 나 때문에 매번 아저씨들이 떠났다고 하면서 날 원망했으니까. 술에 취하면 날 걸림돌이라고 부르면서 말이야."

엄마가 TV의 볼륨을 올리며 두 손으로 귀를 틀어막는다. 신정은 아랑곳 않고 엄마를 향해 말한다.

"아빠 날 숲으로 데려갔어. 난 아빠에게 말했어. 롤러코스터를 타러 가는 줄 알았는데요…… 알아? 그때 난 겨우 열여섯이었다고!"

엄마가 귀를 막은 채 심하게 고개를 좌우로 젓는다. 그리고 단말마 같은 비명을 내지른다. 신정 역시 엄마를 따라 비명을 지른다.

"아빠가 이러면 안 되는 거잖아요!"

엄마가 신정을 차갑게 노려본다.

"제 버릇 개 못 준다더니 아직도 거짓말이구나. 넌 어렸을 때부터 거짓말쟁이였어!"

엄마의 호흡이 거칠어진다. 신정도 거칠게 호흡을 내쉰다. 그렇게 몇 분이 흘렀을까. 잠시 후 둘의 호흡 소리가 사그라지고는 완전히 멈춘다. 신정은 난생처음 엄마와 무언가를 해냈다는 기분이 든다. 해냈지만 성취감은 눈곱만치도 없다. 엄마가 소파에 얼굴을 묻고 울기 시작한다. 신정은 엄마의 얼굴에 대고 아저씨가 신정에게 했던 말을 조용히 따라 한다.

"아가야, 울지 마. 괜찮단다. 곧 끝날 거야."

신정은 조용히 현관문을 닫고 엄마의 집에서 나온다. 문을 쾅 닫지 않은 건 엄마에게 남겨놓은 마지막 알량한 예의랄까. 굳이 소리 내어 문을 닫지 않더라도 엄마의 가슴은 이미 고통과 후회로 갈기갈기 찢겨져 있다는 걸 알기 때문이다.

엄마의 집에서 나온 신정은 급하게 발걸음을 돌려 성당으로 들어선다. 기도를 하기 위해 이곳에 찾아온 것은 아니다. 기도 따위나 하려고 온 것은.

신정은 마리아상 앞에 다가간다. 그나마 고해성사를 할 신부가 보이지 않는 게 다행이다. 충동적으로 고해성사를 해버릴지 모르니까. 신정은 마리아상을 바라본다. 나는 원망 안 해. 나도 당신도 그녀도.

신정은 원망스러운 눈초리로 마리아상을 노려본다. 신정의 눈가에 서서히 이슬이 맺힌다.

*

1주일간의 출장에서 돌아오자마자 오재는 달희에게 달려든다. 자기 물건이 제자리에 잘 있는지, 누가 흠집을 내진 않았는지 오재는 확인부터 하고 싶다. 달희가 떠도는 구름 같다는 뜬구름 잡는 생각은 출장지의 공항에 착륙하는 순간 싹 잊어버렸다. 오재에겐 전부터 달희의 몸이 마음보다 중요했다. 마음은 만질 수 없는 것이지만 몸은 만질 수 있는 것이고, 마음은 가질 수 없는 것이지만 몸은 가질 수 있는 거라 생각했다. 그러니 마음의 간수보다 몸의 간수가 더 중요한 것이라고.

달희가 결혼 전에 어떤 과거가 있었건 그것은 오재의 몫이 아니다. 만일 달희의 과거를 문제삼았다면 오재는 달희와 결혼하지 않았을 것이다. 오재에겐 아내의 과거까지 보살피고 돌봐줄 여력이 없다. 현재로 족하다. 이것은 둘만의 결혼서약서에도 명백히 명시한 바 있다.

오재의 의욕과는 달리 달희는 그를 완강히 거부한다. 반면 얼굴 표정은 그간 어떤 파고도 일으킨 적이 없는 잔잔한 물결처럼 고요하다. 잠시 후면 당신의 가슴에 큰 파고가 일어날 거야. 휩쓸려가지 않게 조심하라고.

오재의 얼굴이 낮술을 마신 것처럼 불쾌해진다. 아내가 달라졌다. 오재는 몸은 둔하지만 코는 명민하다. 오재의 별명은 개코다. 개코를 무시했다가는 큰코다친다.

아니나다를까. 달희가 침착한 어조로 말한다.

"이혼해. 우리."

"뭐라고?"

오재는 일단 자신의 귀를 의심한다. 아내가 남편보다 입 밖에 먼저 내선 안 될 소리란 게 있는데 그중 하나가 바로 저 소리인 것이다.

"이혼하자고. 나, 당신 사랑하지 않아."

오재가 하하하, 호탕하게 웃는다. 이혼을 가지고 감히 농담을 하다니. 농담엔 웃어주는 게 상책이지.

"여자들이란 죽을 때까지 사랑 타령이군. 나랑 결혼은 왜 했니?"

달희가 오재의 눈을 똑바로 보며 답한다.

"불행해지고 싶었어. 당신하고 결혼하면 불행해질 것 같았거든."

그동안 뼈빠져라 일해서 장모에 처남까지 먹여 살리며 호화판으로 놀게 해줬더니 배가 처불렀군. 저 당당함을 한번 더 굴복시켜야겠다. 자기 주제도 모르는 뻔뻔함을.

화가 난 오재가 달희의 옷을 거칠게 벗긴다. 달희가 반항한다. 오재가 달희의 옷을 찢는다. 달희가 소리를 질러댄다. 오재는 바란다. 이 순간 달희가 최대한 수치심을 느끼기를. 그러나 정작 수치심을 느끼는 건 오재다.

"한 번만 더 그따위 배부른 소리하면 죽여버린다."

"그래! 죽여! 차라리 죽이라고!"

달희가 킬킬 웃는다. 체념을 넘어선 달관의 미소, 낯설고 소름 끼치는 미소다. 삶의 의욕마저 떨어뜨리는 소름 끼치는 웃음소리에 오재가 주춤하며 달희에게서 떨어진다.

오재가 서랍에서 시가를 꺼내들고 베란다로 나간다. 오재는 어둠 속에서 신경질적으로 지포 라이터를 켜고 불을 붙인다. 베란다에서 올려다본 밤하늘에 별 하나가 유난히 반짝거리며 떠 있다. 반짝이는 별 하나가 오재의 마음을 살짝 흔든다. 오재는 고개를 홱 돌려버린다. 감상적이 되는 건 질색이니까.

유난히 반짝이는 별이 있다. 유난히 빛나는 사람이 있다. 오재는 빛나는 것에 마음을 뺏겨서 조명회사를 차렸다. 오재는 사람이든 사물이든 빛나지 않는 것은 옆에 두지 않는다. 어린 여자들은 조명 없이도 눈이 부시지만 화려한 조명이 있을 때 더 빛을 발한다. 하지만 변덕스럽고 까다롭다는 프리미엄이 붙는다. 오재는 제아무리 깊은 우물이라도 돈만 들이면 전부 길어올릴 자신이 있다. 어린 여자들을 데려올 자신 말이다. 하지만 많은 공을 들여야 하는 어린 여자들은 애초부터 오재의 취향이 아니었다. 그런 점에서 달희 정도면 오재의 취향에서 크게 벗어나지 않았다. 완벽하진 않지만 달희에게서 빠진 부분은 밖에서 채우면 될 것이라 생각한 것이다. 이를테면 육감적이라거나, 애교 만점이라거나 주로 젊고 예쁜 여자들이 갖고 있는 장점 같은 것 말이다. 그동안 오재는 안에서 달희가 채워주지 못하는 부분을 밖에서 채웠다. 그러니 그동안 달희가 남편에 대해 가졌던 여자로서의 직감은 틀렸다고 해야 할 것이다.

결혼 전 달희는 돌이킬 수 없는 슬픔에 빠져 있었다. 슬픔에도 틈새시장이란 게 있다는 게 사업가다운 오재의 생각이었고, 오재는 그 틈새시장에 정확히 끼어들었다. 오재는 그리 많은 공을 들이지 않고도 달희를 손쉽게 데려올 수 있었다. 오재는 달희가 자신의 청혼을 받아들인 날, 남편보다는 사업가로서의 미소를 지었다. 오재는 달희의 슬픔을 이용할 정도로 교

활했다.

달희는 오재를 사랑하지 않지만 오재는 사랑 자체를 믿지 않는다. 운명적인 사랑이 있다고도 생각하지 않는다. 첫눈에 반하는 사랑도 마찬가지다. 사랑은 취향과 타이밍의 문제일 뿐. 상대를 사랑하느냐보다는 상대가 내 취향에 맞느냐 아니냐가 오재에겐 더 중요했다. 달희로 말하자면 화려한 조명 없이도 보는 사람의 눈을 편안하게 하는 사람이었다. 말하자면 달희는 오재의 취향에 맞아떨어진 것이다.

그런데 사랑도 아닌 취향 주제에 반항을 하다니. 오재는 새삼 화가 치밀어올라 피우던 시가를 끄지도 않고 2층에서 아래로 던져버린다. 오재의 손에서 잔디 위로 버려진 담뱃불은 피어오르길 거부하고 잠시 반짝이다가 이내 꺼져버린다. 만일 피어올랐다 해도 약간의 잔디만 태우곤 꺼져버렸을 것이다. 약간의 잔디라 해봤자 몇 푼의 손실만을 가져올 것이다. 이것이 달희에 대한 오재의 본심이다. 달아오른 다음 꺼져버렸을 때 남은 재의 값이라고나 할까. 오재는 달희가 자신에게 얼마의 손실을 가져다줄 것인지 벌써부터 두려워진다.

달희는 욕실로 들어가 문을 잠그고 거울 달린 장식장 문을 연다. 그러곤 수건 밑에 감춰둔 면도칼을 확인한다. 라일락 담배에 불을 붙이며 달희는 자신이 오재와 결혼을 한 진짜 이유를 생각한다. 오재의 얼굴에 대고 차마 말하지 못했던 이유를.

사고는 예고 없이 찾아온다. 딸아이가 첫 체험학습을 가는 날이었다. 어린이집 열매반에 다니던 일곱 살 희아는 전날 밤부터 미열이 있었다. 희아는 그날따라 징징대면서 달희와 떨어지고 싶지 않다고 했다. 달희는 해열제와 감기약을 싸서 희아를 억지로 어린이집에 보냈다. 그날은 달희와 소우의 결혼기념일이었고, 둘은 오래전 예매해둔 콘서트에 가기로 했다. 작곡을 하는 소우가 고대하던 콘서트였다. VIP석인데다 당일 취소는 환불도 되지 않았다.

그날 일기예보에도 없던 비가 내렸다. 그날 오기로 했던 관광버스 기사가 예고도 없이 연락이 끊겨 다른 기사로 대체되었다. 그날이 비번이었던 다른 기사는 친구의 갑작스러운 죽음으로 상갓집에서 밤을 새우곤 집에서 잠깐 눈을 붙이다 버스회사의 호출로 불려나왔다.

어린이집 원장은 언제나 의욕이 넘쳤다. 원장은 일부러 어린이집에서 한 시간 반 거리의 남양주에 있는 식물원을 택했다. 사실 처음에 예정된 체험학습지는 인근에 있는 식물원이었다. 그런데 마침 그날 이웃 어린이집도 그리로 체험학습을 간다고 해서 원장이 갑자기 장소를 변경한 것이다. 원장은 아이들과 함께 모처럼 나들이 기분을 내라며 더 잘된 일이라고 교사들을 부추겼다.

체험학습지로 신나게 달리는 버스를 향해 뒤차가 요란스레 경적을 울려댔다. 아이들이 버스 차창에 얼굴을 갖다대고 뒤차를 향해 손짓하며 인사를 하는 중이었다. 그날따라 기사는 경적 소리가 귀에 거슬렸다. 수면 부족으로 인해 피곤이 몰려온 탓이었다. 간밤의 선잠 가운데 꾼 꿈도 뒤숭숭했다.

기사는 경적 소리를 피해 2차선으로 달리는 차들 사이로 무리하게 끼어들었다. 갑자기 버스가 빗길에 미끄러지면서 펑! 타이어가 파열음을 냈다. 놀란 아이들이 비명을 질러댔다. 당황한 기사가 갓길로 급커브를 하자 버스는 갓길 콘크리트 방호벽을 그대로 들이받았다. 타이어가 터지면서 버스는 방호벽을 두세 차례 더 들이받고는 멈춰 섰다.

버스에 불길이 번졌다. 기사는 소화기로 운전석 뒤쪽 창문을 깨곤 가장 먼저 빠져나갔다. 인솔교사는 서둘러 비상용 망치를 찾아다녔으나 연기 때문에 찾을 수가 없었다. 버스의 출입문마저 콘크리트 분리대에 막히는 바람에 아이들은 탈출을 시도조차 하지 못했다.

버스에서 탈출하여 갓길을 비틀비틀 걷던 기사는 사고현장에 119가 출동한 것을 보고서야 자신이 혼자 빠져나왔단 사실을 깨달았다.

달희가 사고 소식을 듣고 달려간 병원은 아비규환이었다. 소우가 새하얀 표정이 되어 응급실에서 나왔다. 애들이 다 죽었대…… 달희가 물었다. 희아는?…… 소우는 고개를 저었다. 달희는 그 자리에 주저앉았다. 지금 거짓말하는 거지?

소우가 시체 같은 표정으로 계속해서 같은 말을 반복했다.

급발진 브레이크 오작동 타이어 파손 급발진 브레이크 오작동 타이어 파손 급발진 씨발 뭔 개소리야! 소우가 주먹으로 벽을 쳤다. 소우의 손등에 피가 맺혔다. 더이상의 단어는 달희의 귀에 들려오지 않았다. 와중에 저 주먹에 얼른 붕대를 감아야 상처가 덧나지 않을 텐데, 하고 생각했다. 그날 저녁 뉴스는 이날 버스사고가 톱을 차지했다.

남양주 방목리 지방도로에서 빗길 교통사고로 버스 화재, 운전기사는 탈출하고 버스에 있던 아이들과 교사 12명 전원 사망.

탈출 이후 곧바로 자수한 버스 기사는 조사를 받던 도중 갑자기 벌떡 일어나 창문을 향해 뛰어가다 쓰러졌고 그대로 숨이 멎었다. 사인은 급성심근경색이었다. 경찰은 조사를 통해 타이어가 펑크난 경위를 알아냈으나 기사가 왜 갑자기 벌떡 일어나 창문을 향해 뛰어갔는지는 끝내 알아내지 못했다. 죽은 자를 심문할 순 없었기 때문이다.

예고 없이 연락이 끊겼던 당번 버스 기사는 그날 소아암 말기로 죽어가는 자식의 임종을 지켜보았다. 사방이 죽음이었고 도처에 죽음이었다.

달희는 구속된 버스회사의 사장을 찾아갔다. 품속에 망치가 있었다. 망치로 그의 머리를 내려치고 자신은 버스가 부딪쳤던 갓길의 콘크리트 방호벽에 머리를 짓찧고 죽어버릴 작정이었다. 그러나 사장은 이미 찾아와 진을 치고 있는 학부모들 앞에서 고개를 숙이곤 죽여달라며 울고 있었다.

달희는 모든 게 믿어지지 않았다. 순식간에 일어난 이 모든 일들을 믿을 수가 없었다. 전부 농담 같고 거짓말 같았다. 아이가 체험학습에 가고 싶지 않다고 했는데, 나랑 있고 싶어 했는데, 우린 고작 콘서트에 가기 위해 아이의 목숨을 걸었다니.

어쩜 사고는 미리 예고되어 있었는지도 모른다. 예정된 사고가 수차례 보내온 불행의 신호를 달희가 애써 모른 체했는지도 모른다. 아니, 우리 모두가 모르고 지나친 건지도 모른다. 일부러 외면한 건지도.

사고 후 아이를 잃은 학부모들은 모임을 만들어 아픔을 연대하고 나섰다. 함께 차를 마시고, 때론 술잔을 기울였다. 전국 고속도로 가운데 사고 위험이 높은 폭 좁은 갓길을 조사하고 청와대에 탄원을 했다. 버스회사에는 버스 제조 시 순정부품만을 쓸 것, 기사를 채용할 땐 사고 이력을 꼼꼼히 체크할 것을 요구했다.

달희는 한동안 학부모들을 만나고 다녔다. 학부모 중 누군가가 인생에서 가장 힘든 때가 남에게 도움을 줄 수 있는 적기라고 말했다. 달희는 그 말에 고개를 끄덕이곤 달동네로 요양

원으로 미용봉사를 다녔다. 하지만 집으로 돌아오면 어김없이 가슴을 쳤다. 버스를 타면 비상용 망치의 위치를 찾다 내려야 할 정류장을 수시로 지나쳤고, 갓길에서 콘크리트 방호벽을 마주칠 때마다 뛰어내려 뼈가 으스러져라 온몸을 날려버리고 싶었다.

장대비가 쏟아지던 날, 버스 막차에서 자신도 모르게 비상용 망치를 훔쳐 갖고 내린 달희는 망치를 손에 든 채 비를 맞으며 그대로 집까지 걸어갔다. 그 망치로 달희는 식탁 테이블을 쾅쾅쾅 내리치며 이혼 판결을 내렸다. 그리고 달희와 소우는 이혼했다. 그렇다. 소우는 달희의 전남편이다. 이혼은 달희의 의지였다. 달희는 소우와 함께 살면서 이 불행을 이겨나갈 자신이 없었다. 이 거대하고 무서운 거짓말을 잊을 자신이.

대신 달희는 다른 불행을 찾아 나섰다. 죽을 때까지 불행하게 살아야겠다고, 아무리 불행해도 죽지는 않을 거라고, 목숨을 끊는 건 너무 쉽다고 달희는 생각했다. 불행만이 삶의 이유가 될 거라고.

달희는 곧바로 재혼전문 결혼정보회사에 등록을 했다. 거기서 달희는 오재를 만났다. 나이도 많고 비대하고 첫눈에도 속물로 보였던 오재의 외적인 조건은 달희의 마음에 들었다. 오재라면 달희를 충분히 불행하게 해줄 수 있을 것 같았다. 달희는 두말 않고 오재의 청혼에 응했다. 달희는 다른 아이는 원하지 않았다. 어떤 아이도 원하지 않았다. 그래서 오재와의 결혼

서약서에 아이를 낳지 않겠다는 조항을 넣었다. 다행히 오재도 아이를 원하지 않았다.

이혼하고 나서도 소우를 계속 만나온 건 의도적으로 불행해지려는 달희의 계산된 행동이었다. 달희는 새로운 불행도 모자라 옛 불행을 계속 찾아간 것이다. 달희는 소우의 오피스텔 빈방에서 아이를 생각하며 잠을 잤다. 달희는 혹시나 꿈에서 희아를 만날 수 있지 않을까 생각했다. 잠이 들 때마다 아이가 꿈에 나타날 것 같았다. 하지만 달희는 단 한 번도 희아를 꿈에서 만나지 못했다.

이혼 후 소우는 더이상 달희를 만나는 걸 원치 않았지만 달희는 소우를 불러내 수시로 최면을 걸었다. 우린 불행해져야 해. 만나서 고통스럽게 서로의 불행을 확인해야 해. 죽을 때까지 행복해질 자격이 없다고.

약한 사람은 누구나 희생자를 필요로 한다. 달희 역시 약한 사람이었다. 달희는 불행해지기 위해 오재를 희생자로 삼았다. 오재 역시 달희가 그의 인생길을 군말 없이 따라올 희생자라 생각했지만 그건 달희에게 중요하지 않았다. 달희는 부르주아를 혐오했다. 달희는 불행해지기 위해 자신이 가장 혐오하는 부류의 사람과 가장 싫어하는 방식으로 살기로 했다. 즉, 부르주아처럼 말이다. 하지만 달희는 오재와도 불행해지지 않았다. 달희가 원한 건 한 줌의 잡티도 없는 완전무결한 불행이었지만, 지리멸렬하고 나태한 일상 속에서 달희는 무감각해져만 갔을 뿐이다.

나태한 삶은 불행한 삶이 아니라 무감각한 삶이다. 타인과 더불어 불행해진다는 건, 타인을 통해 불행해질 수 있다는 건 달희의 배부른 생각이었다. 도대체 아이를 잃은 엄마가 누구와 함께 무얼 할 수 있다고, 그게 가능할 거라고 생각했던 말인가.

희생자에 대한 뒤늦은 죄책감으로 달희는 자신을 책망한다. 달희는 재떨이에 담배를 비벼 끄곤 샤워기를 튼다. 얼마 전부터 달희는 재떨이를 사용한다. 이제 굳이 숨어서 담배를 피우지 않기로 했다. 그리고 달희는 아무리 사소한 일이라도 자신의 인생에서 뭔갈 결심하는 것이 얼마나 우스운가 생각한다.

달희는 샤워기를 틀어놓은 채 서랍을 향해 걸어간다. 달희는 장식장을 연다. 그러곤 장식장 수건 밑에 깊숙이 감춰둔 면도칼을 꺼낸다. 날마다 이 면도날을 들여다보았다. 보고 보고 또 보았다. 그럴 때마다 반짝이는 면도날은 달희와 눈을 맞추며 달희를 유혹했다. 이제 제발 널 긋게 해줘. 달희는 눈을 감는다. 아주 오래전에 했어야 했던 일을 지금부터 할 것이다.

욕조의 물이 흘러넘친다. 달희는 면도칼을 들고 욕조로 다가간다. 순간 달희는 발을 헛딛고 바닥에 흘러넘친 물에 주룩 미끄러져 넘어진다. 쫘당, 욕조 앞에서 그대로 넘어진 달희는 까무룩 정신을 잃는다.

나는 널 가졌었다. 너로 인해 모든 걸 가졌었다. 그리고 널 잃었다. 너로 인해 모든 걸 잃었다. 널 잃은 이후는 아무렇게나 살아도 좋았다. 아가야, 얼마나 힘들었니. 얼마나 외로웠니. 얼마나, 얼마나 고통스러웠니.

아득해져가는 의식 속에서 달희는 신정을 떠올린다. 신정의 얼굴과 마른 몸, 젖가슴, 그리고 입술…… 넌 부드러웠지. 모든 게 부드러웠어. 부드러움을 감추기 위해 모자를 그렇게 눌러썼던 거니. 말투는 그렇게 까칠했던 거니. 너랑 끝낸 건 아무래도 잘한 일이야. 너로 인해 행복해질까봐 두려웠거든.

시인은 노래했지. 내겐 꽃 시절이 없었다고. 나의 꽃 시절은 지나갔어. 아가야, 너와 함께한 시간들. 네가 세상에 나와 뛰어 놀았던 7년. 그때가 나의 꽃 시절이었는데.

욕조의 물이 계속 흘러넘친다. 똑똑똑 노크 소리가 들린다. 욕실 문이 부서져라 두들기는 소리는 곧 문을 부수는 소리로 이어진다. 하지만 달희는 아무 소리도 듣지 못한다.

욕실 바닥에서 면도칼을 발견한 오재는 달희의 손목부터 살핀다. 손목을 그은 흔적 대신 재떨이만 찾아낸 오재는 앰뷸런스를 불러 달희를 싣고서 병원을 향한다. 혼자서 코냑을 넉 잔이나 들이켠 오재로선 운전은 불가능했기 때문이다. 오재는 앰뷸런스의 침대에 누운 달희의 얼굴을 보며 욕실에서 그냥 죽여버릴걸 하고 후회한다. 욕실에 재떨이를 놔두고 담배를 피울 정도로 골초시다? 목숨을 끊을 정도로 나랑 살기 싫으시다? 그 정도로 전남편을 못 잊겠다?

오재는 아내를 용서하지 않으리라 결심한다. 소우를 찾아가 죽여버릴까도 생각한다. 지금 오재의 심정은 말기암 선고를 받은 사내가 죽기 직전 아내에게 바람을 피운 사실을 고백했을 때, 용서하지 않겠다고 결심하는 아내의 심정과도 같다.

응급실에 도착하자 당직 의사는 오재에게 달희가 무슨 약을 먹었냐고 묻는다. 오재는 잘 모르겠다고, 팔목을 그은 건 아니라고 대답하며 잠시 수치심에 젖는다. 응급실의 당직 의사가 달희의 상태를 체크하고 나서 영양실조란 최종 진단을 내린다. 오재는 픽 웃음이 나온다. 영양실조라니. 저 지경이 될 정도로 자기 몸을 돌보지 않았단 말인가. 도대체 어디에 마음을 앗기고 다녔길래. 도대체 나는 아내에 대해 무얼 알고 있는가. 제대로 아는 게 없다는 것? 오재는 달희에 대한 분노가 다시금 솟아오른다.

달희를 입원실로 옮기고 오재는 장모에게 전화를 한다. 민자는 한달음에 달려온다. 딸 걱정도 걱정이지만 사위의 호출이란 점이 민자의 행동을 더욱 빠르게 만든 것이다.

"아이고 이게 웬 난린가, 이서방."

오재는 민자를 병원 구내 커피숍으로 데리고 간다. 사위의 표정에서 이미 심상치 않은 기색을 느낀 민자는 최대한 부드럽고 인자한 표정을 짓는다. 고작 네 살 아래인 남자 앞에서 인자한 표정이나 짓고 있어야 하다니. 민자는 달희가 아니었다면 오재와 재혼정보회사에서 만날 수도 있었다. 오재가 연상의 여자 취향이었다면 말이다. 하지만 오재는 자신의 타입은 아니라고 생각한다.

민자는 생과일주스를 시키고 싶었지만 커피를 주문한다. 전에 사귀던 홀아비 앞에서 빨대로 생과일주스를 들이켜다 과립이 빨대에 걸려 곤란했던 경험을 이미 했기 때문이다. 민자는 커피숍에서 주문하는 것까지도 사위의 눈치를 보고 있는 자신을 잔뜩 비웃고 싶어진다. 딸이 병실에 누워 있는 마당에 생과일주스 타령이라니.

오재는 민자가 잔을 들어 커피를 한 모금 마시기도 전에 질문을 한다.

"집사람이 아직도 전남편을 만납니까?"

"무, 무슨 소리야. 끝난 지가 언젠데."

괜히 말을 더듬었다고, 말을 더듬은 건 실수라고 민자는 생각한다. 공연히 사위 앞에서 딸을 감싸주는 느낌을 준 건 아닌지 걱정이 된다.

민자는 사위의 얼굴에 대고 쐐기를 박는다.

"내 그놈 만나서 확인까지 했다고. 확실히 끝났어."

변명을 하면서도 민자는 자신이 없다. 요즘 딸이 도대체 어디에 정신을 팔고 다니는지 모르겠다. 손녀가 죽고 나서 달희가 소우랑 이혼한다고 했을 때, 중늙은이 같은 오재랑 재혼하겠다고 했을 때, 민자는 달희가 오죽하면, 오죽 자기 속을 긁고 싶으면 저럴까 생각했다. 그러나 오재가 자수성가한 사업가라해서 민자는 달희의 결혼을 허락했다. 돈이 많으면 어떤 슬픔이든 옅어질 거란 확신이 있었으니까. 하지만 그때나 지금이나 민자는 결혼을 허락한 것이 딸을 위한 게 아니라 자신을 위한 거란 걸 스스로 알아채지 못한다. 이렇게 자기 인생에 대해서나, 자기 자신에 대해서 주제 파악을 못 하는 사람들은 어디에나 있는 것이다.

민자는 손녀를 잃은 슬픔을 달래기 위해 밖으로 싸돌아다녔다. 그럴수록 속은 텅 비어갔다. 하지만 간간이 끼어드는 연애사업으로 완전한 절망에 빠지는 일에는 실패했다. 사위의 돈을 쓰는 재미 역시 쏠쏠했다. 어떤 사람은 자신이 순수 절망, 즉 절망의 최대치에 빠져 있다고 생각하는 순간에도 잡념이나 불순물들이 끼어들어 그가 절망에 빠지는 걸 방해한다.

"장모님, 저한테 빚지신 겁니다. 잘 봐달라고 그렇게 부탁을 드렸는데."

저 말은 보살핌이 아니라 감시란 뜻이겠지. 하지만 민자는 그간 달희에 대한 보살핌도 감시도 게을리했단 점에서 사위에게 고개를 들지 못한다. 오재는 어떤 일이 있어도 달희와 이혼하지 않겠다는 의지를 민자에게 피력하곤 자리에서 일어선다. 병실로 올라가 달희를 봐달란 오재의 주문에 민자는 잠시만 혼자 있다 가겠다는 말을 한다.

먼저 일어서서 나온 오재는 자신이 장모에게 무슨 실수를 한 게 있는지 곰곰 생각하다가 포기한다. 아직 아내를 포기할 맘이 없는 오재로선 장모도 자신에게 필요악인 존재란 생각이 들었기 때문이다.

여자들이란 젊으나 늙으나 까다로운 존재들이군. 여자들을 무시함으로써 여자들 위에 군림하고자 했으나 변변한 대접을 못 받아온 오재, 그럼에도 평생 여자를 한시도 벗어나지 못했던 오재는 흡연구역을 찾으려고 병원을 뱅뱅 돌다가 이것마저 포기하곤 병원 밖으로 나간다. 아무리 사소한 일이라도 포기란 자신의 적성에 맞지 않는다고 생각하며 오재는 병원 정문 앞에서 담배를 빼어 문다.

커피숍에 남은 민자는 달진에게 전화해서 달희의 입원 사실을 알리며 당분간 오재에게 새로운 사업 이야기를 꺼내지 않는 게 좋겠단 충고를 한다. 달진이 분위기 파악을 못 하고 오재를 찾아오면 큰일이다. 지금 상황에서 오재에게 사업 이야기를 꺼냈다간 불난 집에 기름을 붓는 격이 될 것이다.

달진은 요즘 가격면에서 경쟁력이 약해 매출이 떨어지고 있는 유기농 수제 쿠키 사업에서 다른 사업으로 눈을 돌리는 중이다. 유기농 수제 쿠키의 원재룟값을 낮추고 가격을 떨어뜨리란 주변의 충고가 있었지만 그건 애초의 의도와는 다른 것이다. 쿠키의 질도 가격도 낮출 수 없다. 달진은 타협하기보다는 포기하는 쪽이다. 언제나 시작은 창대하고 끝은 미미한 달진이라고 민자는 생각한다. 중간은 없으니 어중간한 것도 아니라고 민자는 혼자 웃음 짓는다.

그러나 달진과 통화하면서 이미 기름은 부어졌단 걸 민자는 알게 된다. 달진은 전화기에 대고 달희의 이혼은 안 될 말이라며 펄펄 뛴다. 가끔 달진은 자식을 잃어버린 달희의 슬픔에 대해서 생각했지만, 인간이란 원래 타인의 슬픔엔 무감각한 존재란 생각도 동시에 했다. 그리고 평소 자신의 모토대로 인간이란 무기를 활용하는 동물이며, 그중 암컷은 그 자체로 잘만 활용하면 최고의 무기가 될 수 있다고 생각했다. 자신이 여자로 태어났다면 지금보단 훨씬 나은 사업 수완을 발휘할 수 있었을 거란 믿음에 가끔은 억울한 생각도 들었다. 사업가인 오재 입장에선 아무것도 안 하는 장모나 계속 새로운 뭔가를 시도하는 달진이나 생산성 없기로는 매한가지지만 말이다.

달진은 전화를 끊자마자 과일바구니를 들고 병원으로 달려온다. 목적은 오재를 잠깐이나마 일별하는 것이지만 오재는 이미 병원을 나선 상황이다. 입원실에서 링거를 맞으며 누워있는 달희를 보자 달진은 뜬금없게도 죄책감부터 밀려온다. 달희의 얼굴이 너무나 불행해 보였기 때문이다. 아니나다를까, 엄마가 달진의 마음에 장단이라도 맞추듯 달희의 머리맡에서 연신 눈가를 훔치고 있다. 달진이 투덜댄다.

"대저택 안주인이 영양실조가 뭐야."

민자가 달진에게 쉿, 하며 조용히 하라는 신호를 보내자 달진이 입을 다문다. 그러나 정작 달희를 깨운 건 민자의 쉿, 소리다. 달희는 머리맡에 엄마와 오빠가 근심에 찬 표정으로 나란히 앉아 있는 걸 본다. 둘의 표정을 보자 달희의 웃음이 터진다.

"호호호호."

민자가 휴지에 코를 팽 풀며 달희를 타박한다.

"얘가 왜 이래. 먹을 걸 잘못 먹었나. 못 먹을 걸 먹었나."

달진이 궁시렁댄다.

"영양실조라는데 먹긴 뭘 먹어."

달희는 계속 웃는다.

"죽으려 했는데 미끄러지다니. 너무 웃기지 않아? 미끄러지는 바람에 못 죽다니. 호호호. 세상에 이런 바보 봤어? 호호호호."

민자는 실성한 듯 웃는 달희를 보며 다시 눈가를 훔친다. 민자와 달진은 오랜만에 손발이 맞는 한패가 되어 진심으로 가슴이 뭉클해진다. 두 사람은 피는 역시 물보다 진하다는 속담을 달희를 통해 두 눈으로 똑똑히 확인한다.

민자와 달진은 이제부터 달희에 대한 감시를 게을리하지 말자는 다부진 결의로 뭉친다. 아니 이제부턴 남은 인생을 달희를 위해 살아도 좋을 것 같다. 지금껏 달희를 위해 살아본 적도 없지 않은가. 그동안 달희를 너무 방치했다. 혼자 외롭게. 그래서 모자는 달희를 혼자 놔두는 법 없이 교대로 병실을 지킨다.

하루가 지나 퇴원을 하고 집으로 돌아온 달희는 도우미가 정성스레 끓여놓은 전복죽을 먹는다. 물론 엄마의 감시를 밑반찬으로 곁들여서 말이다. 달희는 몇 수저 뜨지도 못하고 죽을 게워낸다. 언제 마지막 식사를 했는지 기억이 나지 않는다. 달희는 엄마에게 다음 끼니 때 다시 시도하겠다는 약속을 하고 나서 2층으로 올라가 침대에 눕는다. 그리고 길고 깊은 잠에 빠져든다.

까치 우는 소리. 개 짖는 소리. 싸리나무가 바람에 흔들리는 소리. 정원 대나무숲이 바람에 흔들리는 소리…… 달희는 이 모든 소리를 듣지 못한 채 잠만 잔다.

이튿날, 달희는 꿈 없는 긴 잠에서 깨어난다. 그리고 커다랗게 기지개를 켜며 침대를 박차고 일어선다. 달희는 서둘러서 여행 가방에 짐을 싼다. 꿈 없는 긴 잠을 잤다. 이제부터 잠 없는 꿈속으로 걸어가야겠다. 이 꿈을 행복이라고 바꿔 불러도 될지 모르겠다.

신정은 아침에 일어나자마자 머리를 감고 무작정 헤이리로 향하는 버스를 탄다. 신정을 태운 버스가 헤이리를 향해 달려오는 동안 달희는 서울로 가는 버스 정류장을 향한다. 이 길로 신정을 만나러 갈 것이다. 그리움도 수확을 하듯 거두어들일 때가 있고 지금이 바로 그때인 것이다.

그동안 달희와 신정은 매일 서로를 조금씩 생각했다. 같은 날 같은 시간에 늘 서로를 생각한 건 아니다. 중학생이 날마다 영어단어를 한 자 한 자 외우듯, 매일 저녁마다 노부부가 거르지 않고 꼬박꼬박 산책길에 나서듯, 농부가 한 알 한 알 씨를 뿌리듯, 둘은 날마다 서로를 기억하는 일을 잊지 않고 차곡차곡 그리움을 쌓아나갔다.

달희의 주머니에서 열쇠들이 부딪는 소리가 난다. 순간 달희는 집에서 갖고 나왔어야 할 것과 두고 나왔어야 할 것을 전부 잊고 왔다는 생각을 한다. 달희는 도로 발걸음을 옮긴다. 다시 나올 땐 감시자를 따돌릴 것까지 감안해야 하지만 갖고 올 것과 두고 갈 것을 잊은 채 떠날 순 없다. 아니 잊은 채 새 출발을 할 순 없다. 영화에선 주인공이 적진에 두고 온 물건을 챙기러 갔다가 억울하게 붙들리는 장면도 있지만 이건 현실이니 그런 일은 생기지 않을 것이다.

달희가 집으로 들어서자마자 민자와 도우미, 두 감시자들이 에워싼다.

"자는 줄 알았는데 언제 나갔냐? 응?"

화들짝 놀라 묻는 민자의 질문에 달희는 민자 대신 도우미를 껴안으며 '이모'라고 불러본다. 처음이자 마지막 포옹이다. 그동안 달희는 같은 여자끼리 한집에서 노동을 사고파는 걸 지켜보는 게 괴로웠다.

"그동안 고마웠어요."

민자는 도우미에게 약간의 질투심을 느끼며 달희에게 어디 갔다 왔냐고 묻는다. 달희는 산책, 이라고 짧게 답하며 2층으로 올라간다. 그럼 여행 가방은 뭐냐며 민자는 달희를 뒤따라 들어온다.

달희는 민자를 밀고 문을 잠근 뒤 화장대 위에 오픈카의 키와 Y호텔 피트니스 클럽의 평생회원권을 올려놓는다. 오재와 결혼하고 신용카드는 가져본 적이 없으니 반납할 카드는 이것뿐이다.

이어 달희는 드레스룸의 문을 연다. 달희는 일렬로 서 있는 옷들을 비웃듯 바라본다. 여기 달희의 취향에 맞는 옷은 하나도 없다. 오재와 사는 일은 취향에 맞지 않는 옷을 입는 일과도 같았다. 이제 다시는 입지 않을 것이다.

차르르르, 달희는 옷들을 손으로 흐트러뜨린다. 옷장 속에서 잠시 뭉개진 옷들은 곧 아무 일도 없었다는 듯 일렬로 다시 줄지어 선다. 어쨌든 옷의 주인에게 잘 보여야 하니까. 하지만 옷의 주인은 엄밀히 말하면 달희가 아닌 오재라 해야 할 것이다.

민자는 침실 문을 계속 두들겨대며 할말이 있다고 소리를 지른다. 민자가 하고 싶은 말은 이제 너 좋을 대로 하라는 진심 어린 응원이지만 지금 달희가 급변한 민자의 속마음을 알 리가 없다. 마지막으로 달희는 침대 밑에서 돼지저금통들을 꺼내 하나씩 배낭에 넣는다. 꽃값 좋아하시네. 꽃은 나를 위한 건

데 당신은 나를 위해준 적이 없지. 폭력을 즐겼을 뿐. 폭력에도 대가를 지불하는 자가 있다면 이건 그에 대한 대가다.

벨소리가 울린다. 민자와 달희는 문 하나를 사이에 두고 똑같이 움찔한다. 지금 두 사람이 함께 피하고 싶은 사람은 오재다. 이 시간에 오재가 벨을 누를 일은 없을 텐데. 더구나 이 집 주인이 아닌가.

도우미가 2층으로 올라와 침실 문을 두들긴다.

"손님 왔어. 아는 동생이라는데."

달희가 주춤한다. 도우미에게 전에 신정을 아는 동생이라고 소개한 적이 있기 때문이다. 도우미는 도로 내려가 신정을 2층으로 올려보낸다. 탐탁지는 않은 손님이지만 적어도 달희로 하여금 잠긴 문을 열게 할 순 있을 것이란 생각이 들어서다. 면도칼은 달희가 퇴원하기 전에 일찌감치 치워놓았다.

도우미의 직감대로 잠긴 문이 열린다. 신정은 안으로 들어가고, 민자는 들어가지 못한다. 도우미 역시 들어가지 못하고 문은 다시 잠긴다. 이상한 직감에 사로잡힌 민자는 도우미에게 1층으로 내려가 있으라고 말한다. 잠긴 문 앞에서 민자 혼자서만 귀를 대고 서 있기 위해서다. 도우미는 하는 수 없이 마음만 2층에 남겨두고 1층으로 내려간다.

드디어 모자를 눌러쓴 신정이 달희의 침실로 들어선다. 신정은 옛 애인이 현재 쓰고 있는 침대를 엿보자 질투보다 웃음이 먼저 나온다. 황실에나 어울릴 법한 킹사이즈라니. 신정의 생각을 읽은 달희의 얼굴이 붉어진다. 너와의 첫날, 고시원의 1인용 침대 위에서 두 말라깽이는 죽기 살기로 부딪쳤지. 그것만이 그 위에서 너와 내가 할 수 있는 일의 전부였는데.

신정이 모자를 벗으며 고무줄로 묶은 머리를 푼다. 달희는 어깨까지 찰랑이는 신정의 머리를 바라본다. 짧은 머리가 벌써 저렇게 자랐구나. 그동안 얼마나 헤어져 있었던 거니. 우리.

신정은 달희에게 천천히 다가간다.

"머리 좀 잘라주세요."

"그 말…… 하려고 왔어?"

"미용사가 꿈이라면서요. 꿈에 다가가려면 노력을 해야죠."

달희가 픽 웃으며 두 팔로 신정을 화장대 앞 의자에 앉으라는 제스처를 취한다. 신정이 의자에 앉자 달희가 흰 천과 가위를 가져온다. 달희는 신정의 목에 흰 천을 두르고 나서 분무기의 물을 뿌리며 신정의 머리를 적신다. 달희는 가위를 들고 신정의 머리를 자르기 시작한다. 둘은 동시에 질문한다.

"정말 나랑 끝낼 맘이었어요?"

"정말 나랑 끝낼 맘이었어?"

동시에 둘은 대답한다.

"아니."

"아뇨."

그리고 둘은 거울을 통해 마주보며 함께 웃는다. 신정은 방금 새로운 사실 하나를 깨달았다. 사람들은 함께 웃을 수 있다고. 사랑하는 사람들은 말이다.

신정의 머리가 보기 좋게 잘려나간다. 달희의 커트 솜씨는 수준급이다.

"농담이 아니었네요?"

"뭐가?"

"꿈이 미용사란 말."

그렇다. 달희의 꿈이 미용사란 말은 농담이 아니다. 언젠가 신정이 달희에게 고백한 꿈 이야기도 거짓말이 아닌 것처럼.

달희가 집게손가락과 가운뎃손가락에 신정의 앞머리를 한 줌 집는다. 신정의 머리에서 향긋한 냄새가 난다.

"얼마 전에 아빠한테 사랑하는 사람 생겼다고 고백했는데⋯⋯ 돌아가셨지만."

"얼마 전에 엄마에게 죽어라 저주를 퍼붓고 왔는데⋯⋯ 살아 있어서."

"우리가 시작하는 데 다른 사람의 축복이 필요할까?"

"아니. 폭죽 하나면 충분해요. 핸드폰 벨소리도 좋고요."

와락, 신정이 몸을 돌려 달희에게 키스한다. 흰 천이 바닥으로 떨어진다. 두 사람도 흰 천 위로 쓰러진다. 달희가 신정의 옷을 헤치며 가슴을 파고든다. 누운 신정의 등에 잘려나간 머리카락이 닿는다. 아아, 신정이 신음소리를 낸다. 달희는 입술로 신정의 신음소리를 막는다. 격렬한 침묵의 키스가 끝나자 신정이 침대를 가리키며 킥 웃는다.

"온 집안 식구 다 같이 올라가 레슬링 해도 되겠다."

달희도 맞장구치며 풋 웃는다.

"그러게."

문안의 이해할 수 없는 해프닝에 딸에 대한 응원이고 나발이고 다 때려치우고 싶어진 순간, 문밖의 민자는 2층으로 올라오는 오재를 발견한다. 사색이 된 민자는 그 자리에 얼어붙는다. 민자에겐 딸의 연애보다 사위의 급작스러운 귀가가 더 충격적이다. 민자는 변명거리도 생각할 수 없을 정도로 눈앞이 캄캄해진다.

"이, 이서방! 이 시간에 어쩐 일로⋯⋯."

오재는 필사적으로 문을 막아선 민자를 확 젖힌다. 쿵, 민자가 나가떨어진다. 오래전에 이랬어야 했다. 장모건 아내건 다들 한통속이란 사실을 간과했다.

오재는 열쇠로 침실 문을 따려다 신경질적으로 바닥에 내던진다. 오재는 그대로 돌진하며 문을 향해 육중한 몸을 날린다.

"아악!"

민자가 비명을 내지르는 순간 침실의 문이 활짝 열린다. 온몸이 아니라 발로 찼다고 해도 폭발할 듯한 분노의 힘에 의해 문은 열렸을 것이다.

민자와 오재 그리고 이제 막 2층으로 올라온 도우미는 마침내 각자 꿈에 그리던 침실의 풍경을 목도한다. 민자는 딸의 정체를, 오재는 불륜의 현장을, 도우미는 이제 막 좋아지려는 안주인의 비밀을 드디어 잡아낸 것이다.

정신없이 서로를 애무하던 달희와 신정은 서로에게서 떨어질 생각도 못한 채 자신들을 내려다보고 있는 사람들을 올려다본다.

"사내놈들만 질투하느라 여자는 고려하지 못했군."

오재는 아래층으로 달려내려가 장식장을 열고 안쪽 깊숙이 보관해둔 엽총을 가져온다.

"아이고 이서방, 이게 무슨 짓인가."

민자는 울상이 되어 오재의 다리를 잡고 늘어진다.

"이거 놓으십시오."

오재는 아까완 달리 민자를 정중하게 뿌리친다. 오재의 목표물은 장모가 아니라 아내다. 아내라는 존재는 언제나 사냥감이다. 남편을 무시하는 아내란 존재는 말이다.

오재는 엽총을 장전하곤 달희와 신정에게 다가간다. 순간 개죽음이란 단어가 민자의 머리를 스친다. 민자가 119를 부르기 위해 전화기를 집어들자 오재는 달희의 머리를 엽총의 개머리판으로 내려친다. 신음소리 하나 없이 달희는 기절한다. 부러 쓰러질 필요는 없다. 이미 누워 있었으니까.

오재가 신정에게 옷을 던진다.

"당장 꺼져. 머리통에 총구멍 내기 전에."

신정은 벗어던진 옷가지를 들고 쫓겨난다. 머리를 마저 잘

라야 하지만 지금은 적절한 타이밍이 아닌 것 같으니까.

민자와 도우미 역시 오재에 의해 집밖으로 쫓겨난다. 지금 이들에게 필요한 건 바깥 공기다. 벌렁거리는 가슴을 진정시키기 위해서라도.

민자는 딸의 목숨이 사위에게 달렸다고 생각하자 콧구멍이 벌름거릴 정도로 분하다. 하지만 세상엔 아무리 부부 사이라도 공짜는 없으며 대가는 반드시 당사자끼리 치르는 법이란 생각으로 마음을 추스른다. 그러므로 생은 공평한 것이라는, 자신이 생각하기에도 지혜로운 결론에 도달한다.

여자란 것 외에 별 공통점이 없는 민자, 도우미, 신정 세 사람은 말없이 한 길로 걷다가 정류장에서 각자 흩어진다. 세 갈래 길이란 이럴 때 필요한 것이다. 민자는 신정에게 눈길조차 주지 않는다. 딸의 일회용 연애 상대건 뭐건 간에 제발 저 선머슴 같은 계집애가 딸의 인생에서 썩 꺼져주었음 한다.

드디어 큰 집에 달희와 둘만 남은 오재는 갑자기 조용해진 집에서 뜻밖에도 마음의 안정을 되찾는다. 어울리지 않게 침잠이란 단어를 떠올린 오재는 달희를 침대에 눕히고 가만히 입술을 어루만진다. 순간 오재는 달희의 목에 있는 키스 자국을 발견한다. 저 자국은 내가 낸 것이 아니다. 저렇게 작은 자국은.

순간 달희가 눈을 뜬다. 죽을 정도로 개머리판을 내리친 건 아니다. 오재는 분노로 씩씩대며 달희의 얼굴에 대고 다짐하듯 말한다.

"나랑 헤어지는 건 꿈도 꾸지 마. 넌 그럴 만한 가치가 있으니까. 옆에 두고 괴롭힐 만한 가치."

달희가 고개를 젓는다. 아니, 당신은 그럴 수 없을 거야. 내 결심을 돌이키지 못할 테니까.

"난 참 바보야. 그래도 가끔은 당신에게 뭔갈 기대했었거든. 아주 가끔은."

내게 무슨 기대를 더 했단 말인가? 여자들의 욕심은 한도 끝도 없다. 채워줄수록 빨리 비워버리고 더 많은 걸 채워주길 기대한다. 하지만 오재는 그 뭔가가 듣고 싶어진다.

"뭘 기대했지?"

달희는 피식 웃는다. 기대했지. 택배로 배달되는 꽃바구니보다는 정원에서 따오는 야생화를. 당신의 머리를 잘라주는 일을. 박제된 사슴 머리 대신 내 취향의 그림을 거실에 걸어놓는 일을. 초저녁 함께 산책길에 나서는 일을. 코냑을 건배하는 대신 함께 차 한잔을 마시는 일을. 기대했지. 나, 당신에게 너무 많은 것을.

그동안 오재는 여러 번 이혼했지만 달희에게 몇 번 이혼했는지는 말하지 않았다. 오재의 전처들은 대개 졸부의 아내들이 그렇듯 미인들이었지만 한 군데씩은 흠집이 있었다. 골초라든가, 알코올중독, 쇼핑중독…… 하지만 그것이 이혼 사유는 못 되었다. 그동안의 모든 이혼 사유엔 오재의 외도란 공통 분모가 있었으니까.

오재는 달희가 가장 죄질이 나쁘다고 생각한다. 골초인 것도 모자라 전남편과 만나고 다니며 자살을 꿈꾸는 레즈비언이라니.

순간 오재에게 때늦은 깨달음이 온다. 모든 건 타이밍이다. 지금 아내를 놔주지 않으면 평생 오기로 붙잡고 있을지 모른다. 오재는 딸 같은 여자애랑 사랑에 빠진 아내를 인정할 수 없고, 인정하기도 싫고, 이해할 수도 없고, 무엇보다 불결하게 느껴진다. 어디 여자끼리 할일이 없어서 사랑을 하나. 계모임이라면 모를까.

이 여자와 아이를 갖지 않은 건 잘한 일이다. 사실 오재는 무정자증은 아니다. 정자 수가 적을 뿐이다. 고환이 하나라고 해서 무정자증일 거란 생각은 편견이다. 그동안 이혼하느라 바빠서 오재는 아이를 가질 시간도 없었다.

편견덩어리 오재는 세상의 다른 편견들을 비웃는다. 흑인은 선탠하지 않아도 되고, 선크림을 바르지 않아도 된다는 생각은 편견이다. 어린 여자가 아니라고 해서 까다롭지 않고 프리미엄이 붙지 않을 거란 생각은 지나고 보니 편견이다. 어차피 프리미엄이 붙을 바엔 다음번엔 어린 여자를 구해야겠다. 오재는 전부터 염두에 두었던 얼마의 손실이란 단어를 떠올린다. 달희에게 위자료를 지불할 마음은 없으니 그동안 그리 큰

금전적인 손실을 본 건 아니다. 오재는 달희가 그 정도의 값어치는 했다고 생각한다. 오픈카와 호텔 피트니스회원권을 내줄 정도로는 말이다.

화장실에 들어선 오재는 변기 시트도 올리지 않고 소변을 갈긴다. 나쁜 년. 한때는 내 꽃이라 생각했는데, 내 앞에서 피지도 못하고 스스로 짓밟히다니.

앞으론 슬픈 여자는 상대하지 말아야겠다. 슬픔은 틈새시장을 노려선 안 된다. 슬픔엔 틈새시장이란 게 없으니까. 슬픔이란 자체로 견고하며 단단한 것이니까. 그래서 그 누구도 건드릴 수 없고, 건드려서는 안 되는 것이다. 한줄기 눈물이 오재의 볼을 타고 무심하게 흘러내린다. 아무도 보지 못했으니 울지 않은 거나 다름없다.

달희는 민자 손에 이끌려 병원에서 치료를 받고 집으로 돌아온다. 거실로 들어서자마자 달희는 장식장으로 달려간다. 머리에 붕대를 감은 달희의 모습이 장식장의 유리문에 비친다. 달희는 도자기를 집어들고 장식장으로 달려가 열쇠로 굳게 잠겨 있는 유리문을 깨부순다. 도자기와 함께 장식장의 유리문이 와장창 깨져나간다.

달희가 깨진 유리문 사이로 손을 넣어 안에서 엽총을 꺼내 든다. 그러고는 박제된 사슴의 눈빛을 노려보며 엽총을 장전하고 사슴을 겨눈다. 탕! 달희가 사슴머리를 향해 엽총을 쏜다. 그러나 총알은 빗맞고 벽에 가 박힌다. 달희가 바닥에 엽총을 내던진다. 이제 됐다. 끝났으니까.

아이를 잃은 후로 달희는 늘 도망치기만 했다. 소우로부터, 남편으로부터, 자신에게서, 그리고 생으로부터. 달희는 생의 도피 방법을 농담으로 정했다. 농담이 부르주아의 전유물이란 신정의 지적은 틀렸다. 농담이란 불행한 자의 전유물이라고 달희는 생각한다. 농담은 불행한 자가 불행을 견디다못해 택한, 삶을 연명해나가는 아주 비참하고도 처절한 방식이라고.

달희는 이제 생의 정면을 직시하기로 한다. 앞으론 도망치지 않으려 한다. 아무리 불행해지기로 작정한 사람이라도 누구나 생의 정면을 직시해야 할 때가 있는 것이다.

달희는 신정의 전화번호를 누른다. 지금은 이것만이 중요해. 나의 과거가 어쨌건, 네가 어떤 사람이건, 내가 어떤 불행을 지나왔건, 그걸로 내가 얼마나 버텼건, 이제부터 널 직시하려 한다는 것. 나는 네게로 간다. 구신정, 나의 꽃 시절, 나의 꽃을 향해.

신정은 고시원에서 저녁식사를 하는 도중 달희에게서 전화가 오는 것을 확인한다. 신정은 핸드폰을 끄곤 식판을 들고 자리에서 일어선다. 룸으로 들어선 신정은 외출 채비를 한다. 얼마 전 '양아 손'의 항의로 대리운전을 그만둔 신정은 야간에 편의점 알바를 시작했다. 신정은 고시원의 작은 창을 통해 밖을 바라본다. 창밖은 겨울이다. 고시원을 나선 신정은 얇은 챙 모자를 눌러쓰며 이젠 따뜻한 겨울 모자를 하나 장만해야겠단 생각을 한다. 겨울바람이 휘익, 불어와 신정의 모자를 벗긴다. 지나가는 사람들이 오른쪽과 왼쪽의 길이가 다른 언밸런스한 신정의 머리를 이상하다는 듯 바라본다. 신정은 모자를 벗은 채 당당하게 걷는다. 이것도 스타일이라고. 알아?

날아간 모자는 지하도 입구에 앉아 있는 한 노숙자 앞에 떨어진다. 노숙자는 모자를 잽싸게 집어 머리에 쓰고 나서 사방을 두리번거린다. 그러곤 한 옷가게의 쇼윈도 앞으로 걸어가 자신의 모습을 비춰보며 흡족한 듯 웃는다.

누구나 각자 삶을 견디는 방식이 있지. 그것이 튼튼하지도 않은 이빨로 손톱을 물어뜯거나, 매일 자전거로 비탈진 언덕을 오르거나, 퇴근 후 벽을 마주한 채 안주도 동무도 없이 맥주를 마시거나, 낯선 이와 밤새 인터넷 채팅을 하거나, 동성 애인을 하나씩 갖거나, 실없는 농담에 기대어 살거나, 부러 거짓말만 일삼는다 해도, 그 방식이 나의 상식에 어긋난다고 해서 나무랄 순 없는 거야.

신정이 핸드폰을 켜자마자 벨이 울린다. 다시 달희다. 신정은 전화를 받지 않고 그냥 울리게 놔둔다. 받지 않아도 괜찮아. 살아 있으니. 신정은 씨익 웃으며 알바를 하는 편의점으로 들어선다.

달희는 핸드폰을 끄고 나서 잠시 여행 가방을 내려놓고 그 위에 앉는다. 버스 정류장에 서 있는 달희는 지금 신정에게 가기 위해 버스를 기다리는 중이다. 그런데 신정이 계속 전화를 받지 않는다. 달희는 소우 번호가 저장되어 있는 핸드폰의 단축키 1번을 누른다. 소우는 아주 오랫동안 단축키 1번의 주인공이었다. 이젠 지울 것이다. 아니 이제는 지워야 한다. 이 통화가 끝나고 나면.

달희가 따뜻하게 묻는다.

"잘 지내?"

"맨날 똑같지 뭐. 먹고 자고 노래 만들고. 넌?"

"으음…… 말벌에 쏘이고 개머리판으로 얻어맞고. 재밌지 뭐."

말벌이 달희의 애인을 지칭하는 것임을 소우는 알고 있다. 하지만 소우는 묻지 않는다. 누구에게 맞았는가도.

"어디야?"

"정류장."

"택시?"

"……버스."

아이의 사고 이후 넌 버스를 타지 않았지. 달희야, 네게 어떤 변화가 있었던 거니?

"어디 가?"

"떠나려고."

버스가 달희 앞에 섰다가 지나간다. 다음 버스는 20분 후에나 올 것이다. 하지만 괜찮다. 약속 시간을 정해놓은 건 아니니까.

"지금 뭐 해?"

"이삿짐 싸."

혼자 남겨지는 것에 익숙한 소우는 이제 혼자 떠나는 것에 익숙해지려 한다. 떠나더라도 다른 애인을 갖진 않으려 한다. 이제껏 그래왔듯 말이다.

달희는 소우에게 어디로 가는지 묻지 않는다. 대신 진심으로 말한다.

"미안해."

"뭐가?"

"모든 게."

전화기 너머 소우가 침묵한다. 달희도 침묵한다. 그래도 울먹이진 않기로 둘은 전화기를 사이에 두고 무언의 약속을 한다. 아이처럼 울먹이기에 그동안 둘은 너무 많은 일을 겪어왔다. 적어도 둘의 관계에서 눈물 정도는 졸업한 것이다.

달희가 먼저 침묵을 깬다.

"그럼 잘 지내. 이사 잘하고."

"너도 잘 지내. 잘 가고."

소우의 마지막 목소리는 너무나 따뜻하다. 달희는 이대로 여행 가방을 들고 소우에게 가버릴까 생각한다. 소우의 이삿

짐에 묻혀 함께 떠날까 하는 생각을.

"그래."

달희가 전화를 끊으려 하자 소우가 말을 던진다.

"달희야."

"응?"

"내가 왜 노래 만드는지 알아?"

"왜?"

"너랑 진짜로 헤어지면 부르려고."

"……."

"맘 변하면 언제든 자러 와. 꿈에서 우리 아기 만나고 싶어지면."

달희는 고개를 끄덕이며 전화를 끊는다. 소우가 보진 못해도 크게 끄덕인다. 이렇게라도, 이런 식으로라도 진심을 전달하고 싶다. 소우야, 미안해. 정말. 진심으로. 우리의 아이를 묻은 날, 넌 내 눈물을 돌보느라 울지 않았지. 돌아오는 길에 네 옷소매로 내 눈물을 닦아주었어. 난 네 옷소매에 코까지 풀었는데. 그러고도 난 너와 헤어지느라 그 옷을 빨아주지 못했어. 잘 가. 내 첫사랑.

24시간 편의점의 출입문이 열리면서 술냄새도 함께 밀려들어온다. 대학생으로 보이는 한 청년이 술냄새를 풍기며 들어오고 있다. 청년은 계산대에 서서 라일락 담배를 주문하며 돈을 올려놓는다. 신정은 라일락 담배와 함께 거스름돈을 내민다. 청년은 신정의 언밸런스한 헤어스타일이 흥미롭다는 듯 이리저리 바라본다.

신정이 청년에게 묻는다.

"라일락 꽃말 알아요?"

"모르는데요."

신정이 청년을 향해 씨익 웃으며 말해준다.

"첫사랑의 감동."

청년은 오늘 처음으로 신정에게 관심이 간다. 오늘 신정을 처음 본 건 아니다. 모자를 벗은 신정의 모습이 처음일 뿐이다. 신정이 이런 과감한 헤어스타일의 소유자일 줄은 몰랐다. 호기심에 찬 표정으로 청년이 묻는다.

"학생이세요?"

신정은 더이상의 대화는 사양한다는 듯 고개를 숙이고 인사를 한다.

"안녕히 가세요."

청년은 아쉬운 표정을 지으며 거스름돈을 받는다. 그러곤 수고하세요, 란 말을 던지고 편의점을 나선다. 뭐, 오늘만 날은 아니니까. 게다가 두번째 질문을 던지거나 집요하게 대시할 정도로 신정에게 관심이 가는 것도 아니니까.

달희는 여행 가방을 들고서 신촌의 고시원으로 들어선다.

안내대 앞에 도착한 달희는 고시원 내부를 두리번거린다. 당분간 여기서 지내야 할지 모르겠다. 총무가 달희와 여행 가방을 번갈아 본다. 아무래도 여기 머물 사람 같진 않다. 짧게건 길게건 말이다.

"어떻게 오셨죠?"

"구신정씨를 찾아왔는데, 있나요?"

"지금 없는데요."

아아 다행이다. 지금 없다는 말은 잠시 후 혹은 나중엔 있을 거란 뜻이겠지. 다시 올 생각으로 달희는 돌아선다. 달희의 등에 대고 총무가 묻는다.

"누구라고 전할까요?"

"다시 올게요."

달희는 고개를 저으며 출입문을 향한다. 몇 걸음도 안 가 달희는 도로 돌아선다.

"양달희라고 전해주시겠어요?"

"알겠습니다."

총무는 사라지는 달희의 뒷모습을 보며 나지막이 양, 다, 리, 라고 발음하곤 풋 웃는다. 총무는 달희가 신정의 고향 친언니라고 생각하다 성이 다르다는 걸 깨닫고 자매는 아닐 거란 결론을 내린다. 게다가 닮지도 않았잖아. 아님 옛 직장 상사? 총무는 다시 달희가 신정의 옛 직장 상사도 아닐 거란 결론을 내린다. 둘은 같은 직장에서 근무하기에 외향적으로 너무 달라

보이니까. 한 사람은 사무직, 한 사람은 노동직이 어울린다. 물론 전자는 달희, 후자는 신정을 뜻한다. 총무는 그 밖의 다른 생각은 별로 떠오르지 않아서 신정과 달희와의 관계를 유추하는 것을 그만둔다. 총무는 요즘 읽는 추리소설이 달희와 신정의 관계를 추리해내는 덴 아무 도움도 되지 않는다고 생각하며 계단을 내려가는 달희의 뒷모습을 바라본다. 뒷모습에도 표정이 있다면 저 표정은 슬픔이다, 라고 총무는 생각한다. 이제부터 로맨스 소설을 읽어야겠어, 라고.

　고시원을 나선 달희는 예정했던 대로 신정과 갔던 포장마차를 찾는다. 포장마차는 여전히 성업중이다. 잔치국수의 국물을 우려내는 냄새가 달희에게 향수를 불러일으킨다. 저기저 자리였는데. 신정과 국수를 먹었던 자리엔 다른 손님이 앉아 곰장어에 소주를 마시고 있다. 달희는 곰장어 손님의 옆자리에 앉아 잔치국수를 주문한다. 아줌마는 전에 비해 적은 양의 국수를 내놓았지만 달희는 그마저도 절반이나 남겨놓고 일어선다. 국수는 달희의 향수를 달래주지 못한다. 그때 그 맛이 아닌 것이다. 신정과 함께 왔을 때의 그 맛이.
　달희는 이제 이대 후문 부근 카페로 가야겠다고 생각한다. 카페에도 없다면 그길로 춘천의 닭갈빗집까지 갈지도 모른다.
　계산을 하고 달희는 서둘러 포장마차를 나선다. 아줌마는 달희를 기억하지 못한다. 신정과 함께 왔다면 곧바로 기억했을 것이다. 누군가와 함께 있을 때만 눈에 띄는 사람이 있다. 사랑하는 사람과 함께 있을 때에 비로소 빛나는 사람이 있다. 달희는 바로 그런 사람이다.

카페 앞에 도착한 달희는 갑자기 문을 열 자신이 없어진다. 여기에도 신정이 없다면…… 그러나 여기까지 왔다가 그냥 갈 순 없다. 그것은 신정이 원하는 바가 아닐 것이다. 달희는 두 눈을 감고 힘차게 출입문을 민다. 문은, 열리지 않는다. 눈을 뜬 달희는 이번엔 세차게 문을 잡아당긴다. 그래도 문은 열리지 않는다. 달희는 그제야 문에 걸린 '오늘은 쉽니다'라는 작은 안내판을 발견한다.

달희는 허망한 듯 픽 웃는다. 이제 춘천으로 가야겠어. 서두르면 막차는 탈 수 있을 것이다. 그전에 여행 가방의 짐을 더 줄여야겠다. 가는 길에 지하철 사물함에 필요 없는 짐은 넣어 두고 가는 게 낫겠다. 어쩜 전부 필요 없는 짐들인지 모른다.

여행 가방을 끌면서 달희는 신촌의 도로 한복판을 걷는다. 달희는 백화점을 지나 좁은 도로로 들어선다. 달희는 인파에 계속 부딪치며 걷는다. 순간 핸드폰에서 카톡 수신음이 울린다. 달희는 잠시 멈추어 서서 핸드폰의 카톡 수신음을 확인한다.

와와 분식으로 와요. 떡볶이 사줄게요.

달희의 얼굴이 보름달처럼 환해진다. 달희는 여행 가방을 끌고 택시 정류장을 향해 죽어라 달린다. 달희가 도착하기 전에 신정의 마음이 변하기라도 할까봐 미친 듯 택시를 잡아 타고 라페스타 거리를 향한다.

택시에서 내려 헉헉대며 분식집 앞에 도착한 달희의 시선에 낯익은 등과 낯익은 군청색 모자가 들어온다. 달희는 여행 가방을 가게 밖에 세워놓고서 안으로 달려들어간다.

신정이 모자를 눌러쓴 채 떡볶이를 물에 씻어 먹고 있다. 신정은 떡볶이를 물에 씻는 일에 꽤나 공을 들인다.

"그렇게 물에 씻어 먹을 거면 왜 떡볶이를 사먹는지 이해를 못 하겠다."

달희는 털썩 신정의 앞자리에 앉는다.

"매운 거 좋아한다면서?"

"싫어해요."

"떡볶이 싫어하잖아."

"변했거든요."

달희는 신정의 태연한 표정을 바라본다. 그래. 인간은 변한다. 너는 변했다. 나 역시 변한 것이다.

"그 모자, 혼자 찾으러 간 거야? 같이 가기로 해놓고."

"아뇨. 똑같은 거 샀어요."

"너야말로 내가 만난 사람 중에 가장 심한 거짓말쟁이야."

순간 가게 앞을 지나가던 노숙자가 달희의 여행 가방을 발견한다. 노숙자는 주변을 휙 살피고는 서둘러 가방을 끌고 사라진다. 노숙자는 얼마 전 바람에 날아간 신정의 모자를 쓰고 있다. 달희는 자신의 여행 가방이 사라지는 것도 모른 채 신정만을 바라본다.

"걱정했어. 전화 안 받아서."

"우린 차이가 너무 많아요. 나이, 학벌, 재산…… 게다가 언닌 결혼했고 레즈비언도 아니잖아요."

"결혼은 깨졌고, 재산도 없어. 두 가지 줄었지? 난 취향 같은 건 없어. 술도 아무거나 막 마신다고. 그러니 이제 와서 굳이 성적 취향을 가질 이유가 있을까? 난 네가 남자건 여자건 아무 상관없어. 우리가 여자란 건 아무 문제가 되지 않는단 뜻이야. 어때? 한 가지 더 줄었지?"

신정은 수저통에서 포크를 꺼내 달희 앞에 놓는다. 달희는 포크를 집는 대신 신정의 눈을 똑바로 바라본다.

"난 나이만큼 어른스럽지도 못하고, 대학도 꼴찌로 졸업했으니까 학벌은 따지나마나야. 안 다닌 거나 다름없다니까."

신정이 풋, 웃는다. 달희는 그런 신정의 얼굴에 대고 쐐기를 박는다.

"그러니까 우린 아무 차이 없다고. 알아? 차이란 마트의 물건값에나 있는 거지."

신정이 드디어 푸하, 하고 웃는다. 달희도 신정을 보며 활짝 웃는다. 오랜만이다. 이렇게 마주보고 웃는 건.

신정이 아줌마에게 손을 들어 떡볶이 1인분을 새로 시킨다. 김이 모락모락 나는 떡볶이가 달희 앞에 놓인다.

"다 드세요. 추가 주문은 없어요."

"짠순이, 변한 게 하나도 없네. 변했다더니."

달희가 포크로 떡볶이를 콕, 찍으며 입에 쏙 넣는다. 여전히 맵고 뜨겁고 맛있다.

의욕과는 달리 떡볶이를 남긴 채 달희는 신정의 손을 잡고 나란히 떡볶이집을 나선다. 문 앞에 서자 달희는 당황한 듯 사방을 두리번거린다.

"이걸 어째……."

"왜요?"

"여행 가방이 없어졌어. 여기 놔뒀는데."

신정이 화들짝 놀라 소릴 지른다.

"뭐라구요? 귀중품 없어요?"

달희는 고개를 저으며 입고 있던 코트를 열어 보인다. 코트 안에 신정이가 남대문시장에서 사준 갈색 카디건을 입고 있다. 누그러진 신정이 달희를 타박한다.

"어떻게 가방을 문 앞에 두고 그냥 들어오냐……."

"신정이가 도망갈까봐 급하게 들어오느라 그랬지."

"떡볶이집 안에서 도망갈 데가 어디 있다고."

"그러게."

"가져간 사람 땡잡았네. 앞으로 뭐 먹고살 건데요?"

"신정이가 먹여 살려야지 뭐."

"으으, 이제 죽었다."

둘은 여전히 손을 잡고서 걸어간다. 순간 하늘에서 눈이 내리기 시작한다. 날리는 눈발을 바라보며 달희는 아이처럼 좋아한다. 신정이 달희를 향해 눈을 흘긴다.

"그렇게 좋아요?"

"응."

"눈 좋아할 나이는 지난 거 아닌가요?"

"거봐, 나 철없대두."

신정은 쓰고 있던 모자를 벗어 달희에게 내민다.

"이거라도 써요."

달희는 모자를 받아 개구쟁이처럼 챙을 뒤로 돌려서 쓴다. 신정이 못마땅한 듯 보곤 챙을 다시 앞으로 돌려준다.

"이럼 눈 다 맞잖아요!"

달희는 신정의 손을 꼬옥 잡곤 행진하듯 힘차게 걷는다. 버스 정류장에 도착한 달희는 신정의 손을 잡고 아무 버스에 오른다. 종점에서 출발하는 버스는 텅 비어 있다. 둘은 맨 뒤로 가 나란히 앉는다.

신정이 묻는다.

"어디 가는 거예요?"

"글쎄? 어디로 갈까?"

"원래 이렇게 대책이 없어요?"

"원래란 말, 원래 없다며."

신정이 풋 웃는다. 달희는 코트 안주머니에서 통장을 꺼내어 신정에게 내민다.

"신정이한테 배운 거야. 돈은 안주머니에 넣어두는 거."

통장을 받아 열어본 신정이 놀란 눈을 한다.

"돼지저금통을 깼어. 안주머니에 넣어둬."

"내가 왜?"

"내 나이랑 바꾸지 않을래? 너는 돈, 나는 시간이 필요하잖아?"

신정, 피식 웃는다.

"안 받으면 버스에서 뛰어내릴 거야."

신정이 달희를 밉지 않게 흘긴다. 순간 달희의 배 속에서 꼬르륵 소리가 난다.

신정이 제안한다.

"우리 거짓말게임 할래요? 거짓말만 하고 진실은 말하지 않는 거예요. 진실을 말하면 지는 거죠. 지는 사람이 밥 사기."

"좋아."

둘은 버스에서 내린다. 어느새 눈이 그쳐 있다. 둘의 시선에 춘천닭갈빗집이란 간판이 들어온다. 둘은 약속이나 한 듯 춘천닭갈빗집으로 들어선다. 물론 여기는 서울이다. 달희와 신정은 닭갈비를 주문하고 나서 거짓말게임을 시작한다.

달희가 먼저 입을 뗀다.

"나, 신정이가 내 차에 부딪힌 날, 지갑 주워서 갖고 있었어. 첫눈에 반했거든. 그래서 그날 밤 신정일 기사로 부른 거야."

"남잔 줄 알고 반했어요? 여잔 줄 알고 반했어요?"

"당근 남자지."

"거짓말. 여잔 줄 알았으면서."

온갖 야채를 곁들인 양념한 닭갈비가 둘 사이에 놓인다. 아줌마가 철판에 불을 붙이고 간다. 신정이 주걱을 들어 철판 위의 닭갈비를 고루 섞는다.

"나, 그 지갑 일부러 떨어뜨린 거예요. 다시 만나고 싶어서. 전화 올 줄 알았거든."

"거짓말. 그럼 첫날 내 차 몰 때 왜 모른 척했어?"

달희가 신정에게서 주걱을 넘겨받아 닭갈비를 뒤적인다.

"난 신정이가 처음 오픈카 핸들을 쥐었을 때부터 키스하고 싶었어."

"거짓말. 그럼 내가 키스할 때까지 왜 참았어요?"

"기회를 준 거지 뭐."

신정이 귀엽게 입을 삐죽인다.

"완전 거짓말이야. 할 맘도 없었으면서."

신정의 차례다. 신정이 고개를 숙이곤 잠시 침묵하다가 천천히 입을 연다.

"딸애가 있어요. 크리스마스이브에 태어났지만 세례명은 마리아예요."

"거짓말. 조카라 그랬잖아."

이제 달희 차례다. 달희가 주걱을 들어 철판 위의 닭갈비를 고루 섞는다.

"난 첫사랑하고 결혼했어. 아이도 낳았어."

"거짓말. 남편이 첫사랑이라고요? 그동안 아일 놔두고 그렇게 빨빨거리고 돌아다녔어요?"

달희의 첫사랑은 신정도 알다시피 소우다. 달희는 첫사랑과 결혼해 아이를 낳았다. 다시 신정의 차례가 된다. 신정이 달희에게 주걱을 받아 철판을 뒤적인다.

"춘천에 있는 미혼모 쉼터에서 수녀님들이 마리아를 돌보고 있어요. 내년에 여덟 살이 돼요. 여덟 살이 되면 꼭 데리러 가겠다고 약속했어요."

달희는 진실을 말하면서 거짓말게임을 한다. 신정은 거짓말게임을 하자고 하면서 진실을 말한다. 둘은 이 순간 진실을 말하는 거짓말쟁이들이다.

닭갈비가 철판 위에서 익어간다. 툭, 신정이 눈물을 흘린다. 그래도 음식을 남기고 나가진 않을 것이다. 좀전에 가게에서 떡볶이를 남기고 나온 걸 생각하면 억울하니까. 이제 신정은 살면서 큰일이건 사소한 일이건 억울한 일은 피해가려 한다.

"작년엔 일곱 살이 되면 데리러 간다고 했어요. 재작년엔 여섯 살이 되면 데리러 간다고……"

달희는 신정의 옆자리에 가 앉는다. 그러곤 옷소매로 신정의 눈물을 닦아준다. 손수건 역시 잃어버린 여행 가방 안에 들어 있기 때문에 신정에게 손수건을 내밀 수가 없다. 신정은 달희의 옷소매에 눈물을 닦는다. 콧물도 묻힌다. 달희는 한 팔로 신정의 눈물을 계속 닦아주면서 나머지 팔로 신정의 등을 따스하게 감싸안는다. 그래. 우린 아직 시작하지 않았다. 우리 관계에서 눈물의 졸업식을 치르려면 앞으로 엄청나게 많은 눈물이 필요할 것이다.

달희가 신정의 등을 다독인다.

"더이상 말하지 않아도 돼. 나도 네게 말하지 않은 게 있는 걸."

에필로그

"씨씨씨를 뿌리고—."

마이크를 잡은 신정이 노래방 모니터기를 들여다보며 노래한다. 언젠가 달희와 신정이 함께 갔던 코인노래방이다.

"꼭꼭 물을 주었죠— 하룻밤 이틀 밤 쉿쉿쉿."

달희가 신정 옆에 가서 선다. 그리고 다음 가사를 노래한다.

"뽀드득 뽀드득 뽀드득— 싹이 났어요."

순간, 달희의 딸 희아가 앞으로 나오더니 달희와 신정 옆에 선다. 그리고 이어서 노래한다.

"싹싹싹이 났어요— 또또 물을 주었죠— 하룻밤 이틀 밤 어어어—."

이번엔 신정의 딸 마리아가 옆에 와 서서는 다음 가사를 노래한다.

"뽀로롱 뽀로롱 뽀로롱— 꽃이 폈어요—."

이제 모두의 합창이다. 달희와 신정과 희아와 마리아가 다 함께 노래한다.

"활짝!"

꽃들의 합창소리에 화들짝 놀란 달희가 잠에서 깨어난다. 아니 꿈에서 깨어난다. 또 낮잠을 잤네. 단잠에 단꿈이다. 달희가 시계를 본다. 이크, 서두르지 않으면 약속 시간에 늦겠어. 달희는 자리를 박차고 일어선다.

백화점에 도착한 달희가 세일 코너를 지나간다. 백화점은 세일 기간임에도 한산하다. 매장 한구석에서 모자, 지갑, 핸드백 등이 세일중이다. 순간, 매장에 놓인 낯익은 군청색 모자 하나가 달희의 눈에 띈다. 멈춰 선 달희가 모자를 집어든다.

"……."

달희가 모자를 내려놓고 발걸음을 옮겨 약속 장소인 유아복 코너로 들어선다. 유아복 코너에는 앙증맞은 아기 옷들과 아기용품들로 즐비하다. 달희의 눈길이 무언가를 찾는 듯 분주해지기 시작한다. 여직원이 달희에게 다가온다.

"뭐 찾으시는 거 있으세요?"

달희가 낮게 중얼거린다.

"모자 하나 양말 두 켤레."

여직원이 달희의 말을 못 알아듣고 다시 묻는다.

"네?"

"누가 그러는데 추위를 이기는 방법이래요."

여직원이 아아, 하며 고개를 끄덕인다. 보면, 달희의 배가 부르다. 임신중이다. 한쪽 구석에서 소우가 달희를 기다리며 아기용품들을 한참 구경하고 있다. 달희가 소우에게 다가가 나란히 선다. 소우가 달희를 보자 어깨에 손을 얹으며 감싸안는다. 여직원이 두 사람에게 다가와 묻는다.

"이달까지 출산 준비물 세트로 사시면 20프로 세일해드려요. 예정일이 언제세요?"

달희와 소우가 동시에 답한다.

"크리스마스이브요."

하늘에서 흰 눈송이가 떨어진다. 초등학교를 향하는 신정의 발걸음이 빨라진다. 딸아이가 수업을 마치기 전엔 도착해야 한다. 깜짝 방문이니까.

지난번 미혼모 쉼터에 딸을 데리러 갔을 때도 깜짝 방문이었다. 만나러 온 게 아니라 데리러 온 거라는 신정의 말에 딸아이는 펄펄 뛰면서 날 듯이 기뻐했다. 그 모습이 마치 조랑말이 뛰는 것처럼 귀여워서 신정은 그 자리에서 작은 결심을 했다. 다음에도 꼭 깜짝 놀라게 해서 그 귀여운 모습을 또 보아야겠다고.

막 수업을 마친 초등학교 아이들이 삼삼오오 짝을 지어 정문을 향해 걸어온다. 다행이다. 제시간에 도착해서. 정문을 나서던 마리아가 신정을 발견하고는 잽싸게 달려온다.

"어? 웬일이야?"

마리아는 분홍색 헬로키티 파카를 입고 있다. 언젠가 달희가 사주었던 파카다. 신정은 이 파카를 조카에게 선물할 거라고 거짓말을 했었다. 달희는 신정의 거짓말을 알고 있었다. 처음에 사진을 봤을 때부터 마리아가 신정의 딸인 줄 알아챘다는 걸 신정은 알까?

신정이 마리아가 입은 파카의 지퍼를 목까지 단단히 여미며 답한다.

"오늘따라 우리 딸 너무 보고 싶어서. 엄마 월급 탔다―, 맛있는 거 사줄게. 뭐 먹고 싶어?"

마리아가 1초의 지체도 없이 곧바로 답한다.

"떡볶이!"

"……."

신정의 콧날이 서서히 시큰해진다. 달희를 떠올리는 듯.

"야아― 눈이다!"

마리아가 흩날리는 눈을 바라보며 갑자기 뛰어간다.

"조심해! 넘어질라!"

마리아가 아랑곳없이 달린다. 신정은 마리아를 따라 달린다. 흰 눈송이가 하나둘 피어나 커다랗고 하얀 눈꽃송이를 이

룬다.

*

신정이 달희에게 거짓말게임을 제안했던 그날, 서울에서 그친 눈은 기다렸다는 듯 이듬해 크리스마스이브에 다시 내리기 시작했다. 그날 거짓말게임을 마치고 닭갈빗집을 나선 달희와 신정은 웃으며 헤어졌다. 달희는 과거의 사랑을 찾아가 현재의 슬픔을 직시하기로 했고, 신정은 과거의 아픔을 찾아와 미래를 꾸려가기로 했다. 그날 두 사람은 서로의 행복을 빌어주며 악수를 했다. 그리고 다신 만나지 않았다. 마치 농담처럼 그리고 거짓말처럼.

*

방이다. 희아가 살았던 방. 그림 형제의 독자였던 희아의 방이다. 그림 형제의 독자가 사라진 방에 새로운 독자 하나가 들어선다. 엄마가 포대기에 쌓인 새로운 독자를 아기 침대에 눕힌다. 글자를 익히려면 한참 멀었지만 엄마가 읽어주면 되고 엄마는 기꺼이 그럴 준비가 되어 있다.

으앙! 새로운 독자가 세상을 향해 힘차게 울음을 터트린다.

비밀스러운 열병이 가져다준 성장, 걸 크러시들에게 경배를

정민아(영화평론가, 성결대 영화영상학과 교수)

1. 영화 같은 이야기

누군가 어떤 작품을 놓고 "이 일은 영화 같아"라고 말한다면, 그건 현실에서 일어나기 힘든 일을 설명할 때 쓰는 표현일 것이다. 인연이 자꾸만 얽히거나, 우연 같은 일들이 반복되거나, 해결이 불가능할 것 같은 일이 술술 풀리거나 할 때 우린 '영화 같은 이야기'라고 말하곤 한다. 생각지도 못한 행운이 찾아올 때도 행복한 영화를 떠올리며 "이건 영화 같아"라고 자신 있게 말할 것이다. 그러나 현실에는 불행한 영화도 많다. 그럴 때 "불행이 영화처럼 닥쳐온다"라고 표현하지는 않는다. 어릴 적 행복한 영화를 많이 봐서 그런 것일까? 우리는 '영화 같은 이야기'를 더욱 환호하며 맞이한다.

'영화를 닮은 삶'과 '삶을 닮은 영화', 둘 중 어느 것이 행복하고 어느 것이 불행하게 들리는가? 전자는 크리스마스 영화와 같은 할리우드식 해피 엔딩을, 후자는 난해하고 어지럽고 해결이란 없는 가난한 예술영화를 떠올리게 하지 않는가.

  소설 『사랑에 관한 농담 혹은 거짓말』은 한 편의 영화 같은 이야기이다. 영화를 닮은 삶의 이야기이다. 운명과도 같은 우연이 반복되고 해결이 불가능할 것 같은 일이 계속해서 일어난다. 그러나 이 소설에서 할리우드식 해피 엔딩 같은 건 기대하지 말기를 바란다. 지나치게 불행하고 지독하게도 슬픈 두 여자가 느끼는 행복 비슷한 감정이 활자 위로 춤을 추며 구체적인 장면과 이미지 안에서 살아 움직인다.

  소설 작품 해설을 하기에 앞서 영화 이야기부터 하게 된 이유가 있다. 또한 소설 작품 해설을 왜 영화평론가가 하고 있는지 독자들은 의아할 것이다. 매일 새로운 영화를 보고, 고전영화를 다시 찾아보는 일을 직업으로 삼고 있는 필자에게 소설 작품 해설 의뢰가 들어왔을 때 한편으론 설레고 한편으론 긴장됐다. 하지만 소설을 읽으며 자연스레 영화를 그리게 되었고, 소설 작품 해설을 영화 리뷰처럼 써보기로 했다. 직업이 어디 가겠는가! 그 결과 글로 묘사한 인물과 사건은 이미지와 컬러로 채워지며 소설은 영화 한 편을 감상한 것처럼 머릿속에 장면들로 채워져나갔다.

  박성경 작가는 소설가가 되기 전 시나리오작가로 글쓰기를 시작했다. 박성경 작가의 시나리오 속 인물들과 소설 속 주인 공들은 좌충우돌하며 현실을 헤쳐나가는 사랑스러운 반항아 들이다. 세상의 부조리와 냉정함을 낄낄거리며 이겨내는 주인 공들에는 해학과 페이소스가 가득 담겨 있다.

박성경 작가의 소설 속 주인공들의 행보를 따라가다보면 웃기면서도 슬프다. 그리고 이내 어지러운 세상에서 힘을 내 며 살아가는 이웃들의 명랑한 연대에 미소 짓게 된다. 그렇다. 그녀의 소설 세계는 영화 같은 이야기로 가득하다. 가난해도 따뜻하고 몽글몽글 웃게 만드는 인물들로 인해 이 부조리한 세상에 좋은 것들도 많다는 희망을 남긴다. 영화 같은 삶들이, 삶을 닮은 이야기 안에 넘실댄다.

소설 『사랑에 관한 농담 혹은 거짓말』의 인물들은 그간 박 성경 월드에서 활약했던 주인공들과는 사뭇 다르다. 보다 진 하고, 더욱 슬프며, 무척 과감하다. 농담처럼 슬픔이 삶에 방울 방울 맺혀 있던 귀여운 반항아들의 소소하고 웃긴 저항이 이 제 방향을 튼 것처럼 보인다.

장면이 영화처럼 그려지는 묘사로 풍부한 이 소설은 투톱 여성들을 전면에 내세운 여성 성장 서사다. 그 여자들은 어쩌 면 서로의 삶의 궤적에서 만날 일이 거의 없을 것이다. 한 여자 는 많은 걸 가졌다. 그리고 또 한 여자는 가진 게 없다. 많은 걸 가진 여자가 별로 가진 게 없는 여자와 만나서 맺는 우정을 넘 어선 감정의 밑바닥에는 어쩌면 우리가 이해에 다다를 수 없는 깊은 슬픔이 있다.

두 사람이 만들어가는 로드무비 플롯 아래 두 사람의 본질을 형성하는 아픔이 미스터리 플롯으로 교차한다. 농담 혹은 거짓말은 비밀과 아픔 위에 피어난다. 쓸데없는 농담을 하는 부자와 살기 위해 거짓말을 하는 가난한 자는 처음 만남에서 벌써 서로를 이해해버린다. 각자의 비밀을 털어놓을 필요도 없이, 누구의 아픔이 더 고통스러운가 내기할 필요도 없이, 그렇게 서로는 서로를 알아본다.

2. 두 여자, '워맨스'

21세기에 들어오면서 한국영화는 꽤 오랫동안 남자들의 호쾌한 액션과 연대를 그렸다. 아마도 2003년쯤이다. 한국영화계는 〈살인의 추억〉과 〈올드보이〉와 〈말죽거리 잔혹사〉를 지나, 2008년에 〈추격자〉가 기폭제가 되어 남자 스타들이 활약하는 스릴러 영화가 주류를 형성해갔다. 상대적으로 여성 캐릭터는 실종되어가고 있었고, 극장에는 남자 캐릭터들의 활약이 중심을 이루는 일명 '브로맨스 영화'가 다수를 차지했다. 브로맨스 안에서 여자는 아픈 아내, 우는 딸, 희생양으로 등장하였고, 여성들의 감정적 교류는 사라지고 있었다. 고개 숙인 남자의 기를 살려주고, 아빠가 힘을 내고 있는 동안 여성들은 영화, 드라마, 예능에서 점차 자리를 잃어갔다. 그러나 여자들은 죽지 않고, '걸 크러시'들이 소리를 지르며 싸우고 있었다. 82년생 김지영이, 걸캅스가, 정직한 여성 후보가, 아가씨가 '허스토리'를 써가며 고군분투하는 사이, 어느새 브로맨스의 빗장은 무너져갔다.

우먼(woman)과 로맨스(romance)를 합친 신조어 '워맨스'는 영화와 드라마와 예능을 몽땅 묶어서 '콘텐츠'라고 부르는 시대에 홍보용 단골 용어로 급부상했다. 걸 그룹 대전이 치열한 현재 K팝 시장도 우먼파워를 글로벌 팬들에게 왕성하게 보여준다. 여성은 연애의 대상에 머무르지 않으며 추켜세워줘야 할 약한 존재가 아니다. 콘텐츠의 여성은 순수함과 착함으로만 무장하지 않는다. 세계 발언하고 와일드하게 행동하며 기꺼이 자신을 세상의 중심으로 여기는 나쁜 여자가 되어도 좋다. 너무 착해서 안쓰럽고, 주인공의 발목을 잡는 여성 캐릭터가 참을 수 없이 지겨워지자 강하고 못되고 사악한 여성 캐릭터가 신선하게 다가온다.

워맨스는 흔히 여성 간 연대 서사를 그리는 경우에 폭넓게 쓰인다. 성애적 의미를 담지 않아도 된다. 하지만 워맨스에 정말로 에로틱함이 가미된다면 주류 콘텐츠 시장에서 어려움에 봉착할 것이라는 생각은 이제 서서히 무너지고 있다. 〈더 글로리〉의 송혜교와 염혜란의 연대와 〈퀸메이커〉의 김희애와 문소리의 협업은 서로 비슷한 처지에서 비롯됨으로써 개연성을 쌓

아나갔다. 그러나 그 뒤에 나온 〈마스크걸〉의 모미와 춘애가 우정 이상의 감정을 가졌다고 한다면 그들의 끈끈한 협력이 더 잘 이해된다. 〈밀수〉에서 김혜수와 염정아의 액션 합이 에 로틱해 보인다고 해도 누가 뭐라 할 것인가. 플롯 표면 아래 내 포한 의미로서 여성들의 로맨스가 서사를 더욱 풍성하게 만들 어준다.

이제 다시 이 소설로 돌아가보겠다. 서른일곱의 양달희, 남 편도 있고, 슈퍼카도 있고, 현금도 있고, 미모도 있다. 달희는 스스로 불행의 길로 걸어들어가기로 작정을 했기에 사랑하지 않고, 위로받지 않고, 웃지 않는다. 그녀는 웃을 일이 없는 세 상에서 스스로 웃어보기 위해 농담을 하기로 했다.

스물다섯의 구신정, 애인도 없고, 돈도 없고, 낮도 없고, 여 성성도 없다. 신정은 하루하루 살아야겠기에 사랑할 새도, 농 담할 새도, 웃을 새도 없다. 그녀는 살아남기 위해 거짓말로 위 기를 넘긴다.

농담하는 밀레니얼 여자와 거짓말하는 Z세대 여자가 마주 친다. 오픈카를 타고 달리던 달희와 오토바이 배달을 하던 신 정이 접촉사고라는 우연한 사건으로 처음 만난다. 교외 대저 택에 사는 달희는 고시원에서 혼자 사는 대리운전기사 신정에 게 자신의 차 키를 넘긴다. 모든 걸 가졌으나 딱 하나 없는 불 행한 여자, 아무것도 없으나 딱 하나를 위해서 사는 불쌍한 여 자, 그들은 서로를 알아보고 이내 끌린다. 농담하는 여자와 거짓말하는 여자가 운명처럼 서로에게 깊숙이 빠져든다.

3. 사랑하는 인간들

"너가 남자건 외계인이건, 널 좋아해." 2007년 여름에 방영되어 바리스타 열풍을 이끌었던 드라마 〈커피프린스 1호점〉에 나와 장안의 화제가 된 어록이다. 안방극장에 동성애 커플이라니 세상이 한바탕 뒤집힐 만했지만 시청자는 남장을 한 주인공이 여성임을 알기에 세상은 뒤집히지 않았다.

"하늘에서 떨어진 나의 천사." 이 아름다운 표현이 쓰인 영화는 2015년에 개봉한 영화 〈캐롤〉이다. 1950년대 뉴욕을 배경으로 하는 이 영화는 이듬해 아카데미 시상식 6개 부문에 올랐고, 영화는 할리우드 주류 영화계의 스타, 케이트 블란쳇과 루니 메라가 연기하는 여성들의 사랑을 그리는 퀴어영화임을 전면에 내세웠다.

그 훨씬 전인 1972년에 독일의 라이너 베르너 파스빈더는 〈페트라 폰 칸트의 쓰디쓴 눈물〉이라는 영화에서 돈 많은 중년여성과 가난한 젊은 여성 간의 매혹적이면서도 잔혹한 로맨스를 보여준 바 있다. 부르주아 유부녀 달희와 하층민 노동자 신정이 서로에게 이끌리는 『사랑에 관한 농담 혹은 거짓말』의 플롯은 그래서 더욱 흥미롭다.

서로 처지가 다른 이들의 매혹됨에 대해 수많은 소설, 영화, 드라마가 그리고 있고, 이루어지기 힘든 이들의 사랑은 바로 멜로드라마의 기본 장치가 된다. 〈춘향전〉의 신분 차 사랑, 〈제인 에어〉의 나이 차 사랑, 〈남과 여〉의 결혼한 자들의 사랑, 〈맨발의 청춘〉의 학벌 차 사랑, 〈벤자민 버튼의 시간은 거꾸로 간다〉의 외모 차 사랑 등 수많은 로맨스 서사가 각종 차이를 다루고 있다.

『사랑에 관한 농담 혹은 거짓말』에서 두 여자에게는 외모, 나이, 신분, 재산, 학벌, 결혼 유무, 성정체성까지 차이가 나지 않는 것이 없을 정도다. 이 소설은 〈캐롤〉이나 〈페트라 폰 칸트의 쓰디쓴 눈물〉에서 더 나아가 서로 다른 성정체성을 가진 이들의 만남을 다뤘다는 점에서 이전에 없던 새로운 면을 더한다.

너가 여자건 외계인이건, 넌 하늘에서 떨어진 나의 천사일진대, 그녀들의 우정과 연대를 응원하며 '리스펙'을 외친다. 거짓말게임을 하며 슬쩍 진실을 말하면서 농담과 거짓말로 위장하는 그녀들의 깊은 아픔은 뭉클함을 넘어 위로를 선사한다. "더이상 말하지 않아도 돼." 그래. 소설 속 달희 대사처럼 말하지 않아도 알 것 같다.

슬픔이 지반을 형성하는 이 이야기에는 농담처럼 위트가 넘친다. 크나큰 상처를 가진 두 여성은 농담과 거짓말에서 진실을 알아챈다. 그녀들의 아픔은 개인의 아픔이 아니다. 우리 사회가 가진 모순과 무책임함에서 기인한 것임을 알기에 그녀들의 슬픈 비밀은 더더욱 가슴을 아리게 한다. 개인의 서사에서 사회공동체의 서사로 나아가는 소설의 구성은 그래서 더욱 큰 울림을 준다.

이 소설은 여성의 목소리로 발언하는 서사이며 여성의 시선으로 바라보는 세상을 그린다. 플롯이 진행되면서 여성의 눈에 비친 가족, 이웃, 사회가 생생하게 다가온다. 그러는 가운데 비범하지 않은 인물들이 연대와 우정으로 문제를 직시하며 서로의 성장을 돕는다. 편견을 넘어서는 대안적 재미가 풍성하다. 서늘하게 푸른색 옷을 입을 것 같은 달희와 밤에 활동하는 자신을 더 깊숙이 숨기고자 검은색을 늘 걸칠 것 같은 신정의 이 애틋한 이야기를 영화로 만나고 싶다.

그러면 나는 어느 길에선가 스피드를 내고 있을 신정과 그 어느 가게에서 모자를 고르고 있을 달희에게 엄지손가락 두 개를 눈에 띄게 올려 보이리라. 멋진 걸 크러시들이라고. 그러니 사랑한다고.

작가의 말

이제는 고백을 해야겠다. 이 소설을 얼마나 오랫동안 써왔는지.

2009년에 쓰기 시작했는데 2023년이 되었으니 셈이 약한 나로선 지난 세월을 헤아리기가 힘들다.

나보코프였나? 작가란 자기가 하고 싶은 이야기와 매달리고 싶은 주제를 평생에 걸쳐 집요하게 써나가야 한다고. 이 소설을 붙들고 있는 내내 나는 이 말에 줄곧 마음이 갔다.

나간다는 건 나아간다는 것이다. 나아진다는 뜻이며 확장한다는 의미도 있을 것이다. 이야기의 확장, 주제의 확장, 세계관의 확장. 그래서 나는 이 소설의 시나리오도 써두었다. 내가 하고 싶은 이야기와 매달리고 싶은 주제를 여러 형식으로 확장해보고 싶었으니까.

평생에 걸쳐 집요하게 매달려보고 싶은 이야기가, 소설이, 내겐 바로 『사랑에 관한 농담 혹은 거짓말』이라는 사실이 나는 너무나도 기쁘다.

늘 그래왔듯 내게 있어 작가의 말은 감사의 말이다. 어쩌면 나는 이 순간을 위해 여기까지 달려왔는지도 모른다. 가장 행복한 순간이니까.

먼저 이 소설이 세상에 나올 수 있도록 문을 열어준 경기문화재단과 교유서가에 감사를 드린다. 시나리오를 쓰는 동안 성원해준 경기콘텐츠진흥원, 김균희 피디에게도 감사드린다.

또 이 작품이 소설임에도 기꺼이 해설을 맡아준 정민아 영화평론가에게 각별한 고마움을 전한다.

마지막으로 이 소설이 나오기까지 나를 믿고 기다려준 소중한 나의 사랑, 나의 뮤즈 『사랑에 관한 농담 혹은 거짓말』의 두 주인공, 달희와 신정에게 이 소설을 바친다.

2023년 가을, 파주에서
박성경

박성경

서울에서 태어나 덕성여대 국문과를 졸업했다.

영화 〈S다이어리〉, 〈소년, 천국에 가다〉의 각본과 장편소설 『쉬운 여자』, 『나와 아로와나』(2020 아르코 문학나눔 선정) 『피우리 미용실』, 청소년소설 『나쁜 엄마』 『날마다 크리스마스』를 썼다.

『쉬운 여자』 『나쁜 엄마』 『나와 아로와나』는 부산국제영화제 아시아콘텐츠필름마켓 북투필름(BOOK TO FILM) 선정작이며, 『나쁜 엄마』는 베트남에서도 출간되었다.

사랑에 관한 농담 혹은 거짓말

초판 1쇄 인쇄 2023년 12월 12일
초판 1쇄 발행 2023년 12월 22일

지은이 박성경

편집 이경숙 정소리 | 디자인 윤종윤 이주영
마케팅 김선진 배희주 | 저작권 박지영 형소진 최은진 서연주 오서영
브랜딩 함유지 함근아 고보미 박민재 김희숙 박다솔 조다현 정승민 배진성
제작 강신은 김동욱 이순호 | 제작처 천광인쇄사

펴낸곳 (주)교유당 | 펴낸이 신정민
출판등록 2019년 5월 24일 제406-2019-000052호

주소 10881 경기도 파주시 회동길 210
문의전화 031.955.8891(마케팅), 031.955.2692(편집), 031.955.8855(팩스)
전자우편 gyoyudang@munhak.com
인스타그램 @gyoyu_books | 트위터 @gyoyu_books | 페이스북 @gyoyubooks

ISBN 979-11-92968-97-1 03810

이 책은 경기도, 경기문화재단의 지원을 받아 발간되었습니다.